COLLECTION FOLIO

Marc Dugain

En bas, les nuages

7 histoires

Gallimard

Marc Dugain est né au Sénégal en 1957. Après des études de sciences politiques et en finance, il a exercé différentes fonctions dans la finance et le transport aérien avant de se consacrer à l'écriture.

La chambre des officiers, son premier roman paru en 1998, a reçu dix-huit prix littéraires, dont le prix des Libraires, le prix Nimier et le prix des Deux-Magots. Il a été traduit en Allemagne, en Grande-Bretagne, aux États-Unis. Adapté au cinéma par François Dupeyron, ce film a représenté la France au festival de Cannes et a reçu deux Césars. Après *Campagne anglaise* et *Heureux comme Dieu en France*, prix du meilleur roman français 2002 en Chine, il signe avec *La malédiction d'Edgar* un portrait fascinant de J. Edgar Hoover. Il a réalisé et porté à l'écran en 2010 *Une exécution ordinaire*, son cinquième roman.

EILEEN

— Merci beaucoup, madame, lui dis-je.

— Ne me remercie pas. Il n'est pas certain qu'on y arrive. Et puis ne me donne pas du « madame », appelle-moi Eileen. Eileen Broomsted... ça ne te dit rien ?

— Non, désolé, ça ne me dit rien.

— Tu es trop jeune pour te souvenir de mon nom, sans doute.

Elle tourne brusquement le gros volant de son pick-up. Je suis littéralement projeté contre la portière. Puis je me renfonce dans le siège au cuir jaune glissant. Quand je la regarde à nouveau, elle me sourit.

Nous sommes arrêtés devant un cours d'eau qui aurait pu être une rivière ou un rapide, s'il pleuvait plus. Des pierres arrondies affleurent à la surface, et leur présence trace deux petites traînées écumantes dans l'eau. On y apercevrait presque des images pieuses.

— Tu vois la grosse pierre sur l'autre berge ? Si on ne la voit plus, c'est qu'on ne peut plus passer.

— Et alors, vous décidez quoi dans ces cas-là ?

— Il m'arrive d'attendre, ou de faire demi-tour et de revenir un ou deux jours plus tard. De temps en temps, je prends le risque.

— Vous prenez le risque ?

— À mon âge, prendre un risque n'a pas la même signification qu'au tien. Alors je me lance avec de l'eau jusqu'à mi-vitres. Mon moteur ne s'est jamais noyé. Il n'est pas tout neuf, ce pick-up, mais à l'époque on fabriquait des engins qui n'avaient peur de rien.

Je l'observe un peu plus franchement. Je n'en ai pas trop eu l'occasion depuis qu'elle m'a pris en stop, il y a deux heures, sur la route principale qui traverse l'île. Nous ne parlions pas depuis une demi-heure qu'elle me proposa de m'héberger. Elle venait tout juste de me demander : « Où tu vas comme ça ? » Et je lui avais répondu : « Nulle part en particulier. »

Elle a le physique d'une femme qui a dépassé les quatre-vingts ans, a connu l'obésité, des régimes successifs, un poids en accordéon. La peau de son visage, flasque et résignée, ne conserve de ses traits d'antan que les expressions de son âme. Mais son énergie est celle d'un cheval de trait. Car, même essoufflée, elle tracte encore.

Elle contemple longuement la pierre comme un totem indien. Puis elle lance quelques mots dans la langue insulaire, une sorte d'incantation suppliant des forces supérieures de nous protéger. Et nous voilà dans l'eau, le bas du pick-up inondé. La voiture dérape sur les pierres polies, rebondit avant de se hisser sur le chemin de l'autre rive, qui n'est pas plus carrossable. Un petit sourire au coin de ses lèvres exprime un triomphe modeste.

— Une fois, je suis restée coincée trois jours. La rivière était à son maximum de débit, elle m'aurait emportée comme une vulgaire branche. J'ai campé dans ma voiture et je me suis nourrie de tubercules. Mais ça ne s'est jamais reproduit.

*

L'eau qui suintait de partout creusait un sentier sur un demi-mile et on s'est brusquement retrouvés face à sa maison, qui était bel et bien enfouie dans la jungle tropicale. Ça faisait un moment que je n'avais pas fumé de joint. Je précise ce dernier point pour insister sur le fait que ce que j'ai ressenti n'était pas l'effet d'une hallucination. Ici, j'avais l'impression que n'importe quelle graine tombant de ma poche engendrerait en un jour un écran d'arbres ou de plantes de plusieurs mètres de haut. En réalité, sa maison n'était pas petite, mais elle était tellement submergée par la végétation que, même à pieds, on circulait sur des passerelles en bois.

Nous étions dans le centre de cette île du Pacifique où personne ne vient jamais. Autour, loin, très loin, les estivants affluaient pour goûter au surf et autres plaisirs qu'offre un océan agité. Mais cette population ne s'aventurait jamais à l'intérieur, trop inhospitalier pour des citadins en quête de villégiature.

Au moment de garer la voiture, elle qui ne m'avait pas posé la moindre question personnelle jusqu'alors, s'inquiéta :

— Est-ce que tu n'as jamais eu un métier dans ta vie ?

J'ai hésité.

— J'ai été pompier professionnel.

Elle m'a examiné, médusée, et puis a éclaté de rire.

— Oh, mon Dieu, si j'avais besoin de quelqu'un, je ne pouvais pas plus mal tomber. Un pompier ! Jamais rien ne brûle ici, il fait trop humide.

— Oui, mais on peut se noyer, non ?

— C'est sûr. Sauf que si on se noie, on se noie pour de bon.

J'ai sorti mon sac à dos du coffre du pick-up,

puis elle m'a conduit à une cabane sur pilotis à quelques mètres du bâtiment principal.

— C'est là que j'installe mes invités. Il n'y en a pas eu souvent, ces dernières années. Le dernier, c'était mon frère, cela remonte à six ans. Depuis, il est mort.

Dans la chambre, elle s'est effondrée sur un tabouret placé devant le lit. Assise, elle était plus essoufflée que debout.

— Bon ! Je te décris les principaux termes du contrat entre nous. Je te loge et je te nourris aussi longtemps que tu le voudras. En contrepartie, tu m'aides, et crois-moi, il n'y a pas trop de chaque jour pour y arriver. Je ne t'interrogerai sur rien, tu ne m'interrogeras sur rien. Ça te va comme ça ?

— Ça me va très bien, ai-je acquiescé.

— Pas de passé, pas de futur, on va vivre comme de vrais êtres humains, un peu comme des naufragés. J'ai cinq cents hectares ici. Aucune culture, parce que tout pousse sans l'intervention de l'homme. Mais les plantes ne livrent pas à domicile, il faut quand même se bouger un peu. L'eau vient de partout et l'électricité des chutes, qui sont sur le terrain. C'est une turbine entraînée par le courant, elle ne pollue pas. Je vis en autarcie complète, je ne sors ma carte de crédit que pour l'essence et quelques bricoles, parce que je ne mange pas de viande. Si tu es carnivore, j'en achèterai et j'en mettrai dans le congélateur. Je te déconseille de chasser, ça foutrait en l'air quarante ans de confiance entre la faune et moi... Je pourrais imaginer qu'un jeune homme comme toi ait besoin d'aller à la ville de temps en temps. Tu n'auras qu'à utiliser le pick-up. Pour finir, on prend les trois repas à heure fixe et dans une tenue décente, c'est une question de respect mutuel. Et puis il n'est jamais bon de se laisser aller, un bois verni résiste toujours mieux aux insectes.

Nous avons ainsi vécu selon ses règles dans une parfaite harmonie. Elle préparait tout ce qui demandait de l'intelligence et j'exécutais tout ce qui exigeait de la force. Je lui étais utile et elle me le rendait bien. Nous dînions tous les soirs dans sa salle à manger et elle sortait parfois une bonne bouteille de whisky qui nous faisait à peine la soirée. Il y avait un buffet près de la table, mais je n'y avais jamais vu aucune photo. Lorsque je lui demandai pourquoi, elle m'expliqua :

— C'est trop humide pour les photos, ici, et il y a un champignon qui les mange.

Elle m'a regardé de travers en me scrutant. Elle s'est levée avec autant de peine que d'habitude — elle préférait définitivement rester debout toute la journée —, elle a ouvert une armoire, en a tiré une boîte très étanche, qu'elle a posée devant elle. Puis elle s'est rassise, péniblement. Dans la boîte, il n'y avait qu'une photo et un papier, qui ressemblait à un permis de conduire. Elle a écarté la photo, mais j'ai eu le temps de la reconnaître. Jamais je n'avais vu un visage de jeune femme si parfait, exprimant autant de sensualité et de bonté mêlées. J'en avais les larmes aux yeux et elle s'en est rendu compte. Elle a sorti le permis de conduire, a décollé la photo qui était dessus, celle d'un jeune homme. Ensuite, toujours sans rien commenter, elle m'a demandé d'aller chercher le mien.

— Pourquoi faites-vous cela ?

Elle a esquissé une grimace.

— Il était convenu qu'on ne se pose pas de questions. Mais j'ai bien vu que tu ne sortais jamais, alors que ça fait trois mois que tu es là. Un jeune homme se doit de voir des vraies femmes de temps en temps, sinon tu vas virer évangéliste. Et je ne veux pas d'évangéliste sous mon toit. Alors, on va te faire un faux permis.

Une fois tous les quinze jours, j'allais à la ville, seul. C'était assez pour me rendre compte qu'un type sans argent ni conversation n'intéressait pas les femmes.

*

Nous avons gardé ce rythme paisible dix-huit mois encore. Puis, un matin, elle ne s'est pas levée pour prendre son petit déjeuner. Après une longue hésitation, j'ai poussé la porte de sa chambre et je l'ai trouvée couchée, sur le dos, les bras le long du corps. J'ai d'abord cru qu'elle dormait. Mais la mort avait retroussé ses lèvres en un sourire. Je l'ai pleurée comme je n'avais pas pleuré depuis la mort de ma sœur. Je suis resté des heures prostré, à me demander ce que j'allais faire. Il fallait s'y résoudre : il n'y avait plus qu'à l'enterrer. Toute la propriété autour de la maison était ombragée par cette végétation envahissante, je n'ai pas eu de difficulté à délimiter un sanctuaire abrité du soleil. Je l'ai inhumée à trois mètres de profondeur dans un linceul de lin blanc, son drap de lit. Je n'avais pas touché à un cadavre depuis que j'avais extrait un père et son fils des ruines du World Trade Center. Après l'avoir inhumée, je me suis senti très mal.

Je connaissais maintenant tout de la maison et de cet immense domaine où la vue était bouchée partout par une flore ahurissante. C'était une sorte de prison végétale. Un soir où je m'ennuyais un peu, je me suis mis à fouiller dans ses affaires. Pas par curiosité, je m'en serais bien gardé, mais pour les ranger et les conserver. J'ai découvert des lettres. Des lettres à son mari où elle lui expliquait qu'elle allait le quitter et arrêter le show télévisé qu'ils animaient ensemble. Il y avait aussi de vieilles lettres de son fils disant qu'il voulait déserter et ne jamais repartir pour le Vietnam. Et une lettre de son mari répondant qu'il ne pouvait pas accepter qu'avec leur position sociale leur propre fils soit un déserteur. Sous une pile de documents liés à leur divorce moisissait un télégramme de l'armée leur annonçant la mort de leur fils durant une opération. Dans un autre carton traînait un gros document relié : sa thèse de doctorat en psychologie du deuil. Elle l'avait obtenu à soixante-dix-sept ans à l'université de Los Angeles. Je me suis mis à lire attentivement. Arrivé à la moitié, je suis tombé sur une page où elle parlait des gens qui choisissaient leur métier après un deuil. Elle citait plusieurs cas de types qui s'étaient engagés comme pompiers à la suite du décès d'un de leurs proches dans un incendie. C'est un peu cela, le miracle de la lecture : apprendre au détour d'une page qu'on n'est plus seul. Cette nuit-là, j'ai compris que je ne m'étais pas engagé en Irak à cause de ces deux cadavres que j'avais sortis seul des décombres. Non, ça devait plutôt avoir un lien avec les cendres de ma petite sœur qui, pour en finir avec son existence à peine entamée, avait mis le feu à la maison en bois de mes parents, située sur une route passante du New Jersey.

Désormais, rien ne pressait. Je suis resté six bons mois à vivre en ermite jusqu'au jour où je me suis forcé à aller dans un cybercafé. Je pensais que c'était le genre d'endroit où, en pianotant sur la Toile, on pouvait peut-être dénicher les délais de prescription pour les déserteurs de l'armée des États-Unis. Mes recherches ont été vaines, et je suis retourné d'où je venais. D'énormes nuages noirs obscurcissaient le peu d'horizon, on voyait qu'il pleuvait dru, là où se trouvait la maison d'Eileen, en amont. J'ai attendu trois jours que l'eau redescende, lové dans la voiture, sans boire ni manger, face au rapide. Quand les hallucinations ont commencé, la rivière est redevenue un cours d'eau, j'ai rejoint la maison.

LA BONTÉ DES FEMMES

Il peina à ouvrir le cadenas de la grille, car la serrure était rouillée à l'intérieur. Puis il remonta dans la voiture :

— C'est bien nous, ça, accrocher un cadenas pareil à une chaîne qu'un cambrioleur amateur pourrait sectionner en deux secondes. Il est tellement rouillé qu'un jour on ne pourra plus entrer chez nous.

— Il faudrait trouver quelque chose de plus solide, comme un antivol de moto, dit-elle.

— Tu as raison.

Dans le ciel, des cumulus argentés poussés par des vents d'altitude semblaient fuir, chassés par des nuages noirs. La bâtisse imposante entourée d'arbres centenaires qui frissonnaient avait l'air d'une forte femme qu'on aurait abandonnée là.

Elle descendit de la voiture, s'étira ; ses yeux furent attirés par un massif de lavande qui bordait un commun. Le buisson avait été foulé, pourtant personne ne pouvait avoir pénétré les lieux, puisqu'ils étaient entourés d'un haut mur de pierres jointées, doublé par endroits de douves anciennes.

— Viens voir ! s'exclama-t-elle.

Il déplia lentement sa haute taille engourdie par les kilomètres et s'approcha de sa femme. Elle l'interrogeait des yeux.

— Que veux-tu que je te réponde ! Un gros oiseau a dû se coucher dessus, je n'en sais rien, moi, et d'ailleurs pourquoi faudrait-il toujours tout expliquer ?

— Quand même, on dirait plutôt que la lavande a été foulée par un homme.

— C'est peut-être le jardinier.

— Tu sais bien qu'il n'a pas les clés et qu'il n'a accès qu'aux jardins.

— Il n'y a pas que les êtres humains qui apprécient la lavande, prononça-t-il pour couper court.

Il fit volte-face et alla ouvrir la porte de la maison avec une lourde clé. La fraîcheur lui saisit le visage, chargée d'une humidité envahissante et d'une odeur rance. Il se retourna vers sa femme qui le suivait, résignée :

— On devrait se cantonner à l'aile droite, je ne me sens pas de recharger les poêles à bois des deux côtés jour et nuit.

Il décrocha les volets métalliques qui, dans un

grincement strident, vinrent frapper contre le mur.

Elle entra derrière lui dans la cuisine en serrant contre elle les pans de son manteau.

— Quand j'imagine la mort, c'est exactement le même froid et les mêmes odeurs de vieille cuisine abandonnée qui me viennent en tête. S'il te plaît, laisse les fenêtres ouvertes pour que l'air frais pénètre, en attendant que les poêles soient en route.

— Si tu veux que la température soit acceptable cette nuit, je vais chercher du bois tout de suite. Ça ne t'ennuie pas de décharger la voiture pendant ce temps-là ? Laisse les valises, je les déchargerai moi-même.

Elle opina puis glissa une question qu'elle mûrissait depuis le début de leur voyage :

— Qu'est-ce que tu leur as raconté, au bureau, pour justifier ton départ ?

Il répondit d'une moue, évasif.

— Je leur ai expliqué que j'avais besoin de repos, de beaucoup de repos, et que je ne reviendrais qu'une fois reposé. De toute façon on n'achète pas de livres quand on est sur le point de crever.

— C'est pas dit, il n'y aura peut-être bientôt rien d'autre à faire que lire.

Il balaya ces spéculations d'un geste de la main et disparut. Il revint vingt minutes plus tard, poussant une brouette pleine de bûches d'un demi-mètre.

— On nous a volé du bois ! La réserve est à moitié vide et il y a des traces de pneus qui y conduisent. Dommage qu'ils ne se soient pas embourbés, on les aurait pris en flagrant délit !

Il était rouge d'effort et de colère.

— Il nous reste quarante hectares de forêts, si une chose ne manque pas ici, c'est bien le bois, répondit-elle.

— Erreur, ma chère. Pour être prêt à brûler, le bois doit avoir séché au moins deux ans. Et on ne peut pas fourrer n'importe quoi dans les poêles. Certaines essences enflamment les conduits. Il reste deux ou trois gros tas de chêne dans la forêt, mais il est coupé au mètre. Il faut que je le débite.

— Ça t'occupera, suggéra-t-elle, la voix douce et presque complice.

— Mais je ne sais pas si on pourra mettre le nez dehors longtemps.

— Allez, considère cette situation comme une aubaine. Depuis combien d'années n'avons-nous pas passé un jour, une semaine, en famille, sans personne autour de nous ?

Il réagit d'une grimace qui accentuait ses rides naissantes autour de la bouche.

— On peut voir ça sous cet angle, à condition de ne pas s'enterrer ici.

— Écoute, j'ai fait un petit décompte de la bouffe, on a une bonne dizaine de semaines devant nous. Demain on pourrait essayer de faire un dernier gros ravitaillement.

— Et couper l'eau communale.

— Pourquoi?

— C'est plus sûr, on ne sait pas qui y touche en amont. Demain matin je vais amorcer la pompe sur le puits. Par contre, je ne sais pas quoi décider pour cette foutue mare.

Elle réfléchit un instant.

— Je serais toi, je tirerais tous les canards qui pataugent là-bas, comme ça leurs cousins sauvages ne seront pas tentés de se poser.

— Une fois tués, il faudra les manipuler, les enterrer, on ne peut pas les laisser se décomposer sur place.

— C'est un risque, évidemment.

— Je ferai ça demain avec des gants et un masque, même si ça ne me ragoûte pas trop. Tu ne vois pas qui pourrait faire ça à ma place?

— Le jardinier, mais je préfère qu'on ne le voie pas.

— Alors je m'en charge. Je vais faire un tour avant que la nuit soit tombée.

*

Il sortit. Dehors, le jour peinait encore. Il avait peiné, embrumé depuis le matin, comme cela lui arrivait souvent les mois d'hiver — parfois, rarement, une journée limpide effaçait le sombre souvenir des précédentes. Depuis dix ans qu'ils avaient cette propriété, ils l'occupaient pour la première fois à cette saison. Il ne se souvenait pas d'avoir jamais vu cette nature décharnée, ces arbres squelettiques, nus, immobiles dans le souffle du vent d'est. Les arbres aux feuilles persistantes avaient triste allure, comme s'ils craignaient d'afficher leur vigueur dans ce cadre affligé. Les quelques peupliers qui bordaient une vaste prairie et longeaient la petite route d'accès à la maison rappelaient un tableau d'Egon Schiele. Le titre de cette œuvre lui échappait, mais il avait été frappé par l'expression de désolation radicale — là figurait un avenir si désespéré qu'il n'avait plus rien d'inquiétant. Schiele était mort à un âge où seul le destin s'autorise à frapper les génies. En songeant aux causes de sa mort, les mêmes qu'Apollinaire, il sentit un frémissement lui parcourir le dos. Des vestiges de lumière soulignaient la cime des arbres où plus tard, dans l'hiver, les palombes se rabattraient en essaim. Dans ces lieux, chaque fois qu'il venait, il sentait un autre lui-même se révéler, plus serein, moins affamé d'action et un peu plus soucieux d'être. Cela tenait surtout à la saison, le printemps finissant, le plein été ou l'automne lumineux. Mais il n'était jamais venu à la Toussaint. Il rentra.

— Je prépare une soupe. On va s'habituer à faire maigre, lui dit-elle.

Il hocha la tête. Elle s'affairait en évitant de faire trop de bruit, comme si elle craignait de l'agacer. Elle sortit les couverts d'un tiroir et le regarda :

— Dis donc, heureusement que tu as eu ce dîner à l'Élysée. Quelle coïncidence, tout de même !

— On refuse toujours d'écouter le hasard, pourtant rien ne se fait sans hasard. Bon, il faudrait que j'allume les poêles, il fait un froid de morgue ici.

— Je ne trouve pas. Si on garde son manteau, c'est comme dans l'appartement à Paris, une brise hivernale en plus.

Il boutonna sa veste.

— Avec ces murs, le froid pénètre lentement une fois l'été passé. Mais quand il est installé, il faut du temps pour l'y déloger.

Il allait sortir pour s'occuper du chauffage ; il s'arrêta.

— Tu as raison, quelle coïncidence tout de même. Je ne voulais vraiment pas y aller, à ce dîner de l'Élysée. J'avais commencé par refuser, au nom de mon aversion pour la monarchie iconographique et l'idolâtrie contradictoire. Les autres ont insisté. C'est Pierre qui m'a convaincu. Il a cité Zweig, en me disant que je ne pouvais pas rater cette confrontation mythique « entre ceux qui savent et qui ne sont pas toujours ceux qui agissent et ceux qui agissent et qui ne sont pas toujours ceux qui savent ». Bref, voilà notre hôte qui nous livre le secret des dieux à l'apéritif. Je suis certain qu'il ne l'avait pas appris depuis une heure. Il trépignait d'impatience et je sentais chez lui une incroyable jubilation à l'idée de gérer une situation aussi grave. Comme s'il n'attendait que cela depuis le début de son mandat, tu imagines. Un autre président n'aurait rien dit, se serait contenté de nous raccompagner un peu plus tôt avec un sourire aimable, avant de réunir un cabinet de crise. Mais lui, il frétillait de plaisir en interprétant cette scène improvisée : le monde de l'édition le prenait en flagrant délit de responsabilités, et des responsabilités qui mettaient l'existence de citoyens français en jeu !

— En attendant, c'est bien tombé. On a eu le temps de faire des provisions avant que tout ne soit mis à sac, de prévenir les enfants et de descendre jusqu'ici. Tu verras, on lui devra peut-être la vie.

Elle lui prit la main qui pendait, lâche, le long

de son corps. Quand elle la toucha, elle ne se raffermit pas.

— Tu sais, chéri, même si nous allons vivre des moments dramatiques, j'ai comme le pressentiment que nous allons en sortir, je veux dire toi et moi, et les enfants bien sûr, grandis, peut-être même meilleurs.

Il resta d'abord muet. Puis, avec un sourire forcé, il prononça d'une voix lente :

— Peut-être, sait-on jamais, on dit toujours que le pire n'est jamais certain. Mais n'oublions pas que nous sommes des privilégiés et si on s'en sort, je ne suis pas sûr que ce sera le cas pour tout le monde. La société ne sera plus jamais la même, c'est à un séisme que nous allons assister. Au fait, il faudra être à l'ouverture du supermarché demain matin, et faire un maximum d'allers et retours avant que la panique ne s'installe dans le coin. Je vais mettre les informations. S'ils n'ont rien dit ce soir, on a une chance de remplir deux ou trois fois la voiture demain avant la ruée.

— Sinon, on se contentera de nos réserves. D'ailleurs, tu peux me remercier. Tous les étés, tu te fous de moi avec mes conserves de fruits et de légumes, de porc et de canard. Sauf que, maintenant, on peut tenir un vrai siège.

Il brancha la radio dans sa niche, un ancien évier en pierre. Les radotages habituels s'étendaient sur les ondes mais rien sur le sujet — qui aurait exclu tous les autres.

— C'est pas pour aujourd'hui, conclut-il avant de l'éteindre. C'est étonnant, c'est vraiment la première fois que rien ne filtre de cette passoire d'Élysée. Les gens sont tellement habitués aux bavardages et aux confidences complices...

— C'est la preuve que la situation est gravissime.

— Fais-moi penser à racheter des cartouches pour les fusils.

— On n'en est pas encore à tirer sur les gens, s'offusqua-t-elle.

— Ne raconte pas de bêtises. Si ça dure, je retournerai chasser le gros gibier à l'approche.

— Tu m'as fait peur.

— Et les enfants, ils seront là quand ?

— Nathalie, Aude et son copain seront là dans la nuit, vers deux heures. Et ton fils demain.

— Parce que le copain d'Aude vient aussi ?

— Sachant ce que nous savons, on ne pouvait pas ne pas l'accueillir. Si ?

Il sembla absorbé et finit par lâcher :

— Non, bien sûr.

Il s'interrompit puis reprit, comme s'il cherchait à se persuader :

— Non, ce n'est vraiment pas notre genre de...

— De quoi ?

— De... j'en sais rien moi... enfin il vient, c'est l'essentiel.

Comme elle surveillait la soupe sur le feu, il s'assit sur le banc qui longeait la table en chêne de la cuisine, devant la natte tressée où était posé le couvert. Les coudes sur la table, la tête dans ses mains, il regarda sa femme le servir.

— Je pensais à un truc. On devrait nettoyer et ranger la chapelle. Ce n'est pas normal de s'en servir comme débarras.

Elle posa la casserole sur un repose-plat en fonte. Puis elle s'assit à son tour.

— Cette chapelle a servi pendant plus d'un siècle et demi pour les cochons... et les occupants successifs de la propriété ne s'en sont pas plus mal portés.

— Je sais, mais quand même, ce serait bien d'y mettre un peu d'ordre.

Elle fronça les sourcils.

— Tu veux dire que, aujourd'hui, dans les conditions dans lesquelles nous allons vivre, toutes les bonnes volontés sont utiles, notamment celles qui seraient divines ?

Il eut un tic d'agacement.

— Mais non, ce n'est pas dans ce sens-là. Je n'y ai jamais cru et ce culte m'est totalement étranger. Sauf que le respect de la conviction des autres ne coûte rien, surtout en ces temps incertains.

— Bon... On la débarrassera avec les enfants, une fois que tout le reste sera organisé.

Il coupa des bouts de pain qu'il laissa tomber dans sa soupe, à l'ancienne.

— On va chauffer quatre chambres, deux salles de bains, cette cuisine et le salon. Ça te va ?

— Oui, le reste, c'est inutile.

Il s'arrêta un instant, remuant sa soupe.

— Plusieurs fois j'ai pensé à me débarrasser de cette maison, sans t'en parler. Quelque chose au fond de moi me soufflait de ne pas le faire. Aujourd'hui, je ne sais pas comment vont se débrouiller tous les gens qui n'ont pas de maison ou de parents à la campagne. Ils ne peuvent même pas camper dans la nature, avec ce froid de canard.

— Tu ne finis pas ton assiette ?

— Si, mais je réapprends à manger lentement.

Il reprit sa cuillère et la contempla, silencieux. Devant son mutisme, elle finit par lui demander :

— À quoi penses-tu ?

Il piqua du nez comme s'il ne voulait pas répondre directement à cette question.

— Au fait que mon grand-père a connu deux guerres, mon père une, et moi aucune. L'un comme l'autre, ils savaient qui ils étaient. Je veux dire, la vie leur a imposé de le savoir. Ce n'est pas mon cas. Je n'ai jamais pris aucune décision touchant mon existence ni celle de ceux que j'aime. Et je n'ai jamais confronté mes principes à la réalité.

— Cela ne t'empêche pas de vivre.

— Justement. Car même si ça arrive tard, il vient un moment où le destin rapplique avec l'addition.

— Ce n'est peut-être pas encore pour aujourd'hui. Ne sois pas si pessimiste.

— Ce n'est pas être pessimiste que de penser que nous allons connaître des jours dont nous sortirons transformés, chamboulés, métamorphosés.

— Mais ça ne change rien d'en parler sans arrêt.

Quand il eut vidé son assiette, il se leva pour se servir un bout de fromage. La bouche pleine, il maugréa :

— Je n'ai pas été voir les chevaux. C'est la première fois que je viens ici et que je ne commence pas par aller voir les chevaux.

— Tu peux toujours aller les voir maintenant.

— J'y compte bien, dès que j'aurai terminé. Mais à ton avis, qui pourrait-on prévenir ?

— Qui, c'est-à-dire ?

— Parmi les gens à qui on tient.

— En dehors des enfants, je ne vois pas grand monde. On n'a pas vraiment de famille. Il y aurait bien mon frère, mais il est journaliste, il va le crier sur tous les toits. En plus, je crois qu'il est au Tchad.

Elle tourniquait dans la cuisine en débarrassant.

— Il faut que tu préviennes ta secrétaire, l'attachée de presse, tes deux éditeurs et tous tes auteurs... même s'il n'y en a qu'un qui fait marcher la maison...

Il la foudroya du regard :

— Tu plaisantes, j'espère ?

— Mais oui, je plaisante ! On ne va pas rester des semaines entières à se mortifier, si ?

— On verra. Et dans nos amis ?

— Est-ce qu'on a tant d'amis que ça ? Si on prévient les gens qu'on reçoit et qui nous reçoivent, tout Paris va être alerté.

— De toute façon, il le sera demain matin, et je n'ai pas l'intention de passer pour un collabo qui fait son marché noir avec certains en laissant les autres crever. Il faut toujours penser à l'après-crise, à ce qu'on dira de nous. Notre réputation est au moins aussi importante que ce que nous sommes.

*

Il se leva, se dirigea vers leur chambre à coucher pour recharger le poêle. Il fit ensuite le tour des chambres et du salon. Il n'avait pas enlevé sa veste ; il attrapa un chapeau de feutre sur un clou et sortit. Le ciel ressemblait à un papier bleu nuit sur lequel un enfant aurait collé des étoiles dorées. Le monde redevenait naïf à ses yeux. Les oiseaux nocturnes s'interpellaient d'un bout à l'autre de la forêt ; les dames blanches parties en chasse donnaient des nouvelles à leurs petits pour les faire patienter. Sur les collines alentour, la bise coupait l'air comme une lame les poils d'une barbe. Il enfonça sa tête dans le col de sa veste et marcha jusqu'au pré où se tenaient les chevaux. Quand il fut assez loin, il appela Adrien Keren, son auteur le plus important, qui était aussi son ami. Celui-ci vivait déjà reclus et, lorsqu'il entendit la nouvelle, décida de n'y rien changer. Une fois leur conversation terminée, il tapa un autre numéro. Une femme décrocha sans laisser sonner :

— C'est moi, souffla-t-il comme si elle ne pouvait plus le reconnaître.

— Je pensais que tu m'appellerais plus tôt. Enfin, ce n'est pas un reproche, mais je me suis un peu inquiétée.

— J'ai fui Paris.

— Fui ?

— Je crois que c'est le mot approprié. J'étais convié à l'Élysée hier à un dîner d'éditeurs quand la nouvelle est tombée : une famille entière du

Nord est morte alors qu'un seul de ses membres a été en contact avec des volatiles. C'est une épidémie d'un genre nouveau, à prendre très au sérieux. Je suis en Dordogne avec ma femme, et les enfants vont nous rejoindre dans la nuit. Tu n'as personne chez qui aller, à la campagne ?

Elle réfléchit longuement.

— Non, personne.

— Alors demain matin à la première heure, achète le maximum de nourriture, des cirés et des écharpes et enferme-toi dans ton appartement en calfeutrant la porte.

— Tu crois vraiment que c'est si grave ?

— Une personne sur six risque de succomber à la campagne... et une personne sur trois dans les agglomérations. Et ces chiffres ne sont pas fantaisistes, visiblement.

— Mon Dieu... Combien de temps ça peut durer ?

— Entre un mois et demi et deux mois, d'après les spécialistes. Fais ce que je te dis immédiatement. Si tu dois sortir, couvre-toi de surfaces imperméables, lave-les à grande eau dans la douche quand tu rentres et ne lésine pas sur les désinfectants. Il faut que le petit ne sorte sous aucun prétexte.

— Je n'arrive pas y croire...

— Pourtant c'est la réalité. Je vais tâcher de te

trouver un refuge isolé en dehors de Paris et je te rappelle demain.

— Ne t'inquiète pas. Promets-moi seulement que tu m'aimes et cela renforcera sacrément mes défenses immunitaires.

— Je t'aime, bien sûr.

— Non, pas je t'aime bien sûr, je t'aime c'est tout.

— Je t'aime c'est tout.

— Tu fais semblant de ne pas comprendre. Je t'embrasse mon amour, à demain.

— C'est ça, à demain.

Il raccrocha son téléphone et écouta la nuit comme s'il craignait d'entendre l'écho de sa propre voix. Puis il poursuivit vers les chevaux. Maintenant que ses yeux s'étaient habitués à l'obscurité, il y voyait comme en plein jour, même presque mieux car la pénombre avait créé une hiérarchie entre les choses suivant leur importance réelle. L'ancienne bergerie qui abritait les chevaux semblait posée sur de la glace. L'herbe rase renvoyait à la lune un reflet lisse et blanc. En contrebas, là où le terrain semblait s'affaisser, trois ombres se détachaient. Il claqua la langue et put discerner dans la nuit qu'elles avaient levé la tête. Mais elles se remirent à paître ; apparemment sa venue n'avait pas grand intérêt. Il revint vers la maison, saisi de froid, ce froid propre aux régions du Sud qui sont sur des hauteurs.

*

À entendre gémir le plancher, elle s'activait dans les chambres à préparer les lits. Il s'installa dans le salon, remit une bûche dans le poêle suédois qui condamnait la cheminée et se servit un whisky. Lorsqu'il faisait tourner la liqueur dans le verre, l'alcool s'agrippait à la paroi avant de glisser avec nonchalance.

Le fauteuil dans lequel il s'enfonça en tirant sur les pans de sa veste était dos au poêle et faisait face à deux anciennes portes condamnées transformées en bibliothèques. Il sortit un paquet de cigarettes un peu froissé d'une de ses poches et en alluma une, tirant longuement dessus. Jamais une bouffée n'avait eu un tel goût, jamais il n'en avait conçu un tel plaisir. Ses sens avaient dû intégrer qu'il était un condamné en sursis — la cigarette en devenait encore meilleure. Il contempla les livres groupés par collections, serrés les uns contre les autres. L'orgueil de générations entières qui s'étaient crues immortelles trônait là, dérisoire, et il se surprit à murmurer : « Vous n'avez même pas eu le génie, l'humilité d'imaginer qu'un jour il ne resterait peut-être pas un être humain pour vous lire... » Puis il pensa à elle, toute seule dans son petit appartement, avec cet enfant qu'elle ne pourrait pas tenir enfermé plus de deux jours consécutifs. Sa relation avec elle n'était pas très honnête, il se l'était avoué bien des fois. Il la désirait plus qu'il ne l'aimait. D'ailleurs la vraie question était : avait-il jamais aimé ? Il savait bien que non. D'où la question suivante : pourquoi n'avait-il jamais vraiment aimé ? La réponse exigeait une investigation trop délicate pour la mener lui-même, et trop intime pour la confier à un autre. C'était effrayant ce qu'il se connaissait mal. Et pourtant, il avait une opinion sur tout. Le milieu où il vivait était tout entier fondé sur une méconnaissance de soi transcendée par des opinions. Et ça empirait à mesure que s'étendaient ses responsabilités intellectuelles et morales d'éditeur parisien à succès. En attendant, chaque minute qui s'égrenait le confortait dans l'idée qu'il ne pouvait pas la laisser seule, avec son fils, à Paris.

Quand sa femme revint au salon, elle lui demanda à quoi il songeait. Elle avait le chic pour lancer des sondages aléatoires et attendre des réponses profondes. Il lui montra les livres sur la bibliothèque.

— Je me demandais si leur postérité durerait encore longtemps.

Elle hocha la tête.

— Ce que tu peux être désespérant parfois.

Un éclair traversa son esprit et il reprit :

— Non, plus sérieusement, j'ai un vrai dilemme.

— Un dilemme ? Donc tu as mal à l'estomac.

— Pas encore, mais cela ne saurait tarder.

— Et c'est quoi ce dilemme ? dit-elle avec douceur.

— J'ai eu Adrien.

— Et alors ?

— Ce que je vais te dire doit rester entre nous.

— Non, je vais grimper sur le toit pour le crier à la vallée.

— Adrien est comme d'habitude dans sa maison de campagne en Normandie avec sa femme. Je viens de l'avoir au téléphone et je lui ai conseillé d'y rester et de se calfeutrer.

— Oui, je t'ai vu au téléphone, d'une fenêtre, en haut, sur la route des chevaux, mais je ne pensais pas que c'était lui. D'ailleurs, je ne me suis pas demandé qui cela pouvait être. Je me suis simplement étonnée de la clarté de la nuit ; crois-tu que c'est la pleine lune ce soir ?

— Non, elle est encore un peu aplatie... mais peu importe. Adrien était dans un état d'angoisse inquiétante.

— À cause de ce qui se passe ?

— C'est lié. Comme je te le disais, il est en

Normandie avec sa femme. Mais il est rongé par l'idée de laisser sa maîtresse seule à Paris avec son fils illégitime.

Les yeux de sa femme s'écarquillèrent :

— Adrien a une maîtresse et un fils illégitime ?

— Eh bien... oui.

Elle dégagea le coin d'un petit canapé recouvert pour l'hiver et s'assit :

— La chose en soi ne me choque pas. Mais je ne m'imaginais pas cela d'Adrien, il a l'air si épris de sa femme... Et on sent tellement chez lui le désespoir accentué par l'alcool de ne pas avoir eu d'enfant.

Elle n'en revenait pas. Il reprit :

— Bref, l'auteur qui, en dehors d'être mon ami, contribue le plus au chiffre d'affaires de ma maison d'édition, qui nous fait vivre d'une certaine façon, me supplie de lui rendre service.

— Quel service ?

— De les héberger tous les deux, le temps nécessaire. Et il faut décider maintenant, si on veut qu'ils puissent monter dans le train de 6 h 16 demain matin, avant que l'exode commence.

Elle réfléchit une seconde.

— Je ne vois pas comment on pourrait lui refuser ça. Quel âge a son garçon ?

— Dans les trois ans.

— Et il est vraiment de lui ?

— Faut croire, s'il le dit, Adrien n'est pas du genre à se vanter.

— Pour autant qu'il s'agisse de vantardise. Cela nous fera de l'animation dans la maison. Mais c'est une sacrée responsabilité. Imagine que l'un des deux tombe malade.

— Je pense qu'il en est conscient.

— Nous augmentons nos risques de contamination. Surtout avec un enfant. Les enfants attrapent tout, ils sont plus faibles. Je suis prête à prendre ce risque, mais j'espère qu'Adrien t'en sera reconnaissant. Certains journaux insinuaient, il n'y a pas si longtemps, qu'il pourrait changer d'éditeur.

— C'est mon ami, il ne me laissera jamais tomber.

— Surtout après ça ! Sauf si Rita apprend un jour que nous avons été ses complices, et qu'elle l'éloigne de nous.

— Ça suppose que nous sortions vivants de cette histoire.

— C'est le principe de toute histoire.

— Alors, on lui répond quoi ?

— Que c'est d'accord, bien entendu.

— Bon, je vais lui dire.

Il lui adressa un sourire reconnaissant, puis avala son verre. Elle le regarda, pensant qu'il allait décrocher son téléphone devant elle, mais voyant qu'il ne cillait pas, elle déclara :

— Je vais me coucher, j'imagine que tu attends les enfants.

— Oui, j'espère qu'ils ne vont pas te réveiller. Mais la maison est si sonore. Je me demande comment on va faire avec un gamin de trois ans qui court partout.

— On fera comme quand les nôtres avaient trois ans, mais tu ne t'en souviens pas.

Il fronça les sourcils.

— Bref, les nôtres, comme tu dis, ne seront pas là avant deux bonnes heures, je vais marcher un peu dans la nuit tant que la mort ne plane pas dans l'air.

— Mon Dieu, ce que tu peux être sordide parfois. Et n'oublie pas d'appeler Adrien.

— Ça ne risque pas.

*

Il referma sa veste, reprit son chapeau, l'enfonça plus profondément qu'un quart d'heure plus tôt et sortit. Quand il estima que sa voix ne pourrait plus porter jusqu'à la maison, il appela son ami. Celui-ci ne réagit pas vraiment parce qu'il était tard et qu'il avait bu. Il reprit ses esprits, juste pour lui faire remarquer que leurs deux femmes légitimes ne s'appréciaient ni ne se détestaient assez pour ne pas en parler ensemble un jour. Et, d'un point de vue purement romanesque, cela ne tenait pas debout. Quiconque le connaissait un peu savait qu'il avait déjà assez de mal à supporter une vie pour ne pas s'en inventer une deuxième. Mais il pouvait compter sur lui. Ils raccrochèrent.

Cette fois-ci les chevaux s'étaient approchés de lui, curieux de le voir faire les cent pas devant leur enclos à une heure aussi tardive.

Il déploya des trésors d'imagination pour la convaincre de prendre le premier train avec son fils.

— Tu veux vivre avec ta femme et ta maîtresse sous le même toit ? répondit-elle avec incrédulité.

Il lui rappela que c'était juste une question de vie et de mort, et que cette petite histoire relevait du gentil vaudeville par rapport au drame qui se préparait. Comme elle ne réagissait pas, le romancier contrarié qu'il était lui décrivit l'Apocalypse à venir — en comparaison, le radeau de la Méduse était une croisière pour plaisanciers fortunés. Elle semblait sonnée et promit de prendre le premier train. Il la logerait dans des communs où elle aurait son indépendance ; il était si heureux de pouvoir la protéger... Elle lui demanda s'il l'aimait vraiment... Il ne pouvait pas lui donner meilleure preuve de son amour que de la faire venir au milieu des siens. Perplexe, elle raccrocha pour aller préparer ses affaires.

Il se réjouit à nouveau de cette nuit lumineuse qui lui permettait de marcher librement au moment où il en avait besoin. Il pensa à Adrien, ivre à en perdre ses mots. Demain, il ne se souviendrait sans doute pas de leur conversation. Il buvait depuis qu'il avait connu le succès, comme pour punir l'être anonyme d'avoir quitté sa cache. Il avait longtemps pensé avoir raison contre les autres. Que ces autres soient aujourd'hui si nombreux à lui donner raison le minait. Et lui, l'éditeur, il en profitait. Il prospérait dans cette détresse, réduisait toujours plus ses textes à de la marchandise de grande consommation. Il s'en voulait un peu pour le vieux camarade, mais pas pour l'auteur. Il n'y pouvait rien s'ils ne faisaient qu'un.

La nuit le rassurait et il se demandait comment elle pouvait inquiéter. C'était sans doute, songea-t-il, parce qu'il n'avait gardé en lui aucune part d'enfant. Sans désir ni perspective, il était serein.

Depuis qu'il était en âge d'observer ce qui l'entourait, il n'avait jamais vu l'étang à sec à cette période de l'année. Les canards y pataugeaient dans une masse noirâtre et visqueuse. Il la contourna pour gagner la forêt. Il n'aurait jamais dû s'éloigner de ces terres. Sa vie ne lui avait rien apporté, sauf peut-être l'image d'un homme qui a succombé au réalisme commun et cherche plus à nier la vérité qu'à lui échapper. Il était devenu une parfaite caricature du bourgeois progressiste ; ses élans de cœur ne connaissaient aucune limite tant qu'ils ne touchaient pas à son argent. Il s'était beaucoup exprimé au nom de valeurs sacrées, appartenait à ce groupuscule éclairé d'hommes qui confisquent la lumière médiatique au nom de leurs prétendues bonnes intentions...

La bâtisse, imposante quoique humble, se découpait à la lumière de la lune. Il se souvenait à quel point il s'était saigné pour ces pierres. Pour qu'elles lui reviennent bien des années après la mort de son père. Sous cet éclairage lunaire, la matière minérale écrasait la conscience humaine. « Ne pas penser, ça permet de durer », se dit-il. Mais quand lui aurait disparu, ses enfants, qui n'allaient pas tarder, se débarrasseraient de cette masse inerte, coûteuse, et des souvenirs qui l'habitaient. Encore fallait-il qu'ils lui survivent. En l'occurrence, c'était son souhait le plus cher.

Il eut une pensée pour sa femme, qu'il n'avait jamais aimée et qui ne le méritait pas. Une pour sa maîtresse, qui ne se plaignait pas et le respectait, même s'il ne lui promettait jamais rien.

Aucune des deux ne l'aimait sans doute vraiment. Le risque qu'il prenait à les réunir ne lui procurait aucune jouissance.

Il n'était pas loin de trois heures lorsque les enfants débarquèrent de Paris. Ils en avaient passablement soupé, de cette route interminable. Ils n'étaient pas très loquaces mais, chez eux, c'était un peu tout ou rien. Ils avaient passé l'âge de considérer cette histoire comme une aventure, même si le drame restait pour eux un horizon flou. Leur père leur ordonna le silence. Ils partirent alors se coucher, réflexe surprenant de leur part, car d'ordinaire, et c'était même un classique, ils attendaient l'épuisement pour dormir.

*

Au petit matin blanchi par un givre timide, sa femme fut la première à émerger. Elle était sur le pied de guerre et le réveilla peu après. Le plan était d'arriver pour l'ouverture du supermarché de Vergt, à huit kilomètres de là, et de multiplier au maximum les allers et retours, en chargeant chaque fois la voiture de vivres. La petite route qui menait à la départementale sinuait entre les bois. Un brocard traversa devant eux et s'enfonça dans cette forêt où, à la saison, les cueilleurs de cèpes se battent pour améliorer leur ordinaire. Une laie l'imita un peu plus loin, sans se presser, sûre du droit que lui conférait sa progéniture trottant en file indienne derrière elle.

— C'est ici qu'on aurait dû vivre, lui confia-t-il. On devrait toujours vivre dans les lieux où il est plus facile de mourir.

Elle le regarda, consternée.

— Ta noirceur est déjà assez affligeante en temps normal pour que tu n'en rajoutes pas en ce moment, non ?

— Contrairement aux apparences, je vais très bien. J'ai beaucoup marché et médité cette nuit. Ça m'a soulagé.

— Du genre ?

— C'est difficile à résumer en deux secondes. Mais je crois qu'après tout ça, si je m'en sors, je ne serai jamais plus le même.

— C'est toujours ce qu'on se dit dans des circonstances qui nous ramènent vers l'essentiel. Sauf que les circonstances passées, on ne parvient pas à maintenir son cap. Il faudrait un peu de spiritualité pour se permettre cet état d'esprit et ce n'est pas dans notre éducation.

— Tu veux dire qu'au mieux on est capables d'un peu de bondieuseries ?

— C'est ça, alors que la spiritualité ce serait de larguer en rase campagne son moi hypertrophié d'Occidental. Tu t'en sens la force ?

— J'ai l'impression que c'est lui qui est prêt à me laisser tomber.

— Ce n'est qu'une impression, va, après une journée à Paris le naturel reviendra au galop.

— Je suis las de savoir et de n'exister que par rapport aux autres.

— Tu déprimes.

— Non, je crois plutôt que je commence à sortir d'une dépression qui a commencé à ma naissance.

— Tiens donc, c'est un scoop, dit-elle, amusée.

La départementale n'était pas plus fréquentée que d'habitude. Chacun allait à son train, les commerciaux sur les jantes, tandis que les vrais ruraux se traînaient.

Le supermarché de ce chef-lieu était à l'entrée de la bourgade. C'était le cœur de la vallée du Vern, connue des seuls spécialistes en guerre de religion. On s'y était beaucoup étripé entre catholiques et protestants à une époque où le cerveau humain, à peine plus limité qu'aujourd'hui, autorisait à tuer et à mourir au nom de Dieu, en sacralisant des pulsions criminelles.

Le parking du supermarché était en contrebas. D'un coup d'œil, on voyait que ce n'était pas un jour comme les autres. Il était bondé et plusieurs voitures de gendarmerie étaient arrêtées devant l'entrée principale. Ils descendirent et essayèrent de se garer, mais il n'y avait bien sûr plus une place. Un paysan en chemise à manches courtes — malgré le froid — frôla leur voiture. Ils lui demandèrent ce qui se passait à l'intérieur.

— Les gendarmes empêchent les gens de rafler plus que le strict nécessaire. Y paraît que c'est la consigne, faut qu'y en ait pour tout le monde. J'imagine pas le cirque que ça doit être dans les villes !

Puis il partit d'un éclat de rire en les saluant. Ils firent demi-tour. Il eut la tentation d'allumer la radio, mais à l'instant où il appuyait sur le bouton, elle l'arrêta.

— À part nous effarer, je ne vois pas ce qu'ils peuvent nous apporter.

Ils se garèrent sur le bas-côté à la sortie du village. Les voitures affluaient en sens inverse.

— On va enfin savoir ce qu'on vaut.

Et il ajouta doctement, comme il avait l'art de le faire dans les moments qui s'y prêtaient le moins :

— Quand je dis on, c'est aussi bien nous que tous ces types qui errent, là, et la civilisation en général. J'ai peur que personne n'en sorte grandi, mais sait-on jamais, c'est aussi dans ces épisodes-là qu'on voit des actes héroïques.

Elle regarda sa montre.

— Tu ne devrais pas traîner. N'oublie pas que tu dois aller à la gare et si tu prévois une heure et demie de trajet, ce ne sera pas du luxe.

*

Quand il entra dans Périgueux quarante-cinq minutes plus tard, on se serait cru le 1er mai, avec un vendeur de muguet à chaque coin de rue. Pourtant, ça ne fleurait pas le printemps. Des hommes et des femmes approvisionnaient les citadins en combinaisons étanches et en livrets expliquant leurs conditions d'utilisation et de lavage. Celui qui le distribuait clamait aux gens de rester au maximum chez eux, de laisser les combinaisons dehors, d'empêcher les animaux de s'en approcher et... il n'écouta pas la suite. Après être remonté dans sa voiture, il s'aperçut qu'il avait pris huit combinaisons pour adulte. Il retourna en demander une pour enfant, puis il se rendit à la gare. Il n'avait jamais vu pareille affluence. Les voyageurs qui descendaient des trains étaient happés par des familles paniquées. Le train qu'il attendait arriva à l'heure alors que les suivants étaient annoncés avec des retards dantesques. Elle en sortit plutôt pimpante, tenant son fils d'une main et de l'autre une valise beige de taille moyenne. La turbulence de l'enfant les empêcha de se parler les premiers instants dans la voiture puis le miracle de l'âge s'opéra, il s'endormit. Elle regardait par la fenêtre et s'émerveillait des paysages.

— Il faut que je t'explique quand même comment j'ai justifié ta venue auprès de ma femme.

— Oui, bien sûr, répondit-elle, regrettant d'avoir négligé cette évidence.

— Je lui ai raconté que tu étais la maîtresse de mon meilleur ami, Adrien Keren, l'écrivain. Tu le connais ?

— Non, mais je sais que c'est ton ami, et qu'il est célèbre.

Elle se tourna vers le profil de son amant, qui semblait tourmenté.

— C'est un beau gage d'amour que tu m'offres.

Il fut si surpris de cette affirmation qu'il en éternua. Elle poursuivit.

— Avec une autre, tu ne te serais pas, disons... jeté dans la gueule du loup. Mais là... tu me fais une drôle de confiance.

— Eh bien, je te sauve la vie et peut-être celle de notre enfant, c'est bien le minimum.

— Quand même, ça me touche.

Elle fut distraite par une belle maison en pierre jaune adossée à la forêt. Puis reprit :

— Mais tu sais que je n'irai jamais contre toi, que je n'attenterai pas à l'organisation de ta vie.

D'ailleurs, qu'est-ce qui prouve que je te voudrais tout à moi ? Et de toute façon, qui voudrait d'un ciel bleu et d'un soleil radieux tous les jours ? Bref, j'imagine que tout ce que tu fais, c'est pour le petit.

— Ah bon, et pourquoi ça ?

— Du calme. Ce n'est pas un reproche, mais je ne te vois pas risquer ton confort juste pour moi. Par contre, tu t'inquiètes pour lui.

— C'est injuste, comme affirmation.

— Injuste, mais assez vrai. Nous n'avons aucun lien de sang tous les deux, il suffirait d'une grosse dispute pour que je redevienne une étrangère, et on ne sauve pas la vie d'une étrangère. Oublions cela, tu veux, j'ai l'impression de te contrarier.

Il respira bruyamment, et se retourna pour jeter un œil sur l'enfant qui dormait recroquevillé sur la banquette arrière. Puis il murmura :

— En admettant que tu aies raison, il faudrait pour cela que j'aie au fond de moi-même le sentiment que tu ne m'aimes pas vraiment.

— Mais tu ne supporterais pas que je t'aime vraiment ! Tu arrêterais de m'aimer à la seconde où tu t'en rendrais compte. Souviens-toi, la première fois que nous avons dîné ensemble, très bêtement, je t'ai demandé ce que tu détestais le plus chez une femme. Tu te rappelles ce que tu m'as répondu ?

— Non.

— Tu as répondu très exactement : « Cette hystérie qui consiste à croire que l'on aime l'autre plus que soi-même. »

— Effectivement, rien n'est pire que d'être aimé plus qu'on ne s'aime soi-même, cela donne l'impression que l'autre manque de jugement.

Ils bifurquèrent sur une route si étroite que deux voitures pouvaient à peine se croiser.

Elle lui prit la main, mais perçut un réflexe de résistance.

— Ne t'inquiète pas, cette parenthèse, enfin espérons que ce ne soit qu'une parenthèse, ne changera rien. Ce ne sera jamais elle ou moi.

— Ah oui ?

— Mais oui, la seule perspective de cette alternative te conduirait à quitter tout le monde. Je sais que tu en es capable. Je sais que tu es capable de la quitter, mais pas pour moi. Tu n'es capable de la quitter que pour te retrouver seul. Et comme tu ne supportes pas la solitude, tu te remettrais avec n'importe qui. On a partie liée, toutes les deux. La différence, c'est que je suis la seule à le savoir. Et cet enfant pour la première fois près de toi, ça te fait quoi ?

— Du bien, j'imagine.

Comme il y avait un renfoncement sur le côté de la route qui mordait sur une terre à maïs, elle lui demanda de s'arrêter pour parler d'Adrien.

— Il faut que j'en sache un peu plus sur lui, si je suis supposée être sa maîtresse.

— Certes, mais rien ne vous oblige à en parler.

— Moi, si. Sinon les silences seront trop lourds à supporter. Je veux au moins la remercier de m'avoir accueillie, connaissant ma situation. Peut-être n'en parlerons-nous plus ensuite. Mais si elle revient sur le sujet, il faut que j'en sache un minimum sur lui.

Il parut dubitatif :

— Qu'est-ce que je pourrais t'en dire, sinon qu'il est le dernier homme à envisager une double vie et qu'il n'aurait certainement pas la force ni morale ni physique d'avoir une maîtresse.

— C'est vraiment ton ami, ou c'est avant tout l'écrivain le plus important de ta maison d'édition ?

— Ta question est blessante.

— Allez, arrête ton show.

Un petit écureuil voyant la voiture immobilisée décida qu'il était hors de danger et reprit ses activités à découvert. L'animal s'affairait par gestes vifs, précis et décomposés.

— C'est vraiment mon ami, et c'est un excellent écrivain. Très torturé, bien sûr, car comme tout bon romancier, il affronte le monde tel qu'il est, dépouillé des artifices qui nous aident à vivre. C'est aussi un homme modeste mais d'une ambition démesurée. Il voudrait passer à la postérité mais il sent qu'il n'y arrive pas, alors il se détruit avec l'alcool et la cigarette pour augmenter ses chances de raccourcir son existence ici-bas. Il ne profite de rien, il est obsédé par sa position d'écrivain au Panthéon. Paradoxalement, son immense intelligence ne le conduit même pas à se demander si l'homme a un avenir sur cette planète.

— Donc l'histoire de la maîtresse n'est pas très crédible ?

— Pas vraiment.

— Ta femme le connaît bien ?

— Assez.

— Et elle est intelligente, ta femme ?

— Assez.

— Assez pour savoir que ton ami n'est pas le genre à s'inventer une double vie alors qu'il n'assume même pas la première ?

— Oui, mais tu es bien placée pour savoir que les femmes ont une certaine forme de tolérance envers les contradictions des hommes. Ça les épate. Un peu comme le besoin que vous avez de vous installer et de vous marier nous épate...

— Bref, mon fils est censé être de lui.

— S'il ne l'était pas, ma femme aurait peut-être été réticente à te laisser venir. Sinon, qu'ajouter de plus ? C'est quelqu'un d'indifférent en apparence, de paranoïaque en réalité. Et malthusien, très malthusien, il pense que la cause de nos malheurs, c'est d'avoir fait croire aux pauvres que les enfants sont une richesse.

— Donc, il est ravi de ce qui se passe.

— Je n'en ai pas vraiment parlé avec lui, mais je ne serais pas étonné qu'il voie cela d'un bon œil, comme si la nature faisait le travail de régulation que nous n'avons pas eu l'intelligence de nous imposer.

— On ne sait toujours pas pourquoi il aurait une maîtresse. Physique ?

— Non. Sa femme est un peu hystérique, on peut concevoir qu'il ait besoin de prendre des vacances.

— Besoin d'une femme qui écoute et qui ne dit rien ?

— Ou d'une femme qui parle tout le temps et à laquelle il n'est pas obligé de répondre.

— Laquelle est la plus réaliste ?

— La première.

— Voilà, c'est plus clair pour mon rôle.

— C'est l'actrice qui parle.

— Je n'étais pas très bonne pourtant, comme dans tout ce que j'ai fait.

L'écureuil avait disparu, mais un rayon de soleil qui perçait à travers de hauts châtaigniers donnait l'impression que la terre qu'il illuminait fumait.

— Tu ne devrais pas dire ça.

— Écoute, je n'ai pas réussi grand-chose socialement. Mais je me débrouille, je ne manque de rien, je suis libre. Je n'ai certes pas les moyens de me payer une maison de campagne. Du coup, l'ancienne actrice pas très douée remonte sur les planches pour un rôle de composition dans une pièce mal écrite, car on sait que le scénario de départ n'est pas crédible.

— Ne t'inquiète pas.

— Si, je m'inquiète. On ne sait jamais comment les choses peuvent tourner.

— Sous quel angle ?

— Je n'en sais rien. On joue avec le feu. Notre histoire pourrait s'éventer et te contraindre à me laisser tomber pour toujours. D'ailleurs voilà bientôt une heure que nous sommes ensemble, trois quarts d'heure que notre fils dort et tu n'as toujours pas eu l'idée de m'embrasser. Tu sais de quoi j'ai envie ?

— Tu viens de le dire.

— Non, mieux que ça.

— Moi aussi j'en ai envie, mais pas pour les mêmes raisons.

— Lesquelles alors ?

— Une angoisse un peu diffuse.

— À cause de ce qui vient ?

— Même pas, c'est récurrent.

— Donc ça ne remonte pas à aujourd'hui.

— Non, mais parfois il y a des bouffées plus violentes que d'autres.

— Tu pourrais oublier tes bouffées d'angoisse un instant, et ressentir un léger élan de tendresse pour quelqu'un ?

— Je me le demande.

— Si on allait dans le sous-bois ?

Il la regarda, lui sourit.

— On aura d'autres occasions, on n'est pas obligés...

— Justement.

De retour dans la voiture, elle resta un moment silencieuse et ouvrit sa fenêtre pour humer l'air de la campagne.

— Tu imagines ce que pourrait être la vie si on s'aimait ?

Le réveil de l'enfant mit un terme à leur conversation. Aux questions « où sommes-nous ? qui est le monsieur dans la voiture ? » les réponses furent difficiles à inventer. Elle parla du « monsieur » comme d'un ami chez qui ils allaient rester à la campagne pendant plusieurs semaines.

— La vraie campagne ? demanda l'enfant.

*

Sa femme avait vainement essayé de réveiller ses filles pour que tout le monde vive sur le même rythme. Elle fut très cordiale avec la nouvelle arrivante et la traita comme la cliente d'une chambre d'hôtes. Elle lui avoua d'ailleurs que son rêve était de convertir, avec son mari, cette maison en chambres d'hôtes et de s'y installer définitivement. Lui se contenta de commenter :

— Le jour où il y aura autant de chambres d'hôtes que d'habitants sur cette planète, la solitude soufflera sur une humanité comblée.

Elle lui fit part de mille autres projets, autour de l'agriculture biologique, et quand elle eut fini avec ses rêves, elle changea de sujet, devenue intarissable. Enfin, elle évoqua un certain nombre de mesures d'ordre matériel. Il fallait se rationner en eau car il n'était plus question d'utiliser le réseau public et on ne connaissait pas exactement les réserves du puits. Pour la nourriture, si chacun y mettait de la bonne volonté, on pouvait tenir un peu au-delà de l'hiver.

Pendant qu'épouse et maîtresse visitaient la

grange aménagée en appartement, son téléphone sonna. C'était Keren. Il s'éloigna des deux femmes pour parler plus librement. Son interlocuteur était déjà ivre et la situation l'amusait :

— Comment va ma maîtresse ?

— Très bien.

— Et mon fils ?

— Très bien.

— Est-ce que tu as dit à ta femme que je l'avais reconnu ou pas ?

— Je lui ai dit que tu ne l'avais pas reconnu.

— Tu me fais passer pour un vrai salaud. Tiens à propos, j'ai trouvé un nouveau nom à l'enfance, un nom que je trouve plus juste : la préexistence. C'est une période de la vie qui détermine toutes les autres, y compris souvent les raisons de la mort. Et, pendant ce temps, on n'est jamais en position de décider de quoi que ce soit.

— Et l'âge adulte, l'existence, tu les définis comment ?

— Comme la période où on fait semblant de décider sur tout.

— Je vois. J'ai précisé que tu t'occupais très bien de lui matériellement.

— Oui mais ça, ça ne demande aucun courage parce que de l'argent, j'en ai autant que je veux. Tu sais quoi ?

— ..

— Je viens de percuter sur un truc. J'ai quarante-sept ans et demi et Raymond Carver est mort à quarante-neuf ans. Je crois que je vais être de la fournée.

— Quelle fournée ?

— La fournée qui se prépare, les cinq millions. J'ai toujours pensé que je mourrais entre l'âge de la mort de Tchekhov et celle de Carver, soit entre quarante-quatre et quarante-neuf ans.

Il ajouta plus doucement :

— Ce ne serait pas grave si j'avais la moitié du talent de l'un des deux.

— Tu l'as, c'est moi qui te le dis.

— C'est l'éditeur qui parle ou l'ami ?

— C'est l'ami.

— De toute façon, c'est la même chose.

— Non, ce n'est pas la même chose, j'étais ton ami avant d'être ton éditeur.

— En tout cas, tu es d'accord qu'avec le succès que j'ai je ne peux pas être un bon écrivain.

— Arrête, ça n'a rien à voir. Il n'y a aucune corrélation entre les ventes et le talent.

— Je ne te parle pas de talent, je te parle de génie. Enfin...

Un instant de silence, et il reprit avec un faux air d'allégresse :

— Enfin, je te dois la seule aventure romanesque dont je sois acteur depuis longtemps. C'est de la haute densité romanesque, et tu m'as bien choisi. Le seul type qui n'ait pas eu une relation sexuelle depuis six ou sept ans, on lui découvre une maîtresse et un enfant illégitime de trois ans. C'est curieux que tu aies pensé à moi pour ton propre rôle, toi qui trompes même ta maîtresse attitrée. Un bon écrivain devrait pouvoir l'expliquer, mais tu n'es même pas le personnage d'un de mes romans. La vie est drôlement faite. Toi, tu vis, moi j'écris. On vit l'un et l'autre de ce que j'écris. Et je n'écris pas ce que tu vis.

— Et tu bois.

— Et je bois.

— Et tu fumes.

— Et je fume.

— Et qu'en dit Rita ?

— Tu sais qui était sainte Rita ?

— Oui, nous avons une chapelle Sainte-Rita pas très loin d'ici. C'était la patronne des causes désespérées.

— Je ne suis pourtant pas une cause désespérée. Rien ne dit qu'après ma mort on ne va pas me consacrer. Rita, elle voulait vivre avec un écrivain à succès. C'est fait. Maintenant, qu'un écrivain à succès boive beaucoup, pour elle, ça fait partie des conséquences inévitables. En cela, je la respecte. Elle n'est pas comme toutes ces femmes qui cherchent à changer leur bonhomme une fois qu'elles l'ont. Non, elle ne me dit jamais rien là-dessus. Je ne peux pas te cacher que je lui en veux quand même un peu.

— De quoi ?

— De ne pas plus s'inquiéter de ma santé, de me laisser boire comme ça, de ne pas aimer l'homme plus que l'écrivain. D'un autre côté, c'est l'écrivain qu'elle a choisi, pas l'homme. Mais ce dont elle ne se rend peut-être pas bien compte, parce qu'elle n'a peut-être pas toute l'intelligence que j'avais espérée au départ, c'est qu'une fois l'homme mort il n'y aura plus d'écrivain. Sauf si l'écrivain survit à la dépouille. C'est le pari qu'elle a fait. Et ça me met hors de moi parce que je sais qu'elle se trompe, tu comprends ?

— Je comprends, mon vieux.

— Et tu vois, finalement, j'aurais de bonnes raisons d'avoir une maîtresse, une femme qui m'aime vraiment pour ce que je suis. C'est ce qui se passe chez toi, hein, dis-le, c'est le genre de femme, si tu étais écrivain, qui ne lirait pas tes livres. Pas vrai ? Et ça doit être terriblement réconfortant, avoue. Tu la trompes, la tienne, mais tu ne la quitteras jamais.

Il s'interrompit pour allumer une cigarette et tira dessus à s'essouffler.

— Remarque, il ne faut surtout pas se fier au jugement d'un écrivain sur les gens. Moi, j'ai toujours eu l'impression que ta femme t'aimait pour ce que tu es. Ta femme, c'est quelqu'un de bien, tu sais.

— Pourquoi tu dis ça ?

— Parce qu'elle est très fine. Et je pense qu'elle me connaît assez pour savoir que toute cette histoire ne me ressemble pas du tout.

— Alors pourquoi elle ne dit rien ?

— Elle aime un homme dont elle a défini les limites. Ta schizophrénie masculine ne l'intéresse pas. Elle ne veut pas entrer dans ton monde. Enfin, pour le moment.

Il tirait sur sa cigarette comme si la fumée était aspirée par son intestin grêle.

— Je te connais assez bien, au fond.

— C'est assez normal de connaître ses amis.

— Ses amis, quels amis ? Je n'ai que toi, comme ami.

— Non, enfin, je n'en sais rien...

— Si, si, je t'assure. D'ailleurs, comment expliques-tu qu'on puisse avoir plus d'un million de lecteurs dans le monde et un seul ami ?

— Ça mérite réflexion.

— Oui, alors toi qui es éditeur, tu ferais bien de te creuser les méninges. Comment envisager qu'un million de gens se trouvent une intimité avec un type comme moi qui n'en trouve avec personne ? C'est bien la preuve que je mens à longueur de pages, non ?

— Non, mon vieux. Disons que tu es aussi schizophrène que moi. Avec du talent en plus.

— Tu as lu l'article qu'ils ont sorti dans *Mensuel Livres* ? Mes lecteurs trouvent que je suis un type bien, discret dans les médias, un peu destructeur, mais plutôt autodestructeur, donc a priori sympathique. Et apparemment, chacun de mes romans est lu par cinq personnes.

— C'est mieux que les bouquins couverts de prix prestigieux, mais qui sont offerts les trois quarts du temps à des gens qui n'en lisent pas une ligne.

— Là n'est pas la question. Cinq personnes pour chacun de mes livres, ça fait cinq millions de personnes. C'est la population de la Norvège. Il y a l'équivalent de la Norvège qui dévore mes livres dans le monde, et moi, je n'ai qu'un ami, et encore, c'est mon éditeur. Je peux te poser une question ?

— Pose.

— Dans le contexte actuel, tu irais jusqu'à m'embrasser sur la bouche ?

— Je ne suis pas sûr d'avoir bien compris.

— Je veux dire, là maintenant, non, pas là maintenant, disons dans une ou deux semaines, quand chacun sera un vrai danger pour l'autre, est-ce que tu serais capable de m'embrasser sur la bouche ?

— Pourquoi je le ferais ?

— Pour me prouver ton amitié.

— Sincèrement ?

— Sincèrement.

— Oui.

— Pourquoi ?

— Parce que je ne suis pas certain de tenir à la vie tant que ça.

— C'est des conneries, ce que tu dis. Tu ne fais aucun excès, je ne parle pas de ta prostate, je parle de tes poumons et de ton foie. Donc, tu pourrais m'embrasser, mais pas par amitié.

— Par amitié, honnêtement, non.

— C'est bien ce que je pensais. C'est une notion assez vague.

— De plus en plus, comme l'amour.

— Pour l'amour, je savais, mais pour l'amitié, j'entretenais une sorte d'illusion chevaleresque.

— Pas tant que cela, sinon tu ne te serais pas demandé pourquoi tu as tant de lecteurs. On aime d'autant plus les autres qu'ils sont loin, c'est encore mieux s'ils sont conceptuels. À part la famille. Et encore. Le cercle se rétrécit. L'homme de demain est célibataire, n'aime et ne déteste que son nombril. Il déclare très fort son amour d'autrui, mais toute la société est construite pour que personne ne l'approche jamais ni ne lui demande aucun sacrifice. Avec ce qui se trame ces jours-ci, nous entrons dans un monde idéal, si on ne se massacre pas. Si on se massacre, tout sera à recommencer.

— Avec ton homme de demain, tu résous comment la question de la sexualité et de la reproduction ?

— La reproduction, c'est un problème de marché et rien ne résiste au marché.

— La sexualité, c'est plus compliqué. La jouissance n'est pas la plénitude.

— Tu en sais quelque chose... Bon, je te laisse, je vais aller me faire chauffer du café. Le temps est magnifique en Dordogne. Et chez toi, en Normandie ?

— Une journée comme on n'osait pas en espérer il y a trente ans en hiver. Ce qui est rassurant, tu vois, c'est que d'une façon ou d'une autre on va crever. Sincèrement, je plains ceux qui s'accrochent à la vie par-dessus tout.

Il se sentit soudain las de cette conversation qu'il n'écoutait plus que parce que Adrien était aussi son auteur. Un accès d'honnêteté le poussait à se l'avouer.

— Oui. On se reparle bientôt.

— Si tu es démasqué, tu peux m'appeler à n'importe quelle heure du jour et de la nuit. Je n'ai pas tant de distractions que ça. On est un peu cloués.

— Te concernant, pas plus que d'habitude.

— Non, pas plus. J'avais choisi cette vie cloîtrée pour ne pas faire comme tout le monde. Et voilà que tout le monde fait comme moi, s'enferme, n'ose plus respirer l'air au-dessus de sa tête.

— Je t'appellerai tous les jours. Pour te tenir au courant de l'évolution du feuilleton.

— C'est vrai que nous vivons désormais dans un feuilleton.

Ils finirent par se quitter.

*

Il revint à point nommé auprès des deux femmes. Elles avaient épuisé les sujets de convenance. Les enfants descendirent de leur chambre, regardèrent le bambin comme une espèce à part. Le petit ami de sa fille aînée, Aude, voulut mettre la radio, mais il l'en empêcha en posant sa main sur le poste :

— Il n'y a rien de bon à en attendre.

Le jeune homme n'insista pas. Mais Aude sortit de sa léthargie :

— Un homme informé en vaut deux.

— Justement, dans ces temps de pénurie, moins on sera, mieux on se portera.

Puis il ajouta :

— Bon, que personne ne sorte avant que j'en aie fini avec les canards.

Il se dirigea vers sa chambre, en sortit avec un long fusil à double canon. Le sérieux avec lequel il s'apprêtait à exécuter sa tâche fit sourire les enfants. Nathalie, la cadette, qui venait d'entrer dans la cuisine, lâcha avec un petit air sarcastique dont elle avait le secret :

— Ça y est, les hostilités sont déclarées ?

Les coups de feu retentirent tandis que les enfants trempaient leur pain dans leur café au lait tiède, que le petit inspectait chaque objet de la pièce et que les femmes cherchaient un sujet de conversation.

Il revint contrarié.

— Alors ? demanda sa femme.

— Alors, répondit-il un peu irrité, je les ai tous tués. Mais maintenant, on en fait quoi ?

— On les mange, dit le copain d'Aude.

— Mais non, idiot, si c'était pour les manger, on les aurait pas tués.

— Il faut les enterrer, trancha sa femme.

Ce qui fut fait, et jeta comme un froid.

Par éducation, les enfants s'étaient retenus de demander directement qui étaient cette femme et ce gamin étrangers à la famille. Leur mère leur expliqua qu'elle était une amie très proche d'Adrien Keren. Ils n'ignoraient pas que Keren représentait beaucoup pour leur père, et à tout point de vue. C'est le genre de chose qui se sait vite dans une famille. Mais il est un âge où l'on a l'âme procédurière. C'était le cas de Nathalie, qui demanda en passant sa main dans ses cheveux, d'un air faussement désinvolte :

— Mais pourquoi il ne l'héberge pas, lui, si c'est une de ses amies, il a bien une maison en Normandie, non ?

Leur mère, qui avait pourtant le sens de la repartie, ne sut quoi lui répondre.

Aude se leva pour nettoyer son bol et lâcha, comme si personne ne devait l'entendre :

— Il a pourtant pas une tête à avoir une double vie, ce Keren.

Puis, en direction de sa petite sœur :

— Quand je te disais que les hommes sont tordus. Et plus ils vieillissent, plus ils sont tordus.

— Tu es un peu jeune pour asséner ce genre de vérités, rétorqua sa mère, rompant le pacte tacite convenu avec son mari.

— Non, maman, je ne suis pas trop jeune pour le constater, je suis juste trop jeune pour le comprendre.

— Et moi, je suis tordu ? protesta son ami.

— Non, toi tu es un cas à part, c'est pour ça

que je t'ai choisi. Mais je sais aussi à quoi je renonce.

— Quoi, par exemple ?

— On ne peut pas dire que tu aies beaucoup de personnalité, par exemple, mais bon, c'est un choix. Et puis, ce que j'aime chez toi, pour un homme, c'est que tu ne prétends pas au courage. La seule phrase dont je me souvienne dans un roman de Keren, même si je la trouve un peu facile, dit en gros : « Plus l'homme exalte les valeurs de courage, moins il en a. Les femmes sont plus réservées sur le sujet, elles sont plus fatalistes. »

La mère intervint aussitôt :

— Les enfants, nous sommes ici tous ensemble a priori pour un long moment dans un contexte qui n'est pas très gai. Alors, je vous en prie, essayez de vous tenir et de vous en tenir à ce qui vous est dit. Ce sera mieux.

*

Après avoir enterré les canards, il se trouva seul à seule avec sa maîtresse près de la bergerie où elle logeait. Comme elle s'approchait souriante, il la poussa délicatement à l'intérieur du bâtiment.

— Dis donc, vous avez une bien belle maison.

— C'était celle de mon père. Puis elle a été

vendue à sa mort. Je l'ai rachetée, il y a dix ans. Nous n'y venions qu'à la belle saison.

— Tu y es très attaché ?

— À la maison ?

— Oui.

— Pas tant que ça.

— Alors pourquoi l'avoir rachetée ?

L'enfant jouait dehors et ils pouvaient l'apercevoir fouillant la terre avec un bout de bois. Elle se mit à défaire sa valise beige et à ranger sur les étagères ses affaires et celles de son fils. Il finit par murmurer :

— Je ne me suis pas posé la question. J'en avais besoin. J'ai cultivé l'idée lyrique que c'est une partie de mon identité. En réalité, c'est une maison solide, c'est même devenu un bouclier contre le monde. Aujourd'hui, elle remplit le rôle auquel elle était destinée depuis son rachat.

Il regarda son fils.

— Il faudra qu'on parle de lui, de toi et de moi.

— À quel propos ? demanda-t-elle, le regard plein de tendresse.

— Il faut qu'il sache qu'il a un père, et que je suis ce père.

— Bien sûr, sourit-elle. Mais nous avons le temps. Tu l'as dit toi-même, la vie démarre toujours comme une fiction. Le problème, c'est de raconter la bonne histoire, celle qui le fragilisera le moins le jour où se dressera la réalité. Il faut juste que tu l'aides à se prendre en main.

*

Il refusait toujours d'allumer la radio mais, voyant son fils aîné arriver, il lui demanda ce qu'il avait entendu sur les ondes.

— Rien, chacun se planque chez soi, tous les lieux où les gens doivent s'agglomérer ont été désertés. Tiens, toi qui fréquentes les académiciens, on va bientôt leur proposer un nouveau mot, pour leur dictionnaire, c'est la « désagglomération ».

Par réflexe, ils se rendirent au salon et branchèrent la télévision après l'avoir dépoussiérée. Sans satellite, le choix était limité. Les rares chaînes qui restaient diffusaient des films, et curieusement ils étaient moins violents que d'habitude. Les bons films de guerre n'amusent le public qu'en temps de paix.

— Alors on ne saura rien, conclut-il.

Son fils avait encore les yeux rougis du trajet en voiture.

— Heureusement, il reste Internet.

— J'ai essayé ce matin, ça ne marche pas.

— Pourquoi ?

— J'ai oublié de payer la facture. Je vais envoyer un chèque.

— Ça rime à rien, ricana son fils. Personne ne prendra le risque d'ouvrir l'enveloppe. Reste la rumeur.

— Oui, mais l'épidémie cavale aussi vite que la rumeur. Et le dispositif qui est mis en place pour combattre le virus risque d'atteindre aussi la rumeur.

— Donc, on ne saura rien sur rien.

— On risque surtout de ne pas être au courant, le jour où on sera hors de danger, ou bien si un vaccin a été trouvé.

— Comme ces types en Norvège qui continuaient à se battre alors que la Seconde Guerre était terminée depuis plus d'un mois.

— Par exemple.

Puis il se composa la mine la plus neutre possible avant d'annoncer :

— Il faut que tu saches que nous hébergeons, pour rendre service, une jeune femme et son fils. Ils sont très proches de Keren, mon auteur à succès, tu sais, le pilier de ma boîte.

— Pour éviter que si cette femme débarque chez lui, ça fasse des histoires ?

— Tout juste.

Sans doute parce qu'il travaillait dans un observatoire d'astronomie, son fils n'avait pas de goût pour les intrigues qui sont chez l'homme une des expressions de l'infiniment petit. Il ne posa aucune autre question. Virant d'un sujet à l'autre, il reprit :

— Dommage de ne rien savoir.

L'astronome en herbe devenait intrigant.

— Oui, poursuivait-il, la déstructuration sociale, et le retour forcé à deux grands fondamentaux, la peur et l'intérêt. La société de la compassion est entre parenthèses pour un moment. La plupart des bonnes âmes ne s'exécutent qu'en présence d'un témoin. Pas de témoin, pas de preuve ; pas de preuve, pas de générosité. En revanche, l'argent va méchamment circuler dans les jours qui viennent. Des petits malins en tout genre vont inventer des systèmes pouvant mettre cinq générations à l'abri. Et puis on va assister à des actes d'héroïsme comme on n'en avait plus vu depuis l'Occupation. Pas forcément par conviction profonde, mais pour éviter d'être étiqueté lâche, une fois que toute cette comédie sera finie. Il s'agit juste de décider si on laisse son voisin crever ou pas, et on va vite en arriver là, si ça dépasse les deux mois.

— J'espère qu'on n'en arrivera pas là.

— Moi non plus, renchérit son fils en souriant, je n'ai aucune envie de découvrir dans ces conditions ce que j'ai dans le sang. Votre génération a fait l'impasse sur la question, on aimerait en faire autant.

*

Au déjeuner, autour de la table, chacun rivalisa de zèle pour évoquer des sujets anodins. Puis on discuta d'organisation. Il fut convenu de tenir le portail verrouillé en permanence pour qu'aucun inconnu ne soit tenté d'approcher la tribu. Il échangea un regard avec sa femme, un regard satisfait de voir autant de complicité chez leurs enfants : les ego étaient mis en veilleuse ; même l'ami d'Aude n'essayait pas de s'imposer au-delà des limites qu'elle lui avait dictées. Tous jetaient un œil discret mais régulier sur la nouvelle venue, et traitaient son petit garçon comme s'il appartenait à la famille depuis toujours — mais pas pour toujours. Chacun savait au fond de lui-même que cette situation ressemblait à des grandes vacances, quand rien n'oblige à réinviter les mêmes amis l'année suivante.

À la fin du repas, il se leva brutalement. Il n'y avait plus de radio, plus de direct à la télévision. C'était sans doute provisoire, le temps que les médias s'adaptent pour faire travailler les individus sans qu'ils se croisent. On pouvait faire confiance au génie technique de l'homme, l'obstacle serait surmonté à brève échéance. Mais ce qu'il craignait, c'est que le téléphone ne soit coupé. Il se rua sur le sien et appela son auteur tout en marchant dans le pré qui bordait la maison au sud.

— Pourquoi tu me rappelles, tu as déjà été démasqué ?

— Non, c'est parce qu'il n'y a plus d'informations ni à la radio, ni à la télé. S'il arrive la même chose avec le téléphone, je ne veux pas que tu penses que je t'ai oublié.

— Tu dis qu'il n'y a plus d'infos ? C'est embêtant. Remarque, je ne les écoute jamais. Mais bon, je savais que si j'en voulais, je pouvais les entendre, alors que là... c'est le trou noir. Mais c'est peut-être mieux, ça évitera aux gens de se foutre la trouille et de devenir incontrôlables. Heureusement que tu nous as prévenus avant les autres et qu'on a pu faire des réserves. Enfin ça, tu le dois à monsieur le président de la République... Comment ça se passe avec la petite ?

— Très bien, les enfants l'ont bien acceptée. Le gosse aussi.

— Je passe pour un sale type.

— Non, pour un homme normal.

— Ça m'arrive si peu souvent de passer pour quelqu'un de normal que ça me réjouirait presque. Là, tu vois, ce que je crains, c'est moins l'épidémie que l'ennui. Je pense que j'ai plus de chances de mourir d'ennui que d'autre chose. Mais je dois être victime d'un excès d'optimisme. Remarque, si je sortais observer ce que sont devenus les gens civilisés, je ne sais pas si je m'en remettrais.

— Tu n'en sais rien, tu serais peut-être surpris.

— La seule chose qui pourrait me surprendre, c'est que je réagisse mieux que les autres.

Il resta un instant silencieux avant de reprendre :

— Si tu avais le choix aujourd'hui, tu vivrais avec laquelle des deux ?

— Aujourd'hui, je n'ai justement pas de choix à faire, je vis avec les deux.

— Et dis-moi, tu veux faire quoi avec le petit ? Essayer de lui transmettre ce que tu n'as pas réussi à donner à tes aînés ?

— Pourquoi, tu ne les trouves pas réussis ?

— Si, ce sont des enfants très bien, moralement et socialement. Ton problème, et tu le connais par cœur, c'est le fait qu'eux soient si sévères sur toi. Surtout les deux filles. Ton fils aussi, même s'il ne te le montre pas.

— Si tu veux que ce pauvre gamin me respecte un peu, il faudrait que je masque ce que je suis, avec lui. Je ne me sens pas la force de partir sur un mensonge aussi long, surtout à mon âge.

— Ce qu'on appelait l'éducation dans le temps, c'était ça, on ne se montrait pas tel qu'on était. Maintenant au nom du principe sacré de vérité, chacun agit tel qu'il est. Bientôt les enfants se demanderont s'ils ne vont pas devoir élever leurs parents. À ce rythme-là, il faut que tu reconnaisses le tien.

— Je vais y réfléchir. Le reconnaître, c'est dévoiler le pot aux roses à ma femme et la perdre. Si elle me quitte, j'aurai de sérieux soucis financiers.

— Rassure-toi, « tes sérieux soucis financiers », comme tu dis, seront moindres que si c'est moi qui te quitte.

— Mais toi, je sais que tu ne me ferais pas un coup pareil.

— Parce que tu ne me ferais pas non plus ce que tu as fait à ta femme.

Il se mit à rire dans le combiné.

— Non seulement tu ne me fais pas de crasse, mais tu me rends service en hébergeant ma maîtresse et son gosse. Bon, j'espère qu'on va pouvoir continuer à se téléphoner. Sinon, je vais m'ennuyer ferme.

— Pourquoi tu n'écris pas ?

— Sur quoi veux-tu que j'écrive ? Tu connais des types qui ont publié des textes quelques semaines avant la Shoah, et qui aient un intérêt depuis ?

— Au moins, même si on risque d'avoir encore plus de morts, l'homme ne devrait pas en sortir à ce point abaissé.

— Enfin, ce n'est pas la première fois dans notre histoire qu'un meurtre de masse est perpétré par des forces qui nous dépassent. Rappelle-toi, à la fin de la Première Guerre mondiale, comment la grippe espagnole a terminé le glorieux travail entamé par nos aînés dans la tranchée. Elle a fauché tout ce qui restait d'hommes, de femmes et d'enfants affaiblis par quatre ans de carnage. Oublie les raisons alléguées par nos doctes historiens qui ont la vertu de plancher sur un conflit absurde. On écrit dix fois plus sur 14-18 que sur la grippe qui a succédé. Pourtant, elle a été plus efficace pour élargir les cimetières que la guerre elle-même. Mais claquer de cette fameuse grippe, ce n'était pas tomber au champ d'honneur. Tu verras que l'histoire ne fera pas plus cas de nos ennuis que de la dernière épidémie de choléra qui ravagea le sud de la France. S'il n'y avait pas eu Giono et son hussard sur le toit, qui s'en souviendrait ?

— Tu devrais écrire là-dessus.

— Certainement pas. Laisse tous les auteurs de pacotille qui vont survivre à ce drame y chercher les tirages que des temps paisibles ne pouvaient pas leur fournir. Ils se trompent, de cet épisode il ne restera rien, aujourd'hui encore moins qu'hier. Tu verras, le « marché » fera tout pour en effacer les traces, au plus vite, et personne ne pourra se donner le loisir de réfléchir et d'échapper au syndrome du consommateur paisible et discipliné.

— Personne n'est touché autour de toi ?

— Personne. Mais ça ne signifie rien, il y a si peu de gens autour de moi. Et comment ça se passe chez toi ? Je veux dire, ce n'est pas évident d'être condamné à la résidence surveillée, même en famille. Pour nous, on est toujours l'un sur l'autre et elle n'envahit pas plus ma tête que d'habitude. Mais vous ?

— En fait, ce qui est incroyable, c'est de voir à quel point la mère du petit a sympathisé avec ma femme. Elles parlent des heures ensemble maintenant. Elles font la cuisine ensemble et elles veillent ensemble, le soir, près de la cheminée, à se raconter leurs histoires d'enfance.

— Pas de jalousie ?

— Jamais. C'est un sentiment que ma femme ignore.

— Ou qu'elle n'a jamais voulu te montrer.

— Possible. Et moi, je me détache de tout le monde. Je ne suis complice de personne, ni des enfants, ni des femmes.

— Et dehors, il se passe quoi ?

— Je ne sais pas, et je ne veux pas savoir. Quand je suis parti, j'ai dit à ma secrétaire de me téléphoner le jour où, selon elle, les choses rentreraient dans l'ordre. Aucune nouvelle.

— Les choses sont peut-être rentrées dans l'ordre alors qu'elle est morte ?

— Je refuse d'envisager une chose pareille.

— Chez moi, d'en haut, j'aperçois le village et il est toujours sidéré. Il n'y a presque aucun mouvement et quand quelqu'un s'aventure dehors, il file sous sa combinaison de plongée. Mais honnêtement, pour un village aussi petit que le nôtre, je trouve qu'il y a quand même pas mal de mouvement devant le cimetière. Le corbillard débarque bien une fois par semaine. Voilà, mon vieux, je ne peux pas t'en dire plus. En tout cas, c'est pas demain la veille que les gens vont rouvrir des livres qui leur racontent des histoires. Là, ils sont plongés dans une vraie de vraie.

*

Quelques jours plus tard, sa maîtresse lui demanda de ne plus la toucher. Elle avait honte de trahir la confiance de son épouse. Et ajouta qu'après ces semaines de réclusion, quand la liberté de circulation aurait repris, elle disparaîtrait de sa vie. Elle laisserait le champ libre à cette femme qu'il ne méritait pas complètement. Il lui répondit :

— C'est assez romantique, cette déclaration. Ma femme t'a retournée par sa gentillesse et ses attentions. Mais elle force le trait. Elle a un naturel plutôt aimable ; pas au point quand même de se lier si vite. Je ne l'ai jamais vue devenir intime avec qui que ce soit en dehors de la famille. Tu peux t'éloigner de moi, si tu veux, mais ne le décide pas pour de mauvaises raisons. De toute façon, je n'ai pas l'intention de laisser tomber le petit.

Elle le regarda fixement :

— Laisser tomber le petit ? Mais tu ne lui as même pas adressé la parole une seule fois depuis qu'il est là.

— Les circonstances ne s'y prêtent pas, répliqua-t-il, l'air soucieux.

Elle se fit plus insistante :

— Tu sais très bien que tu ne m'as jamais aimée. Je ne te le reproche pas, ça m'arrangeait bien d'un côté, mais je vais avoir besoin de prendre de la distance. Tu pourras toujours voir le petit autant que tu voudras.

Tout en la scrutant, il asséna :

— J'aurais dû m'en douter.

— De quoi ?

— Ce n'est pas sa gentillesse à elle qui t'a convaincue de t'éloigner de moi, ce sont les enfants.

— Ne mêle pas tes enfants à notre histoire.

— Si, si. Je veux dire que mes enfants reflètent le mauvais père que je suis.

— Les choses ne sont jamais si simples, mais si tu veux savoir, chacune de leurs attitudes trahit le poids de ton indifférence. C'est violent, cette indifférence qui transpire de ta peau.

*

Il ne dormait plus. Il s'enfonçait chaque jour dans une rage plus profonde. Un matin, alors qu'il coupait du bois à la hache pour se défouler, il s'acharna à en perdre haleine. Il s'assit sur un tronc débité pour reprendre sa respiration. Le vent s'était mis à souffler sur les vieux charmes, menaçant de casser ce qui leur restait de branches, quand l'ami de sa fille vint à lui pour lui proposer son aide, en se frottant les mains pour les réchauffer. Il n'avait jamais aimé ce type, qui lui rappelait que sa fille Aude ne l'aimait pas non plus. Il sentit que le jeune homme avait quelque chose à lui dire. Comme il n'avait pas l'intention de rester là des heures, il l'encouragea à parler.

— Merci de m'avoir accueilli ici, dit le jeune homme.

— Ne me remercie pas, je l'ai fait pour Aude.

— Je sais que vous ne m'aimez pas beaucoup.

— Je n'ai pas de raison de beaucoup t'aimer. Mais je n'en ai pas de te rejeter.

— Je vous suis indifférent ?

— Non, pas indifférent.

— Enfin, un peu plus que les autres, non ?

— Mais pour qui tu te prends, toi, la pièce rapportée, à balancer que mes propres enfants m'indiffèrent ?

— Ils n'ont jamais mis le sujet sur le tapis devant moi.

— C'est ma fille qui insinue ces idées ?

— Non, elle ne me dit jamais de mal de vous, si cela peut vous rassurer. Elle se contente de me reprocher les qualités que vous avez et que je n'ai pas. Sauf qu'elle oublie qu'elle m'a aussi choisi parce que je n'ai pas vos défauts.

— Ah bon ! Lesquels ?

— Vous voyez, moi je peux supporter sans broncher une fille que le désir masculin dégoûte parce qu'elle voit son père tromper sa mère depuis sa naissance. Et je peux même supporter une relation sans plaisir, parce que j'aime votre fille. Moi je suis un homme de sentiments, contrairement à vous, même si je ne suis pas un grand éditeur qui bouffe chez le président.

Il faillit éclater mais se retint. Le jeune homme continua :

— Tout le monde a compris l'histoire de cette femme. Et tout le monde se pose la question pour le gosse. Vos trois enfants vous méprisent, non seulement à cause de vos trahisons, mais à cause du manque total de respect et de considération que vous éprouvez envers leur mère. Comment avez-vous pu imaginer un seul instant qu'elle allait croire un scénario aussi invraisemblable ? La double vie de Keren. Je ne le connais pas, moi, mais cela paraît tellement absurde aux autres. Votre suractivité me vaut bien des privations, monsieur, mais moi au moins je ne vis pas dans le mensonge.

— Tu dis ça parce que sans ma fille tu n'es plus rien, et elle, pour se venger de moi, elle a fait de toi une loque.

Le garçon le regarda droit dans les yeux et en se levant il lâcha :

— Moi je suis au bout de mes peines, pas vous.

À la nuit tombée, il trouva son fils aîné dans les combles, ajustant sa lunette pour observer les étoiles. Il prit l'air de légèreté qui prévalait lors de leurs conversations :

— Quoi de neuf là-haut ?

— Je ne sais pas, je te le dirai tout à l'heure.

— Le ciel est clair, n'est-ce pas ?

— Très clair. Mais il l'est toujours ici les nuits de beau temps. C'est l'avantage de ne pas avoir d'usines dans le coin. Pas d'industrie, pas de boulot, donc pas de poussière, il faut bien un gagnant.

Son fils collait son œil au viseur. Il hésita un peu.

— Il faudrait qu'on se parle.

Son fils recula la tête et le regarda.

— Oh oui, ça ne pourrait pas nous faire de mal. Surtout à toi.

— Tu me juges sévèrement, n'est-ce pas ?

— Je ne te juge pas, je déplore.

— Bon, alors je te laisse.

— C'est ça.

*

Le jour où le peintre se présenta devant la grille, sa femme venait d'aborder le sujet.

— Je ne ferai pas de scène, ce n'est pas mon genre. On va vendre cette maison, l'appartement de Paris, puisque dans notre milieu, tout finit par des histoires d'argent, et je garderai la moitié de la maison d'édition. Je voulais te dire que je ne l'ai pas forcée. C'est une fille bien, je le craignais. Mais elle a dû comprendre que je n'avais rien fait qui te pousse dans ses bras. Et maintenant elle a aussi compris que tu pourras échouer tout seul dans les bras d'une troisième femme, si ce n'est déjà fait. Le masque du bourgeois vagabond de la couette, tout ça, c'est tombé comme le vieil enduit d'un mur humide. Je ne vais pas te parler de souffrance, ce serait inconvenant, surtout dans les circonstances actuelles.

Le lendemain, une silhouette humaine se découpa devant le portail, un grand type avec un air plutôt inoffensif. Il s'avança le minimum possible sur le balcon qui surplombait la porte d'entrée. L'homme resta derrière les grilles fermées et cria :

— Je suis votre voisin, en bas de vos bois, la maison...

— Ah oui, le peintre. Je suis vraiment désolé de ne pas pouvoir vous proposer d'entrer, dit-il en se forçant à paraître aimable, mais vous connaissez la situation...

— Oui, je n'avais d'ailleurs pas non plus l'intention d'approcher. Je voulais juste vous avertir qu'une petite bande de types venus de la ville tuent les chevaux pour les dépecer. Poussés, peut-être pas par la faim, mais par l'intérêt. La viande est devenue hors de prix et les propriétaires de chevaux dispersés ne pensent pas à les protéger comme le font les éleveurs de bétail. Mon autre voisin en a eu deux dépecés.

— Merci de me prévenir.

La nuit qui suivit cette conversation, ne trouvant pas le sommeil, il ne chercha pas à se coucher. Apercevant des lumières de phares près de l'enclos des chevaux, il décrocha son fusil et sa ceinture de cartouches. Sans bruit, il rejoignit le pré où trois hommes cherchaient à immobiliser sa jument. L'un d'entre eux tenait une masse à la main comme dans les abattoirs d'antan. Il ouvrit le feu sur deux ombres et comme il rechargeait, la troisième s'enfuit à travers champs, sautant comme un démon. L'un des deux hommes gisait face contre terre, tel un sac de blé tombé de l'étage d'une grange. L'autre était sur le dos, les bras en croix, la tête inclinée, un air de surprise barrant ce qui lui restait de visage. Aucun doute, ils étaient morts. Il fouilla les cadavres, puis leur voiture. Il ne trouva rien d'autre que cette masse. Il lui aurait suffi de les mettre en joue et ils auraient abandonné la bête dans le pré sans demander leur reste. À aucun moment il ne s'était senti menacé. Un sentiment étrange l'envahit ensuite. Il n'éprouvait ni honte ni remords. C'était le sentiment indéfinissable d'appartenir à la communauté humaine.

Lui qui avait réfléchi sur tant de concepts aurait été incapable d'expliquer pourquoi.

L'instruction se conclut sur un non-lieu pour légitime défense. Des affaires de ce genre, il y en avait eu des milliers. Devant le juge, sans chercher à justifier son geste, il avait déclaré que la répugnante démonstration de cupidité de ces hommes, ajoutée à la vision de la masse venant s'écraser sur la tête de sa jument, lui avait fait perdre le sens commun. Il omit de préciser que dans les heures qui avaient précédé, il avait reçu un appel de Keren.

— Tu sais quoi ? J'ai une mauvaise nouvelle à t'annoncer.

— Tu pars chez un autre éditeur.

— Ça ne va pas ? Tu crois que je pourrais te faire un coup pareil ? Non, non... Rien à voir.

Il s'était interrompu un long moment puis avait lâché :

— J'ai décidé d'arrêter d'écrire.

L'éditeur qu'il était en avait eu le souffle coupé puis avait répondu comme si quelqu'un d'autre parlait à sa place :

— Tu as raison, ça n'a rien à voir. Et pourquoi ?

— Parce que je ne parviens pas à répondre à la question « pourquoi j'écris ? ». C'est un mode d'expression d'un autre temps ; et puis je crois que, pour arrêter de boire, si je ne veux pas crever, il faut que j'arrête d'écrire.

— Et tu vas faire quoi ?

— C'est un autre problème. Je suis tellement habitué à écrire et à boire. Je ne vais donc pas m'arrêter de fumer tout de suite. Ce serait trop, tu en conviendras.

Après le meurtre des deux hommes, il s'était senti curieusement libéré de ses peurs et il était parti, son fusil à la main, à travers bois et champs, sans trop savoir ou cela le mènerait. Après une bonne heure de marche, il avait découvert une grosse maison carrée entourée d'un long mur de pierres jaunes. Elle semblait inhabitée. Alors il s'était allongé en s'adossant contre le mur et avait posé son fusil à côté de lui. Incapable de penser, il était resté immobile, à fixer la bâtisse. Une paire de persiennes battait dans la brise. Or des persiennes, il y en avait plus d'une paire sur cette façade. Celle-ci n'était ni plus ni moins délabrée que les autres, alors pourquoi était-elle seule à battre ? Son esprit avait vagabondé un moment.

Il apprit bien plus tard que l'homme qui vivait seul dans cette grande demeure avait été la seule victime du coin. On disait qu'il n'avait pas pu s'empêcher d'aller en ville une fois par semaine. Pour y rejoindre une femme.

*

En dehors d'actes de violence isolés, l'épidémie provoqua des millions de morts. Le président lui-même n'y survécut pas. Pour soigner son image fort affaiblie avant les événements, il avait décidé de rendre visite à des malades dans un hôpital. Une semaine plus tard, il s'alita et mourut en laissant un souvenir que personne n'a contesté depuis. Il s'en doutait certainement car ceux qui ont approché sa dépouille parlent d'un visage détendu. Sans doute la mort lui avait-elle offert ce qui lui avait été refusé de son vivant. Il est plus difficile d'être une légende vivante que de le devenir post-mortem. Le trépas est un tremplin d'importance. Les gens qui accélèrent leur sort pour faire éclater la preuve irréfutable qu'ils ont vécu sont plus nombreux qu'il n'y paraît.

L'écrivain Adrien Keren mourut huit mois après les événements qui viennent d'être relatés, d'une conjonction fatale de tous les mauvais traitements qu'il avait infligés à son organisme au long de ses années d'écriture. Vingt ans plus tard, son œuvre a disparu des librairies. Il ne reste que quelques contemporains vieillissants pour se souvenir de lui. Il aurait écrit sur cette pandémie qui avait meurtri le monde dans les années dix, son sort aurait été différent. Un écrivain qui assume sa part dans le deuil d'une génération entière ne peut jamais être complètement oublié.

LÉGENDE NAÏVE
DE L'OUEST LOINTAIN

Dieu et l'homme sont une création mutuelle. Dieu a créé l'homme, puis l'homme a créé Dieu. Or la relation entre les deux avait plutôt bien débuté. Dès qu'il a été en âge de raison, l'homme a inventé une quantité de dieux et de déesses qui lui ressemblaient. Lorsqu'on est doté de conscience dans un univers infini, il n'existe pas d'autre solution que de lui désigner quelques créateurs ou de s'imbiber d'alcool à longueur de journée. Ainsi, là-haut, dans la vaste communauté des dieux, il régnait une gigantesque pagaille, identique à la nôtre. Les mêmes luttes de pouvoir, les mêmes mesquineries, les mêmes débauches désespérées les occupaient. Ici-bas, notre attitude respectait l'ordre des choses : nous les craignions plus qu'ils ne nous craignaient, ce qui n'interdisait pas une certaine complicité — sans parler de corruption —, qui se dévoilait au travers de nos sacrifices et de nos offrandes. Les dieux étaient à notre image, il fallait donc les honorer et les craindre.

Mais, un jour, l'un d'entre eux a désiré prendre le pouvoir absolu. Il est entré en négociation avec des tribus d'esclaves en Égypte, auxquelles il s'est révélé par l'intermédiaire d'un prophète, et, dans la clandestinité, ils se sont mis d'accord : le peuple élu ne vénérerait désormais plus que lui et proscrirait à l'avenir ses représentations, de façon à lui laisser un peu plus d'intimité. Après tout, chacun a droit au respect de la vie privée. Ce que ce Dieu, devenu unique, n'avait pas prévu, c'est que ses serviteurs avaient décidé de réduire drastiquement son train de vie, dans un souci légitime d'économie. Ce Dieu disposerait certes d'un pouvoir sans partage, mais — et personne ne mesurait très bien à l'époque le prix réel qu'on allait lui faire payer —, en contrepartie, il serait affligé par une bien cruelle solitude. Lui qui s'attendait à être tout simplement le maître de l'univers et de ses hommes fut donc désappointé, car les Juifs en avaient décidé autrement. Le Dieu unique devait renoncer à sa cour et à toute forme d'heureuse compagnie. Certains faits historiques semblent montrer que le Très-Haut leur en a tenu rigueur assez longtemps, et qu'il s'est même acharné à leur faire payer sa nouvelle existence. Il faut dire que pour les Juifs comme pour tout autre être humain, il était difficile à cette époque — où l'espérance de vie laissait si peu d'espoir — de mesurer la réelle souffrance d'une solitude éternelle.

Dieu, dès lors, est entré dans une dépression qui s'apparente à s'y méprendre à celles qu'on remarque chez les fermiers âgés des grandes plaines : seuls dans leurs baraques en bois, ils se parlent à eux-mêmes, en se berçant dans leur siège à bascule dont le tangage fait craquer les planches de la terrasse, alors que le soleil s'efface à l'horizon, ajoutant l'obscurité à leur isolement.

L'homme avait puni Dieu en le condamnant à une retraite forcée et Dieu se vengea durant des siècles. Toutefois, il lui était impossible de rompre le lien avec nous et ce fut une de nos grandes chances. Car qui d'autre parlerait de lui si nous venions à disparaître ? Hein, qui d'autre ? La truite mouchetée, le héron cendré, le faisan chinois ? Comme disait le vieux Vonnegut, aujourd'hui disparu, « après deux guerres et deux génocides au XXe siècle, il aurait dû nous foutre hors de cette planète à coups de pied au cul ». Mais Vonnegut oubliait que sans nous Dieu n'est plus rien ; on fait cause commune depuis l'origine du temps. Avant nous, le ou les dieux existaient dans l'anonymat. On mesure aujourd'hui, en ce début de XXIe siècle, à quel point l'incognito est une souffrance, nous qui rêvons de célébrité. Depuis les Juifs, nous nous sommes persuadés qu'un seul

Dieu nous a conçus. Même si c'est vrai, il faut tout de même souligner, ce qui est difficile à admettre, que cette création résulte d'un hasard, car les dieux jouaient avec les probabilités comme avec les planètes. Un hasard heureux qui leur a donc fourni un attaché de presse investi dans sa mission, mais aussi bien des déconvenues, dont une à l'origine de la profonde mélancolie qui a frappé le dernier de leurs survivants.

C'est cette mélancolie mêlée d'une apathie intermittente qui est à l'origine de son silence dans les moments où on l'attend le plus. Et, dans ces moments-là, on ne peut s'empêcher de songer : « Bon Dieu, pourquoi il ne donne pas de nouvelles ? »

Sa vie avait commencé dans le local à poubelles d'un restaurant de San Francisco. Enfin, la vie avant la vie. Le restaurant appartenait à son grand-père, un Gascon de souche dont le propre grand-père avait fui les ennuis judiciaires en Dordogne, à la fin du siècle dernier, après l'assassinat de ses parents pour un héritage qu'il n'avait finalement jamais touché. Il avait échoué à San Francisco, après un long voyage où les rugissants avaient vidé ses tripes.

Son père avait été, selon l'expression même de son grand-père, « un bon à rien, un maudit fainéant, avec deux pieds dans le même sabot ». Le sujet de ces éloges passait son temps à boire au bar avec les clients et s'appelait lui-même le « relanceur ». La technique consistait à offrir une tournée à quatre ou cinq types pour que chacun d'eux se sente obligé de payer la sienne derrière. Son père et sa mère n'avaient pas eu loin à faire pour se rencontrer. Elle travaillait comme serveuse. Après quelques semaines de résistance, elle s'était laissé prendre debout, dans le local à poubelles, juste avant la fermeture. Le souvenir qui lui revenait de sa mère, c'était son sourire, avec ses belles dents en avant qui lui faisaient bizarrement penser à un clavier de piano, d'une blancheur immaculée. Elle lui offrait toujours un baiser avec une expression de générosité attendrie. Sa mère était née au Mexique, puis elle avait émigré aux États-Unis pour travailler dans les champs d'agrumes pour un salaire dérisoire. Avant d'échouer dans ce restaurant. Quand elle était tombée enceinte, du premier coup, le vieux l'avait mise dehors. Il avait eu d'autant moins de scrupules que celui qui l'avait engrossée à la va-vite s'était tué. Une lourde chute dans les escaliers de la réserve, dont le dévers dû à l'usure du temps était pourtant réputé pour sa traîtrise, avait eu raison de lui. Le grand-père n'avait pas versé une larme après cette brusque disparition. Sa seule réaction fut donc d'en profiter pour éliminer l'incarnation du souvenir de son fils débile en se débarrassant de celle qui portait le maudit rejeton. La jeune femme enceinte avait poussé vers le nord, en remontant la route 101, pour rejoindre l'Oregon. Elle avait enchaîné des petits boulots de serveuse, jusqu'au jour où elle s'était amourachée d'un de ses clients, un vétéran du Vietnam de vingt-cinq ans son aîné. C'était un homme qui buvait dur, mais son humeur et sa gentillesse ne s'en trouvaient jamais altérées. Il avait adopté Kyle comme son propre fils et le traitait avec la douceur d'un aïeul, attaché au souvenir qu'il laisserait à l'enfant.

Kyle avait perdu sa mère la veille de ses sept ans. La petite famille était partie à la plage en ce premier dimanche de l'été 1984. Le Pacifique roulait dans cette crique en larges oscillations latérales, ne libérant qu'une fine écume pâle. Elle était allée goûter la mer pendant que son homme et son fils se changeaient. Le dernier souvenir qu'avait Kyle de sa mère, c'était son sourire de bonheur. Elle avait de l'eau jusqu'à mi-cuisse, et elle sautait sur place, signe que l'eau était froide. Kyle avait baissé les yeux pour enfiler son maillot de bain sous sa serviette en éponge et, quand il avait relevé la tête, sa mère avait disparu.

Son beau-père avait été drôlement affecté de cette disparition, c'était pour lui l'épreuve de trop. Lui qui n'avait pas réussi à mourir en cinq ans de guerre au Vietnam, dans un de ces hélicoptères qui n'étaient aux yeux des Viêt-công que des lampions à dégommer, comme à la fête foraine, avait, un an après le drame, raté un tournant sur la route 101, de nuit, à trois miles de Lincoln. Il s'était tué après une soirée arrosée avec d'autres vétérans de la région qu'il retrouvait toutes les semaines pour de longues beuveries expiatoires, d'autant plus nécessaires que le reste du pays faisait mine d'ignorer les combattants de la première défaite magistrale de l'histoire des États-Unis. Kyle avait appris la nouvelle au petit jour, chez sa tante qui le gardait les soirs où son beau-père partait en virée.

*

La tante Maggie le terrorisait parce qu'elle était énorme et terriblement affectueuse. Comme il était le seul garçon de la famille et le petit dernier, elle aimait le tenir serré contre elle : et le gamin était effaré du contact avec ces plis de graisse en cascade. Vu de sa taille d'enfant, il craignait de devenir la victime innocente d'un glissement de terrain, de mourir un jour étouffé sous ces couches adipeuses qui ondulaient. En été, dimanche après dimanche, le même cérémonial s'accomplissait. Elle s'asseyait à l'avant d'une brouette aménagée à cet effet, et ses quatre filles la conduisaient à la mer. La plage était en contrebas d'une large boucle dessinée par la route côtière. Une trentaine de personnes, des résidents du coin pour la plupart, venaient souiller de leur ombre le sable blanc, dont ils ne décollaient pratiquement jamais, tant le Pacifique qui bordait la plage était profond et froid. Des motards de passage y traînaient souvent. Ils retroussaient leurs manches en cuir pour prendre le soleil sur les avant-bras. Parfois, un adolescent, cherchant à se faire remarquer par les filles, plongeait quelques secondes et ressortait en courant, s'entortillait dans une serviette en claquant des dents. La tante Maggie aimait l'air de cette plage, la caresse du vent tourbillonnant, ainsi que l'appel du large. Elle aimait même cette petite communauté silencieuse qui s'y éparpillait le dimanche. Mais elle adorait surtout se baigner. Elle restait longuement dans l'eau et était bien la seule à pouvoir le faire sans défaillir, protégée par les excès de son corps. La tante Maggie en tirait comme une fierté. L'y conduire était une expédition. En revenir, une épreuve. Kyle se souvenait du jour où, dans la descente, ses quatre filles emportées par la pente n'avaient pu empêcher la brouette de basculer sur le côté, laissant leur mère échouée dans le sable, écarlate et suffocante.

Tante Maggie ne parlait pas, elle barrissait. Et ses quatre filles, âgées de douze à dix-huit ans, jappaient sur Kyle. À la plage, elles ne regardaient jamais leur mère, comme si elle était responsable de l'indifférence que les garçons leur témoignaient. Tante Maggie était l'image même de la souffrance car tout ce qu'elle entreprenait représentait un effort. Chaque mouvement nécessitait une préparation. Pour se lever, il lui fallait un déambulateur. La cuvette des toilettes avait été surélevée car elle ne parvenait plus à s'en extraire lorsqu'elle était complètement assise. Diabétique, elle bénéficiait d'une pension à vie. Ses filles, elles aussi, prenaient le chemin de cette monstruosité. La tante Maggie, qui avait recueilli Kyle à la mort de son frère, avait un jour appelé le gamin, quelques mois plus tard. Elle l'avait serré contre elle, elle lui avait avoué :

— Je ne vais pas pouvoir te garder, mon chéri. Et pourtant, tu sais comme je t'aime. Mais on ne s'en sort pas avec ma pension et le salaire de Margie.

Margie, l'aînée, travaillait à la plonge pour un McDonald's qui longeait une route en direction du sud. Elle sentait toujours la friture, comme la tante Maggie sentait la graisse de pied de bœuf. Le mari de la tante Maggie était parti sans laisser d'adresse. Kyle avait imaginé qu'il s'était volatilisé de peur de se faire écraser. Même si elle aboyait plus souvent qu'elle ne parlait, Kyle avait beaucoup de tendresse pour Tante Maggie. Il décelait en elle une bonté contrariée par une maladie qu'elle n'avait pas méritée. Et Tante Maggie se laissait parfois aller à poser un regard embué sur cet enfant qui la regardait sans malice ni moquerie.

*

Aussi avait-il été recueilli par son autre oncle et son autre tante, les Barnes. Lui n'était que le demi-frère de son père adoptif et de la tante Maggie. C'était un couple stérile, sans histoires. Ils étaient convaincus que l'irruption de Kyle dans leur vie était à interpréter comme un miracle. Penser qu'une inscription du petit Kyle à l'assistance publique ne leur avait pas traversé l'esprit serait pourtant inexact. Disons qu'ils avaient décidé de le recueillir, profitant de ce don du ciel, tout en considérant qu'il serait toujours possible de se tourner vers les institutions si le gamin s'avérait décevant. À l'école, les gamins le traitaient au pire de « maudit Indien » ou de « bouffeur de chili », car, en Oregon, le racisme ordinaire n'était pas celui des États du Sud. La région était très peu peuplée et les courants migratoires aussi faibles que les opportunités de travail. Ses origines mexicaines suffisaient à faire de lui un être à part. C'est ainsi qu'il s'isolait dès qu'il le pouvait, loin de leurs brimades. Il lisait. Des livres que lui prêtait l'assistante bibliothécaire de l'école — une très jeune femme qui ne devait pas être complètement américaine non plus car elle était métisse —, dont la devise était : « Si tu veux un ami, prends un chien. Si tu ne peux pas avoir de chien, prends un livre. » Kyle avait fait sienne cette sentence.

Avec ses livres sous le bras, loin des sarcasmes de ses petits camarades en short, Kyle descendait sur la plage et s'installait à l'abri du vent. L'océan Pacifique était à ses yeux une étendue profonde, inquiétante, mais il l'attirait immanquablement, parce que sa mère s'y trouvait enfouie. Parfois les baleines croisaient près de la côte. Lorsqu'elles se soulevaient en mouvements réguliers de bas en haut, Kyle croyait revoir la tante Maggie qui se laissait porter par la mer, sur le dos, bras écartés, dans ces uniques moments où elle ne pesait presque plus rien et où la vie lui devenait supportable. Kyle aimait regarder la mer à perte de vue, mais il détestait l'approcher. Il la trouvait trop menaçante, dissimulant plus de mystères qu'elle n'était capable d'en révéler.

Le père adoptif de Kyle travaillait à la voirie. Ses camarades de classe le surnommaient « nid de poule ». C'était un homme sec, le visage encadré par de grosses rides verticales, qui considérait la vie comme une punition. D'ailleurs, il était très croyant. Probablement, pensait Kyle, parce qu'il comptait sur l'au-delà pour se refaire. Sa femme rayonnait autant que lui, mais comme elle ne travaillait pas, elle consacrait tout son temps à la communauté religieuse. Évidemment, élever Kyle était un devoir spirituel pour eux. Mais un devoir qui les dérangeait. Ils ne pouvaient pas concevoir de vivre avec lui sous le même toit. C'est pourquoi, dès que Kyle atteignit l'âge d'habiter seul — dix ans selon eux —, ils lui installèrent une chambre dans une grange qui s'ouvrait sur un petit bois. Elle avait appartenu au père de Mme Barnes. C'était tout ce qu'elle avait reçu en héritage. Il fallait à peine cinq minutes à Kyle pour s'y rendre à pied de la petite maison des Barnes où il ne venait plus que pour prendre ses repas et lorsqu'il était convié à rester après la messe le dimanche matin, au milieu de quelques paroissiens qui pouvaient ainsi admirer l'œuvre charitable de ses tuteurs. La paroisse, elle aussi, aidait beaucoup les enfants. Mais les enfants africains. Elle réalisait une collecte annuelle de deux cent cinquante dollars redistribués à une association caritative d'Eugene. La paroisse aimait son prochain. À bonne distance. La grange jouxtait un pré qui appartenait à un vieil homme nommé Donovan Muller. Un ancien éclairagiste des studios d'Hollywood qui avait regagné le pays quand l'heure de la retraite avait sonné. Muller possédait un cheval, un Appaloosa coupé de Quarter-Horse qui avait la croupe plus haute que les épaules, ce qui lui donnait une allure de sprinter. C'était un cheval pie, encore jeune, et le pourtour de ses yeux dépigmenté lui donnait un air larmoyant. Muller l'avait acheté pour sa petite fille qui, la première fois qu'elle l'avait monté, était tombée alors qu'il avançait au pas. Ensuite, elle n'avait plus jamais voulu en entendre parler. Kyle aimait cette façon que l'Appaloosa avait d'expirer en dilatant ses naseaux. C'était sa manière à lui de s'exprimer. Mais ce qu'il aimait par-dessus tout, c'était le regarder quand il restait immobile, ses crins dans la brise, le regard fixe comme si rien ne pouvait l'atteindre. Kyle parlait peu — pour ne pas dire jamais — avec sa famille adoptive. Le père Barnes ne s'en offusquait pas car lui-même était avare de mots. Mais Mme Barnes, qui était un vrai moulin à paroles, s'en étonnait. Elle se sentait responsable du développement de l'enfant. Elle avait voulu consulter un psychologue en ville, mais ce genre de médecins ne réglait jamais rien en une séance. Leur travail pouvait durer des années, avec ces séances d'une demi-heure par semaine, dont un quart d'heure servait à résumer les épisodes précédents. À cinquante dollars la demi-heure, pas une seconde elle n'avait envisagé une thérapie. Un tel traitement était réservé aux riches. Cependant, elle n'avait pas abandonné la partie, et à force d'en parler à droite, à gauche, elle découvrit que le mari de Mme Trump, qui officiait comme elle à la chorale de l'Église, était psychologue scolaire.

Trump était un petit homme à grosses lunettes épaisses qui dissimulaient un regard obtus. Il avait des gestes lents comme s'il s'appliquait à ne montrer aucune brusquerie. Il s'était déplacé chez les Barnes, un samedi matin. Kyle avait l'impression que cet homme myope cherchait toujours à regarder au-dessus de son épaule, comme s'il supposait que Kyle lui dissimulait quelque chose. Trump parlait doucement, trop doucement, d'une voix monocorde et étouffée.

— Alors mon petit Kyle, Mme Barnes me dit que tu ne parles pas beaucoup, que tu n'as pas d'amis, que tu passes ton temps à lire, que tu n'aimes pas te rendre à l'église, que tu ne montres aucune affection pour personne. Qu'est-ce que tu en dis ?

— Rien, répondit-il franchement.

— Je t'ai posé une question, Kyle. J'ai besoin de savoir si ton mutisme est naturel ou le résultat, comment dire... le résultat d'une angoisse, d'une blessure. Bon, dis-moi s'il te plaît pourquoi tu n'aimes pas parler.

— Parce que je n'ai rien à dire.

— Et pourquoi n'as-tu rien à dire ?

— Parce que c'est mieux comme ça.

Kyle trouvait répugnants le bonhomme et ses manières louvoyantes.

— Et pourquoi c'est mieux comme ça, mon garçon ?

— Parce que j'en sais bien plus que les autres.

— C'est-à-dire ?

— Ça serait trop long à expliquer. Et comme c'est trop long, je préfère ne rien dire.

— Je comprends, mais dis-moi juste quelque chose, afin que je me fasse une idée de ce qu'un enfant de treize ans, bientôt quatorze, sait et que je ne sais pas.

Kyle hésita un moment puis décida de passer à l'offensive.

— Je connais à peu près la date de la fin du monde, m'sieur. Enfin, peut-être pas la fin de l'univers, mais en tout cas celle de l'espèce humaine.

Trump plissa la commissure des lèvres, devant l'énormité de cette déclaration.

— Très bien, alors vas-y, c'est pour quand ? Ta réponse nous intéresse, n'est-ce pas, madame Barnes ?

Mme Barnes, qui écoutait dans un coin de la pièce l'étrange conversation, acquiesça. Ses yeux étaient outrés devant l'air sérieux du jeune garçon.

— Entre aujourd'hui et les prochaines trente-cinq millions d'années.

— Ah bon, fit Trump, narquois, tu m'as fait peur ! Ça nous laisse tout de même du temps, trente-cinq millions d'années...

— Vous vous trompez ! fit Kyle.

— Et pourquoi ?

— Parce que je n'ai pas dit *dans* trente-cinq millions d'années. J'ai dit *entre aujourd'hui et trente-cinq millions d'années.*

— Et comment peux-tu en être sûr ?

— L'homme a eu la chance d'être ce qu'il est, il y a soixante-cinq millions d'années. Sans cet événement, il ne serait pas devenu l'espèce dominante. Par son mode de vie, il disparaîtra la prochaine fois que cet événement se reproduira...

— Enfin, Kyle, je ne veux pas entrer dans le détail de ton histoire pour l'instant, tu as certainement raison, mais j'aimerais que tu m'expliques la place de Dieu dans tout cela.

— Aucune, répliqua Kyle d'une voix terne, tandis que Mme Barnes s'affaissait dans son fauteuil.

— Peux-tu être plus précis, mon garçon ?

— Dieu s'est trompé. L'enfer est bien sous terre, mais il est aussi dans le ciel. Et s'il existe un paradis, il ne peut être que sur terre.

Trump lâcha un « hum » de consternation avant de se retourner vers Mme Barnes. Il lui glissa, après avoir remercié l'enfant :

— Je crois que vous n'êtes pas au bout de vos peines. A-t-il de bons résultats scolaires, madame Barnes ?

— Excellents, oui.

— C'est ce que je craignais. Kyle est le genre d'enfant qui prend de l'avance sur certaines questions à cause d'une intelligence débordante, mais sans repères. Il est malin, mais ça part dans tous les sens. À ce compte-là, il finira marginalisé. En tout cas, je ne le vois pas marchand de voitures, ni de pneus. Il deviendra peut-être un nouveau Stephen King, avec un peu de chance. Ou à la rue, ce qui est plus probable. Honnêtement, je ne sais que vous conseiller. Une thérapie s'avérerait coûteuse et longue. Je dirais : laissez faire, et si sa pathologie devient aiguë, il sera toujours temps d'agir.

*

Kyle, contrairement à ce qu'affirmait Trump, avait une amie. Quelqu'un à qui l'on peut parler et qui vous écoute. Cette amie, c'était Naomi, l'aide bibliothécaire. Tout ce que Kyle savait d'elle, c'est qu'elle était originaire d'un État du Sud, quelque chose comme l'Alabama. Une femme assez plantureuse, avec un buste frêle solidement attaché à une croupe ronde qui chaloupait quand elle marchait, ce qui donnait de la gaieté à sa démarche. Un air d'intellectuelle, avec des petites lunettes rondes. Son visage, lui, se dessinait selon les traits d'une Blanche. Mais sa peau ne l'était pas tout à fait. Ses origines paraissaient diffuses, ce qui suffisait à la classer dans les « gens de couleur ». Elle avait pris le parti de sourire tout le temps ; ses belles dents blanches encadrées par des gencives violettes épataient ses collègues. Kyle trouvait difficile de lui donner un âge, mais après mûre réflexion, il avait décidé qu'elle devait avoir tout de même aux alentours de vingt-cinq ans. Il était persuadé qu'elle en pinçait pour lui. Sinon, elle n'aurait pas montré cet empressement à s'occuper de lui quand il venait à la bibliothèque. Et, tous les jours, Kyle arpentait la bibliothèque. D'abord parce que ça ne coûtait rien. Mais aussi parce qu'il lisait un livre par jour et pas forcément des livres pour un gamin de son âge. En fin de semaine, Kyle invitait Naomi dans sa grange. Elle acceptait souvent, parce que personne d'autre ne l'invitait. Elle y venait avec une assiette de cookies qu'elle faisait elle-même et une bouteille de Diet Coke. En dehors de l'amitié qu'il avait pour Naomi, Kyle la considérait comme son espion dans le monde des adultes. Une bâtarde dans un monde de Blancs, ce n'était certes pas l'espion le plus discret qui soit, mais il s'en accommodait. Ensemble, ils restaient dans sa chambre des heures entières, durant lesquelles il lui posait des tas de questions. Il ne répondait jamais à celles qu'elle lui posait car il considérait que c'était avouer sa faiblesse.

À quinze ans, Kyle s'était arrêté de lire des livres parce que la petite bibliothèque n'était plus capable de lui en fournir à un rythme suffisant. Quelques jours avant son entrée à l'université — il avait décroché la bourse d'une fondation grâce à ses exceptionnels résultats scolaires —, Kyle lui avait posé une drôle de question : alors qu'elle l'aidait à rassembler ses affaires pour le départ à Berkeley, il lui avait demandé si elle accepterait de se déshabiller devant lui. Il était persuadé que les autres étudiants en première année devaient tous avoir déjà vu une femme nue, lui avait-il expliqué. Blanche comme eux, sans doute. Si elle acceptait, il serait sans doute le seul étudiant du campus à pouvoir se prévaloir d'avoir vu nue une femme de couleur, une métisse, comme lui. Naomi lui avait reproché de ne pas lui avoir fait la cour avant d'exposer cette requête insolite, mais il s'était défendu d'éprouver le moindre désir. Il voulait seulement avoir l'air de savoir. Naomi s'était donc déshabillée et Kyle l'avait examinée. Sous tous les angles, en prenant soin que les poses qu'il lui demandait ne soient jamais pornographiques, et que son intérêt en reste au stade de l'étude scientifique.

Quand Naomi avait voulu l'embrasser, il l'avait

délicatement repoussée en la remerciant du service qu'elle lui rendait, l'air de dire : « Ce n'était donc que ça. » Le problème était classé pour un moment.

*

Kyle avait grandi. Il était devenu un gaillard élancé, avec un physique qui suscitait l'intérêt des étudiantes de son année et même des années supérieures. On peut naître d'une mère égarée, la perdre, perdre le père auquel on s'était attaché, être recueilli par une famille de bigots et aimer son prochain, le tout sans la moindre arrière-pensée. Kyle savait que le soleil allait s'arrêter de briller dans cinq milliards d'années, cela le rendait ardent, cela donnait à son allure une allégresse rare chez les jeunes de son âge.

Cette année-là, Kyle avait sympathisé avec un de ses camarades d'étude, un dénommé Saul Leibowicz. En plus d'avoir la particularité d'être couvert d'une acné éruptive, il était le fils d'un entrepreneur très riche d'Eugene. Saul s'était attaché à Kyle et, plus surprenant encore, Kyle s'était attaché à cet autre garçon solitaire, marginalisé par son physique ingrat, handicap qu'il ne cherchait pas à compenser en étalant sa fortune. Saul aimait Kyle parce qu'il attirait les femmes mais n'en fréquentait pas plus que lui. Et Kyle aimait Saul parce que, malgré sa condition, il ne parlait jamais d'argent. À travers Saul, Kyle découvrit l'humour juif — qui n'était pas le plus répandu en Oregon. Outre une rare propension à s'entraîner vers des espaces métaphysiques cotonneux, Kyle et Saul avaient en commun d'être dépourvus de l'ambition qui gangrenait absolument tous les autres étudiants. Alors qu'ils rivalisaient d'idées pour faire fortune, les deux amis manifestaient un désintérêt total pour le sujet.

Cependant, un jour, alors qu'ils erraient sur les quais du port de San Francisco comme poussés par la brise, Kyle s'arrêta, puis il fixa l'eau, cette eau verte tirant sur le noir, aux reflets de culs-de-bouteille. À la surface flottaient des mares d'huiles usagées relâchées par des navires de commerce. Il la fixa longtemps, sans rien dire, au point que Saul finit par s'inquiéter :

— Qu'est-ce qui se passe, Kyle, pourquoi tu regardes cette eau dégueulasse comme ça ? Et ne me dis pas que tu y lis l'avenir comme certaines bonnes femmes dans le marc de café...

Kyle ne répondit d'abord rien, puis il leva la tête et observa le large.

— Si je te dis que nous allons faire fortune, tu ne vas pas sauter au plafond, parce que tu es un héritier. Mais si je te dis que je vais faire fortune et accroître considérablement la tienne en soulageant les victimes d'un véritable fléau, vas-tu me croire ?

Saul l'observa, circonspect, mais, en bon Américain, il ne douta pas un instant que son ami pouvait réaliser ce qu'il lui promettait.

— Vas-y, explique.

Kyle, les mains jointes dans le dos, prit un air docte et poursuivit :

— D'après toi, quel est le fléau de l'Amérique ?

Saul hésita, puis avança :

— Je ne sais pas, moi. Cela dépend pour qui. Les républicains... non, le cancer ?

— Oui mais... non.

— Le sida ?

— Oui mais non. L'obésité.

— L'obésité ?

— Notre espèce dégénère de malnutrition. L'Américain moyen n'est plus moyen, il est énorme.

— Et alors, tu veux ouvrir des fast-foods végétariens ?

— Non. Les causes de cette tragédie ne me concernent pas. Enfin, si, elles me concernent, mais elles me dépassent. Si l'économie de marché a conduit à la difformité, je n'y peux rien. Je ne te parle pas de politique, je te parle de business et de souffrance.

— Je ne vois pas où tu veux en venir, Kyle.

— C'est simple. Trente pour cent des Américains sont obèses. Et, parmi eux, le nombre d'individus qui en sont au point de ne plus pouvoir se déplacer augmente sans arrêt. Crois-moi, je te parle d'expérience. Ma tante, enfin ma tante adoptive, est monstrueuse. Elle ne peut pratiquement plus bouger.

— Et tu aimes ta tante.

— Oui, c'est une femme de cœur.

— Je comprends. Et donc ?

— Et donc, quand je pense à elle — car c'est la seule personne de ma famille à qui je pense, dans mes souvenirs —, je la revois allongée sur le dos, flottant sur le Pacifique, et je me dis que cette femme est devenue une orque. Sa dégénérescence fait qu'elle n'est plus du tout adaptée à la terre, à sa gravité, à sa pesanteur. Elle est en train de muter. Les espèces vivantes viennent des océans, mon ami, et la plus sophistiquée de celles-ci, l'*Homo americanus*, est en train d'y retourner. Si les obèses ne retournent pas à l'eau, je te le dis, ils sont condamnés.

— Je comprends, Kyle, ton intérêt pour ce problème délicat, mais comment on fait fortune avec ça ?

— Tu as déjà fait fortune, Saul. Il s'agit plus de la mienne.

— Tu sais que ce n'est pas moi qui ai capitalisé cet argent, mon père seul l'a fait, et je veux lui démontrer que j'ai moi aussi hérité de ses capacités à dénicher les bons coups.

— Entendu, Saul. Alors, mon projet est simple : je veux faire flotter les obèses. Je veux les débarrasser de leur poids en les faisant vivre dans des centres marins.

— Comme des centres de thalassothérapie ?

— Non, pas exactement, l'idée est plus révolutionnaire. On les fera vivre dans l'eau du soir au matin. On les fera flotter en permanence. En attendant d'être capable de les faire vivre en apesanteur, tout sera étudié pour qu'ils oublient ainsi leur poids. Je veux faire en sorte que leur univers redevienne léger. Notre société les a condamnés à engouffrer de la junk-food, elle les a emprisonnés dans la surcharge pondérale... eh bien, moi, je veux les en libérer, ouvrir leur cage. Comprends-tu ?

Saul regarda son ami bizarrement puis fronça les sourcils :

— Je ne sais pas si l'idée que tu viens d'avoir est géniale, mais elle mérite d'être étudiée sérieusement. Kyle, rappelle-toi, mon père est devenu riche grâce aux stations d'épuration et tout le tremblement, tu ne peux pas rêver meilleur interlocuteur, et il s'y connaît en machinerie, c'est un ingénieur de génie. Je te le présente à une condition.

— Laquelle ?

— Qu'il puisse penser que l'idée vient de nous deux. Deal ?

— On a un deal, oui...

*

La conversation en resta là, mais quelques jours plus tard Saul proposa à Kyle de quitter sa chambre exiguë d'étudiant boursier pour le rejoindre dans le vaste appartement que ses parents lui louaient près de Fisherman's Wharf, sur les Docks de San Francisco. Cependant, avant de concrétiser l'emménagement, Saul avoua à son ami que la bénédiction familiale passait par une visite à ses parents dans leur propriété, non loin de la ville d'Eugene. L'occasion allait être parfaite pour évoquer leur projet révolutionnaire et ainsi se confronter à l'analyse critique du père de Saul.

Ce dernier n'était pas parti de rien. Le grand-père, cordonnier, avait lancé sa propre marque de chaussures, des chaussures utilitaires pour affronter l'eau, dans les chantiers inondés, à la pêche... À sa mort, son fils avait revendu l'affaire en réalisant un profit important avant de réinvestir les fonds dans le traitement des eaux usagées. Face à cet héritage aussi bien pécuniaire que moral, Saul vivait avec la peur d'un adage que le grand-père avait fait encadrer comme un diplôme d'Harvard à l'usage des générations futures, pour leur rappeler qu'une fortune familiale se délite vite. La formule était en français, probablement parce que l'adage était lui-même français. Elle disait : « Le grand-père était un aigle, le père un faucon, et le petit-fils un vrai con. » Saul craignait d'être considéré par son père comme le fameux petit-fils et cette perspective le terrorisait d'autant que son père était cet aigle, plus dangereux et avisé en affaires que ne l'était son grand-père.

Ils s'y rendirent une fin de semaine, alors que l'automne déversait, avec une fraîcheur vivifiante, cuivre et or liquide sur les feuilles des arbres, dans la forêt de l'Oregon. L'air était trop glaçant, ce matin-là, pour baisser la capote de la Chevrolet Corvette Sting Ray 1960 que Saul avait reçue en cadeau de ses parents pour ses vingt ans, alors ils s'en allèrent capotés, remontant vers le nord, dans cette nature luxuriante où nulle plante, nul arbre n'est chétif.

Les parents de Saul habitaient une immense propriété à vingt-cinq miles de Crater Lake, invisible de la paisible route départementale. On s'y rendait par un chemin de terre qui trouait la forêt, indiqué par un petit panneau de bois sculpté où était gravé « Jackson Creek ». Le chemin finissait sur une large clairière où trônait, en hauteur, une immense maison en rondins. Une imposante cheminée de pierre grise comme on en trouve dans les tuilières s'appuyait sur le côté. La mère de Saul — « appelez-moi Sarah, Kyle » — avait le visage accueillant d'une femme rassurée que son fils ne lui ramène pas une goy à la maison. Son père était aussi grand que Saul était petit, aussi confiant que Saul était hésitant. Il jaugea Kyle en moins de temps qu'il n'en faut pour dévisager quelqu'un et lui adressa un sourire, comme s'il lui accordait un crédit de confiance illimité.

— Salut Kyle, Saul nous a beaucoup parlé de toi. Tu es ici comme chez toi.

La mère de Saul était une femme objectivement... énorme. Kyle songea alors qu'il devait trouver un moment pour parler à son ami en privé. Il ne lui avait jamais dit que sa mère était obèse. Kyle avait beau triturer sa mémoire, il n'y trouvait aucune trace d'une confession de son ami sur ce sujet. Aussi redouta-t-il le moment d'évoquer son projet d'hôtel aquatique pour super-obèses devant Mme Leibowicz. Jamais Kyle ne s'était trouvé dans une situation aussi embarrassante. Il se sentait à deux pas de commettre l'irréparable, et risquait de se disqualifier définitivement auprès de cette famille qui le recevait si chaleureusement. Œuvrer pour les obèses était une chose, en parler devant un de ses plus beaux représentants en était une autre. La famille de Saul était si prévenante qu'à aucun moment il ne put se retrouver seul à seul avec son ami. Tout de suite après leur arrivée, M. Leibowicz voulut montrer à Kyle le lac artificiel de soixante acres qu'il avait fait creuser en contrebas, là où le terrain formait comme une cuvette. Il avait fait déboiser le terrain, puis tester son imperméabilité. Il s'était avéré spongieux. Chaque gallon d'eau était comme aspiré en une minute. M. Leibowicz n'avait pas désarmé pour autant. Pour retenir l'eau, il avait fait recouvrir les soixante acres de cuvette d'un film plastique épais. Un investissement de cent vingt-quatre mille dollars. Puis il avait détourné le cours d'un ruisseau qui venait des hauteurs et traversait la propriété, pour finalement créer un chenal de déversement partant de son lac artificiel, qui rejoignait plus loin le cours normal de la petite rivière. Autour de l'étang artificiel, il avait fait implanter un milieu végétal adéquat. Après la flore, il s'était attelé à constituer une faune aquatique, en déversant près d'une tonne de différentes espèces de poissons, essentiellement des poissons d'eaux calmes auxquels il avait ajouté cent cinquante brochets pour réguler le tout. Il reconnaissait qu'il y avait été un peu fort sur les brochets et, au bout d'un an, ils avaient cannibalisé la plus grande partie de la faune planctonivore. En évoquant le sujet, Gary Leibowicz avait regardé Kyle avec intensité :

— L'échec a ses vertus, mon garçon. La clé de notre système, c'est d'accepter les échecs, d'en tirer les leçons. Ça provoque de nouvelles impulsions.

Pour empêcher les brochets de pulluler plus longtemps, il avait organisé une gigantesque partie de pêche où il avait invité ses voisins. Tous, sans exception. Même ceux qui dix ans en arrière avaient vu d'un œil un peu suspicieux l'installation d'étrangers dans cette immense propriété, alors vierge. Qu'ils aient été juifs n'avait pas particulièrement joué sur la froideur de l'accueil général. Dans ce coin reculé de l'Oregon, on ne se préoccupait pas vraiment de ces gens-là. Ils n'étaient ni plus ni moins que des étrangers ordinaires. Mais, aussitôt après la grande pêche aux brochets, la famille Leibowicz acquit une belle réputation dans le comté; on louait leur générosité. C'était ça que Gary aimait lorsqu'il fallait rebondir : son sens de l'initiative face à ses erreurs était souvent récompensé au-delà de ses espérances.

Ensuite, une autre catastrophe s'était abattue sur l'équilibre de l'étang : des hérons cendrés s'en étaient emparés comme d'un garde-manger. Or M. Leibowicz ne s'avouait jamais vaincu. On ne pouvait pas leur tirer dessus car il s'agissait d'une espèce protégée, et un écologiste comme lui ne se voyait pas transgresser la loi. Il avait alors eu l'idée d'installer sur les berges des grands faux hérons en plastique, le modèle haut de gamme du nain de jardin, une copie parfaite réalisée à échelle, pour dissuader les vrais de se poser sur un territoire déjà occupé par une colonie. L'effet ne fut malheureusement pas celui escompté. Ces hérons en PVC devaient avoir l'air de femelles car depuis qu'ils entouraient l'étang, ils faisaient l'objet d'assiduités curieuses. Les vrais hérons cherchaient à s'accoupler avec eux, dans des ébats que Mme Leibowicz jugeait répugnants, vus depuis la terrasse où, aux beaux jours, elle passait des journées entières à contempler cette pièce d'eau qui la tranquillisait. Pour M. Leibowicz, qui affichait une superbe sérénité dans la contrariété, ce n'était qu'un nouveau défi à relever. Alors qu'il finissait son histoire, Saul en profita pour glisser à Kyle :

— Tu comprends, maintenant, pourquoi mon père est l'homme de la situation pour traiter de notre projet ? Tu auras remarqué que tout ce qui concerne le petit lac et son irrigation fonctionne parfaitement. Les seuls problèmes sur lesquels il bute relèvent d'une science qui n'est pas la sienne, la zoologie.

Kyle acquiesça, impressionné. Il faut dire que M. Leibowicz était ingénieur en hydraulique, et qu'il avait fondé son entreprise dans ce secteur alors qu'il n'avait pas vingt-huit ans. Il avait créé plus de quatre cents stations d'épuration d'eau pour des collectivités publiques sur le territoire américain, ce qui lui valait à cinquante-cinq ans d'être à la tête d'une fortune discrète mais considérable qui le classait dans les trois mille Américains les plus riches du monde.

Gary était vraiment l'homme qu'il fallait courtiser. Kyle le trouvait d'une simplicité salutaire ; l'homme d'affaires n'avait plus rien à prouver et ne s'affectait plus d'aucune contenance particulière. En fait, il n'avait aucun autre rôle à jouer que le sien. Kyle sentait déjà son admiration déborder pour ce savant fou qui avait su convertir son talent. Il allait repartir de ce week-end avec l'impression d'avoir vécu quelque chose d'extraordinaire.

La terrasse où le dîner avait été servi était chauffée par de gros réchauds à gaz. Mme Leibowicz n'avait pas quitté sa place, celle d'où elle observait l'étang la journée. Kyle crut comprendre que, quand les journées devenaient nettement plus fraîches et que le chauffage portatif ne suffisait plus à maintenir une température suffisante, on reculait Mme Leibowicz de deux mètres à l'intérieur de la maison, derrière la baie vitrée. Car elle ne se déplaçait que deux fois par jour. Une fois pour se rendre de sa chambre à la terrasse. Et une autre fois pour rejoindre sa chambre de la terrasse. Ce qui expliquait la présence d'une femme de chambre qui faisait également office de cuisinière. Elle devait avoir dans les trente-cinq ans et était de sang mêlé. On aurait dit qu'elle était le produit de l'accouplement de tout ce qui s'était fait comme genres humains, du sud de la Patagonie au nord de l'Alaska. Elle portait en elle mille sortes de caractéristiques ethniques : son visage, ses manières ou ses traits appartenaient à des typologies indiennes, incas, laponnes, nègres, latinos et même caucasiennes. Dotée d'un sourire magnifique, elle charmait les invités. Le repas qu'elle prépara, en dehors de salades variées avec toutes sortes de sauces, fut une véritable farandole des poissons de l'étang, le tout cuit dans une friture un peu grasse qui dissimulait tant bien que mal la fadeur de leur chair. Kyle loua le ciel — enfin plutôt la providence — d'avoir fait de leurs études le principal sujet de conversation du dîner. Tout fut dit sur la qualité de cette université et de ses filières. Puis, alors que Kyle croyait avoir échappé au pire, M. Leibowicz plia consciencieusement sa serviette et la posa à côté de son assiette. Après une légère éructation provoquée par la friture, il sourit à Kyle et lui lança :

— Mon cher Kyle, en dehors du plaisir de vous voir, Saul et toi, Saul nous avait parlé de deux motifs essentiels à votre voyage. Il souhaitait que nous te rencontrions, sa mère et moi, pour voir si nous ne nous opposions pas au fait que tu t'installes avec Saul dans son appartement de Fisherman's Wharf. Honnêtement, je ne t'ai vu que quelques heures depuis ton arrivée, mais je dois dire qu'à ce stade je ne vois que des éloges à te faire. À moins que tu ne fasses une énorme gaffe avant votre départ demain soir, mais vraiment énorme, du genre que tu essayes de filer avec une partie de l'argenterie ou quelque chose de cet acabit, je ne vois pas ce que nous pourrions avoir à redire. Non, trêve de plaisanterie, tu es reçu à l'examen Leibowicz avec mention « très honorable ». Sarah, as-tu quelque chose de particulier à ajouter ?

Mme Leibowicz roula la nappe entre ses doigts. Elle fixait Kyle :

— Non, je ne vois pas grand-chose que je pourrais remettre en cause chez ce jeune homme. Bien sûr, et tu le comprendras, Kyle, j'aurais préféré que mon fils vienne me parler d'habiter avec une jeune fille juive. Tu peux l'entendre, j'imagine. Encore que je n'y suis pas prête. C'est beaucoup trop tôt pour me faire enlever mon fils par une jeune femme. Dans ce sens, je trouve que c'est une bonne idée, en tout cas pour le moment. Non, vraiment, je trouve l'idée bonne. Mais je crois que pour que tout soit clair, il faudrait que Kyle contribue financièrement aux charges de l'appartement. Pas question que cette contribution soit proportionnelle à la taille de l'endroit, évidemment, mais qu'il y affecte ce qu'il dépensait quand il vivait seul, je trouverais ça correct. Qu'en penses-tu, Gary ?

— Je pense que tu as parfaitement raison, Sarah. Maintenant que nous sommes d'accord sur ce point, il faut qu'on aborde le second volet de ce voyage et je l'attends avec impatience. Saul, en qui j'ai toute confiance, m'a dit que vous aviez tous les deux une idée de business exceptionnelle et qu'en plus elle recoupait le domaine de l'eau qui est, comme tu as pu t'en rendre compte, mon domaine. Alors, Kyle, nous t'écoutons.

Il ressentit un curieux frisson, commun aux gens qui, à un moment ou un autre, ont risqué tout ce qu'ils avaient accumulé jusqu'alors. Comme le joueur de poker qui joue son tapis sur une paire de sept. Jusque-là, Kyle s'estimait riche : cette famille était sur le point de l'adopter, d'une certaine façon. Partager l'appartement de Saul était une sacrée veine qui mettait d'un coup en sourdine ses soucis financiers. Et soudain, alors que tout semblait se dérouler sous les meilleurs augures, il avait la certitude qu'il allait tout foutre par terre en un claquement de doigts, juste en détaillant ce projet qui allait mortifier Mme Leibowicz. Il eut la tentation assez naturelle de se faire porter pâle, d'invoquer un malaise. Comment Saul pouvait-il laisser se produire un tel massacre sous ses yeux et ceux de ses parents ? Il le regarda, en l'implorant du regard. Mais le petit Saul ne comprenait rien à sa détresse, il se balançait d'une fesse sur l'autre sur sa chaise, impatient d'éblouir son père par un projet novateur.

Kyle commença à parler presque à voix basse, ses yeux fuyant le regard de ses hôtes :

— Voilà. J'ai pensé qu'on pouvait identifier un marché, autour des centres aquatiques pour... Enfin... Je veux dire que l'excès de poids est, pour une catégorie de la population américaine, une véritable souffrance. Et j'ai pensé qu'on pouvait atténuer leur peine en permettant à ces gens-là de vivre dans des centres spécialisés qui seraient conçus pour les accueillir. De leur proposer un environnement où leur poids ne serait plus un problème.

Kyle s'interrompit pour reprendre son souffle et pour constater sur ses hôtes les dégâts de son entrée en matière. M. et Mme Leibowicz le fixaient, impassibles.

— Je m'explique, il ne s'agit pas de faire des parcs aquatiques ou des centres de thalassothérapie. Mon idée est d'ouvrir des maisons spécialisées, médicalisées, où les gens victimes d'une surcharge pondérale importante pourraient retrouver un certain confort dans leurs déplacements, parce que dans tous leurs gestes, ils seraient portés par l'eau. Il s'agit de leur proposer de vivre en état d'apesanteur, dans l'eau. C'est une idée qui mérite d'être développée, c'est incontestable. Mais il faut creuser le sujet, car il existe une vraie douleur, certes, mais aussi un vrai marché. Trente pour cent des Américains souffrent d'obésité. Parmi eux, une bonne moitié ne peut plus se déplacer normalement. Ce qui veut dire que ce projet touche potentiellement quinze pour cent des Américains soit... près de quarante millions de personnes. Bien sûr il existe maintenant toutes sortes de petites voitures roulantes motorisées qui facilitent les déplacements...

À ce moment précis, Kyle décida d'affronter le regard de Mme Leibowicz. De s'adresser à elle, directement. Une façon de lui dire : « Vous n'êtes pas concernée, je parle d'une population qui n'a rien à voir avec vous. » Sans s'en rendre compte

Kyle faisait ses débuts dans la politique. Il continua :

— Ces voitures roulantes correspondraient à notre principal concurrent. Car il faut bien penser que ces voitures rangent implicitement leurs usagers dans la catégorie des gens handicapés. Et ça, c'est très lourd à porter pour les victimes de surpoids, elles se trouvent assimilées à une catégorie de personnes avec qui elles n'ont rien à voir. Dans les centres que nous leur conseillerons, les gens obèses retrouveront une forme de dignité ; l'eau leur offrira une nouvelle légèreté. Ils pourront y flotter ou nager, et même rester sous l'eau grâce à des bouteilles d'oxygène. C'est ça qui est important, de retrouver pendant des heures et même des jours cette sensation de pouvoir se déplacer, de vivre sans effort. J'ai même dans mes cartons un système pour utiliser les toilettes. D'où m'est venue cette idée ? De mon observation des grands animaux marins. Imaginez-les vivant sur terre... C'est impossible. Pourtant, qui viendrait contester leur habileté dans l'eau ? Qu'on parle de baleine, d'orque ou de cachalot, quelle splendeur, quelle grâce ! Quel baigneur va parier sur le manque de rapidité d'un requin blanc quand il nage dans le Pacifique sud ? Voilà l'intuition qui sous-tend ce projet. Avant chaque entreprise, il faut une théorie. Je la crois réalisable, malgré son caractère utopique. Ensuite, il faut un marché. Le marché est là, à n'en pas douter. Et le consommateur va devenir totalement dépendant du concept. Qui voudra retourner sur la terre ferme après avoir séjourné une semaine dans un univers marin où les difficultés auront été gommées ? Il ne reste plus qu'à travailler. Avec l'idée de sortir les obèses de cette fatalité du handicap où on les enferme trop facilement. Il faut positiver leur état, leur donner des perspectives. Leur donner l'impression qu'ils sont l'avenir de l'évolution de notre espèce. Que tout cela fait partie d'un cycle et que l'homme retourne vers l'océan qui l'a vu naître. Des millions d'années plus tard, une frange non négligeable de cette espèce qui s'est extraite des mers — la plus civilisée, puisqu'elle vit aux États-Unis — aspire à y revenir, c'est évident. Pourquoi ? C'est une vaste question, un peu politique, et nous ne sommes pas là pour faire de la politique mais pour explorer un marché et ses profits potentiels.

Après avoir prononcé ces derniers mots, Kyle baissa les yeux, retint son souffle comme s'il était en apnée. Il attendait la réaction collective, mais surtout celle de Mme Leibowicz. C'est alors qu'il entendit les petits applaudissements de cette dernière. Les bravos allaient crescendo, car Saul et Gary s'y joignirent. L'entreprise était vouée au succès, Kyle en était convaincu. Mme Leibowicz souriait. Saul semblait aux anges. C'était gagné.

— Je crois que nous avons là une idée originale, Kyle, reprit M. Leibowicz. Au début, je dois t'avouer, j'ai pensé un instant que tu allais nous parler d'un concept dérivé de l'Aqualand. Mais là, je comprends que nous sommes sur un véritable projet technologique. C'est un très bon projet, tout à fait le genre de défi qu'il m'intéresserait de relever, Kyle !

— Oh, assurément un très bon projet, répéta Mme Leibowicz.

— Bon, laissons passer la nuit sur cette première approche et voyons demain comment avancer, fit Gary. Qu'en penses-tu, Saul ?

— Excellente idée, Papa.

— Je suis fier que cette idée ait germé aussi de ton esprit, Saul, bonne nuit, confia-t-il à son fils en se levant.

Mme Leibowicz en était à sa troisième tentative de se mettre debout. Mais, cette fois, ce fut la bonne et ils se dirigèrent vers leur chambre qui était située au même niveau. Arrivés devant la leur, les deux garçons se tapèrent dans la main comme le font les vainqueurs d'un match de basket-ball. Saul invita Kyle à venir discuter un moment dans sa chambre.

— Tu as été fantastique Kyle, lança-t-il en se

laissant tomber sur son lit. Absolument fantastique.

— Oui, mais tu aurais pu me dire avant notre arrivée ici que... comment dire, que ta mère avait...

— Tu veux dire que ma mère est la première cliente potentielle de l'affaire ?

— C'est ça, si tu veux.

— Je ne t'ai rien dit parce que tout collait parfaitement. Mon père est un génie spécialisé dans l'hydraulique et ma mère est l'utilisatrice type de ce genre de concept. Tu ne pouvais pas mieux tomber, c'est tout.

— Mais ta mère, Saul, elle est comme ça depuis longtemps ?

— Je ne l'ai jamais connue différemment. Je crois que ça a commencé quand elle a rencontré mon père. Ma mère est grecque. Tout ce que je sais, c'est qu'elle a été déportée quelque chose comme trois semaines à la fin de la dernière guerre. Ensuite elle a immigré aux États-Unis avec toute sa famille. Mais il y a eu un drame. Au moment de l'embarquement, son petit frère a échappé à la surveillance de la famille et a chuté entre le bateau et le quai. Il en est mort. Tu imagines une famille juive qui survit à la dernière guerre ? Personne n'est mort dans les camps. Et là, en quelques secondes, c'est la tragédie. Ça me fait penser à tous ces types blessés trois ou quatre fois à la guerre de 14, mais qui s'en sont sortis et qui s'en viennent mourir de la grippe espagnole à la fin de 1918 ou au début de 1919... Toujours est-il que ma mère est arrivée en 1945, et qu'elle a rencontré mon père dans les années soixante-dix. J'ai cru comprendre qu'elle s'était mise à grossir à ce moment-là mais que ça restait raisonnable. Son accouchement n'a pas été sans difficulté... Après ma naissance, elle a décidé de ne plus jamais avoir d'enfant, et là, elle s'est mise à grossir pour de bon. C'est de la logique simple.

Kyle resta perplexe quelques instants.

— Dis donc, Saul, tu crois qu'on a des chances de le voir aboutir, ce projet ?

— Certain, Kyle, certain. Tout est réuni pour que l'affaire prenne de l'ampleur. Tu verras, ce n'est que le premier d'une série qui va consacrer notre association. Tu seras le créateur, et moi le gestionnaire. Allez bonne nuit, demain on va travailler avec mon père.

— Tu sais, je crois que j'ai oublié de mentionner un fait essentiel dans l'intérêt de notre projet. Pour les gens que nous ciblons, pouvoir évoluer dans l'eau, c'est un peu retrouver les sensations du liquide amniotique... Il ne faut jamais oublier que tout être humain passe les neuf premiers mois de sa vie dans la flotte, sans jamais respirer une once d'oxygène. Pendant cette période, nous sommes à l'origine de la vie. Puis vient la rupture des eaux, l'expulsion au grand air, le premier grand traumatisme qui précède la section du cordon ombilical... qui nous éloigne définitivement de notre condition de mammifère marin. Les obèses sont ceux qui souffrent le plus de cette nouvelle situation, car ils sont les moins bien adaptés. Mais ils pourraient représenter l'origine même de l'espèce, et non pas une dégénérescence de celle-ci. On doit absolument faire valoir cet aspect-là à l'avenir. Je regrette d'avoir oublié de le mentionner.

— Ne t'inquiète pas, nous avons déjà étalé assez d'arguments comme ça. Bonne nuit, Kyle.

Kyle rejoignit la chambre qui lui avait été désignée avec l'état d'esprit d'un joueur de tennis de bas de tableau qui vient d'accéder à la finale d'un tournoi du grand chelem. Jamais il ne s'était senti citoyen américain comme à ce moment précis.

C'était une grande chambre aménagée avec une grande baie vitrée qui devait donner sur l'étang. Difficile à savoir parce qu'il faisait nuit noire. Avant de se coucher, Kyle voulut savourer sa victoire. Il s'allongea sur le lit, les mains croisées derrière la tête. Il revit rapidement le film de sa vie depuis le début, son enfance qu'il considérait comme une chance, et pensa qu'il aurait aimé partager ce moment de réussite avec une femme. Naomi lui revint à l'esprit. Elle avait dû sûrement l'aimer pour se dévoiler ainsi devant ses yeux de jeune homme glacial.

Puis l'image de Naomi s'estompa, remplacée par celle de sa mère. Quand le Pacifique l'avait emportée, il n'avait pas pleuré, persuadé que l'océan allait la lui restituer, trempée mais souriante. La mer n'avait pas rendu le corps. Elle l'avait emporté vers le large. Il se souvenait de la tristesse de son beau-père, mais pas de la sienne, car faute d'avoir retrouvé son corps, il considérait qu'elle ne l'avait pas quitté. Il vivait toujours avec elle, et s'il n'avait jamais eu de relation avec aucune des filles qui lui faisaient des avances, c'était moins par respect pour Naomi, qui méritait sa préférence, que pour ne pas offusquer sa mère, pour ne pas exposer à son regard des choses qui auraient pu la choquer.

Au matin, après une courte nuit agitée, Kyle fut réveillé par un bruit sourd qui ressemblait à s'y méprendre à celui d'un tremblement de terre. Kyle ne fut pas long à comprendre que Mme Leibowicz venait de parcourir son trajet aller de la journée, entre sa chambre et la terrasse de la maison, avec l'aide d'un déambulateur qui était ensuite soustrait à la vue des autres par la femme de service. Gary était parti au petit matin s'affairer autour de son étang. Saul dormait encore. Kyle se trouva seul avec Mme Leibowicz pour prendre son petit déjeuner. Il n'avait jamais vu une table aussi bien garnie. Toutes les formes de céréales, de pain, de jus de fruits de la création. Mme Leibowicz mangea une bonne heure sans interruption. Kyle se demanda s'il en était ainsi tous les jours ou si elle profitait de l'absence de son mari et de son fils pour prendre un peu d'avance. Au moment où elle semblait avoir terminé, la bonne lui posa six œufs frits sur la table et une bonne dizaine de saucisses de Strasbourg avec de la sauce tomate et de la moutarde. Avant d'attaquer la partie la plus consistante de son repas, elle se décida à livrer à Kyle ce qu'elle avait sur le cœur :

— Ne le prenez pas mal, Kyle, mais je vais être franche avec vous. Je n'ai jamais été favorable à ce que vous habitiez chez mon fils et je ne le suis toujours pas...

Cette phrase avait été débitée avec une rapidité surprenante, comme si elle ne voulait prendre aucun retard dans le menu. Puis elle enfourna trois bouchées de suite et marmonna tout en mâchant :

— ... Comme mon fils a l'air d'y tenir et comme mon mari n'y voit pas d'inconvénient, je me suis ralliée à la majorité. Mais ne croyez pas que le fait d'être clouée sur cette chaise face à cet étang artificiel m'interdit de réfléchir. Bien au contraire. Je passe ma vie à réfléchir et je peux dire sans me vanter que si je n'ai jamais été en position de devenir Miss Oregon, je pourrais bien gagner l'Award de la femme la plus réfléchie de l'État. Bref, je veux seulement que Gary demande à son avocat de préparer un contrat qui fixe les conditions dans lesquelles vous allez habiter chez mon fils. Je ne veux pas que cela puisse apparaître comme une sorte de bail non écrit, et que cela vous donne des droits. Je veux que vous reconnaissiez noir sur blanc que vous vivez chez lui par simple gracieuseté de sa part et que vous renonciez à vous prévaloir de cette faveur devant les tribunaux.

Kyle voulut protester :

— Mais, madame Leibowicz, je n'avais aucune intention de...

— Je sais, mon garçon, je ne mets pas vos intentions en cause. Mais toute personne a sa face cachée. Et ce que nous voyons de vous aujourd'hui peut changer du tout au tout pour des questions d'intérêt personnel. Il sommeille un monstre en chacun d'entre nous et je ne veux pas avoir affaire au vôtre, ni que mon fils compose avec, tout au moins sans l'en avoir protégé a priori. Suis-je claire jusqu'à présent ?

— Parfaitement, madame Leibowicz, vos intentions sont louables.

— J'ajoute que si j'ai accepté cette cohabitation, j'entends bien qu'en contrepartie de nos largesses vous vous engagiez à défendre notre fils contre toute agression physique. Vous êtes grand et plutôt costaud, et notre fils petit et frêle. Vous devez vous engager contractuellement à faire le maximum en cas d'agression et à ne pas en profiter pour demander je ne sais quelle compensation financière par la suite.

Elle s'interrompit pour gober trois œufs d'un seul coup, sans casser les jaunes, avant de reprendre :

— J'ai tenu à cette conversation privée, Kyle, car je suis la seule personne dans cette maison à garder le sens des réalités. Mon mari ne voit jamais cet aspect des choses, il est toujours trop occupé à développer ses inventions. Et puis il a une faiblesse — qui lui a un peu passé avec les années, j'en conviens —, il donne sa confiance à n'importe qui pouvant l'inspirer. Vous savez, aujourd'hui, tout le monde clame son admiration pour la réussite de mon mari. Mais ils oublient que si je n'avais pas été là pour mettre de la rigueur dans ses relations humaines, il serait ruiné aujourd'hui, avec ses manières de démocrate. Voilà, Kyle, comme nous sommes amenés à nous revoir, je voulais que vous en sachiez un peu plus sur moi. Vous devriez reprendre de ces céréales au sirop d'érable, c'est délicieux.

Au moment où elle semblait avoir fini son discours, elle se ravisa :

— Une dernière question, Kyle, et nous ne reparlerons plus de ça. Vous intéressez-vous aux filles ?

Kyle se gratta la tête et répondit :

— Vaguement.

— Elles vous attirent, donc.

— Pas plus que cela, pour être honnête, madame Leibowicz.

— Vous ne seriez pas une sorte d'homosexuel, au moins ? rugit-elle en expulsant des miettes de pain de mie.

— On peut ne pas être obsédé par les filles sans pour autant se sentir attiré par les garçons. Vous avez ma parole d'honneur.

— Alors je vais m'en contenter, soupira-t-elle. Et je vais ajouter une chose. Si vous voyez une belle Juive s'approcher de mon Saul à l'université, une Ashkénaze optimiste ou une Séfarade ayant de la classe, encouragez-le. C'est un pacte entre vous et moi.

La conversation venait à peine de se terminer que Saul apparut, encore endormi. Il peinait à émerger. Tout en se versant du café, il demanda :

— J'interromps votre discussion ou je me trompe ?

— Non, non, mon chéri, répondit sa mère, nous venions de terminer.

— Et de quoi parliez-vous ?

— De choses et d'autres. Rien qui mérite de figurer dans la boîte noire de cette magnifique maison, n'est-ce pas, Kyle ?

— Tout à fait, madame Leibowicz.

Gary entra à son tour, de bonne humeur. Ce naturel joyeux semblait ne jamais le quitter.

— Enfin réveillés ! Vous avez raté le début d'une merveilleuse journée. Ce matin, quand je suis allé à l'étang pour vérifier un filtre, un daim était en train de boire. Si vous voulez observer les animaux sauvages, il faut s'y prendre à l'aube ou au crépuscule. Je pense que l'aube est préférable parce que les animaux sentent que l'aube succède au calme alors que le crépuscule succède au bruit... J'ai bien l'intention de pêcher un brochet avant ce soir, alors si vous voulez que nous discutions de votre projet, les gars, je crois qu'il faudrait vous activer un peu.

Les trois hommes s'installèrent dans le bureau, une vaste pièce qui donnait sur l'arrière. Il y régnait un désordre impressionnant. Des piles de dossiers, de documentations techniques, de revues toutes plus spécialisées les unes que les autres. Les murs étaient tapissés de livres et le vaste secrétaire en poirier servait à entreposer un matériel informatique dernier cri dont les fils s'emmêlaient dans un écheveau. Un seul mur semblait avoir échappé à ce fatras, dédié à une photo agrandie des deux frères Kennedy. La photo, célèbre, représentait John et Bob assis l'un à côté de l'autre sur un canapé de la Maison-Blanche, pensifs. Une atmosphère particulière voilait cette photo. La complicité fraternelle affichée ne suffisait pas à faire disparaître le sentiment d'inquiétude qui dominait leurs visages.

Kyle survolait les lieux du regard ; Gary l'interrompit :

— Bon, je crois qu'il n'est pas nécessaire de revenir sur l'intérêt que je porte à ton idée, Kyle, c'est désormais acquis.

Gary était installé derrière son bureau, son fils s'assit à côté de lui et Kyle resta seul en face d'eux.

— Maintenant, reprit-il, il faut voir comment on procède pour la mettre en place. On ne démarrera qu'une fois vos diplômes en poche. Ce qui laisse sept mois pour développer les aspects techniques du projet, faire une analyse de marché plus détaillée, bâtir des projections financières. Et, bien entendu, constituer la société. Avant tout ça, il faut rédiger un protocole d'accord entre les associés pour que soient consignés par écrit les termes de notre accord avec les sanctions financières qui en découlent si l'une des parties enfreint cet accord. Est-ce clair pour toi, Kyle ?

— Limpide, m'sieur.

— Bon, avant de nous lancer dans la rédaction de ce document avec un avocat, nous devons nous mettre d'accord sur la répartition des parts. Tu as quelque chose en tête ?

— Euh, non, pas précisément, plaisanta-t-il, pris au dépourvu.

Puis Kyle se ravisa en se disant qu'après tout il était l'initiateur du projet.

— Enfin si. Je pense à quelque chose comme cinquante-cinquante, monsieur Leibowicz.

Gary lui offrit un des plus beaux sourires que l'orthodontie ait produits.

— Cinquante pour cent pour moi, cinquante pour cent à vous partager, Saul et toi. Je crois que c'est assez juste, en effet...

Kyle jeta un regard à Saul qui baissa les yeux. Et acquiesça.

*

Les deux garçons quittèrent la maison juste après le déjeuner. Il fallait six bonnes heures de route jusqu'à San Francisco et ils comptaient bien profiter du cabriolet pendant l'après-midi avant de devoir le bâcher à cause du froid. Au déjeuner, personne n'avait mentionné l'accord conclu. Mme Leibowicz l'aurait vu d'un mauvais œil. Elle s'était toujours opposée à toute forme d'association avec des tiers. Son mari partageait son point de vue, sauf que cette fois-ci il ne s'agissait pas d'eux, mais de leur fils. Gary savait très bien que Saul n'avait la carrure ni de reprendre ses propres affaires, ni d'en développer de nouvelles par lui-même. C'était sa façon de lui mettre le pied à l'étrier. Difficile de se forger une opinion aussi vite, deux jours à peine, mais Kyle était certainement un garçon inventif, solide, et Saul tenait beaucoup à lui. Il avait montré de bons réflexes dans la négociation. Gary était convaincu que c'était un projet potentiellement viable.

Saul avait laissé le volant à son ami. Il appréciait le vent cinglant comme l'aurait fait un setter irlandais, les pattes posées sur le tableau de bord.

— J'espère que tu ne t'es pas formalisé. Mon père a poussé le bouchon un peu loin. Mais c'était uniquement pour te tester. C'est ce qu'il appelle la « stratégie de la rupture ». On ne connaît vraiment quelqu'un que quand on s'est mis en situation de rompre totalement avec lui... Maintenant, je sais qu'il t'apprécie vraiment. Tu sais, mon père n'est pas un type tordu, il fonctionne simplement.

— Ta mère m'a parlé de contractualiser notre

relation dans l'appartement, pendant que je prenais le petit déjeuner avec elle ce matin.

— Ne t'inquiète pas, je suis au courant. Elle est un peu paranoïaque. Écoute, on verra bien le document qu'auront rédigé ses avocats. Ce qui compte, c'est qu'on a réussi notre week-end. Mes parents acceptent qu'on partage l'appartement et notre projet est en route. Qu'est-ce qu'on peut espérer de mieux ?

— Rien, mon vieux Saul. C'est vrai que j'ai été un peu secoué par la façon dont les choses se sont passées avec ta mère. On a réussi notre week-end, c'est l'essentiel... Tiens, pourquoi ton père a ce grand poster encadré des frères Kennedy sur le mur de son bureau ?

— Mon père a toujours estimé que si les frères Kennedy n'étaient pas morts, l'Amérique ne serait pas ce qu'elle est aujourd'hui. Il a toujours été démocrate et pense qu'il fait partie des intellectuels. Pour lui, les intellectuels républicains n'existent pas, ce ne sont que des stratèges sans scrupules. Je crois que mon père est un homme de bonne foi. Il l'a démontré avec ma mère. Franchement, quel homme peut accepter de dormir en pente dans le lit d'une femme qui pèse cent soixante-trois kilos ? Il n'a jamais fait lit séparé, ni chambre à part. Et je suis persuadé qu'il ne trompe pas ma mère.

— Et ta mère, comment tu t'entends avec elle ?

— Ma mère, c'est très difficile. Rien ne va. Ni son corps, ni sa tête, et elle n'a jamais rien voulu faire pour lutter contre ce double problème. Pour moi, c'est terrible, c'est une mère de cent soixante-trois kilos qui ne me regarde jamais tel que je suis. Pas même comme son enfant. Voire comme un bébé. Elle me regarde comme... un embryon.

Ils prirent un raccourci pour rejoindre la route 101, plus longue et plus tortueuse que l'autoroute intérieure mais bien plus agréable. Les deux amis la considéraient même comme la route la plus fantastique des États-Unis. Saul, qui avait eu les moyens de voyager à travers le pays, le disait d'expérience. Kyle en avait l'intuition. C'était leur route à tous les deux. Celle qui avait amené Kyle de Lincoln à San Francisco. Celle qui avait éloigné Saul de sa mère. Elle se déroulait comme un paisible toboggan dans une fête foraine, et surplombait l'océan Pacifique, inquiétant, qui venait s'écraser sur ses récifs.

— Pourquoi ton père dit-il que si les frères Kennedy étaient encore là, l'Amérique ne serait pas ce qu'elle est ?

— Tu en parleras avec lui un jour. Il est persuadé que les assassinats de John et de Robert sont un vrai coup d'État. Et un avertissement pour tout président démocrate qui s'aviserait d'instaurer une politique de démocrate. Mon père dit toujours que l'Amérique est une démocratie bipartite où l'on a interdit de gouverner à l'un des deux partis. Mon père prétend aussi qu'il a été un des seuls à prévoir l'assassinat de Robert en 1968, quand il a vu qu'il allait remporter les élections. Il lui a même écrit. Je te le jure. Il lui a envoyé une lettre en avril ou mai 1968 pour lui faire parvenir de l'argent pour sa campagne. Il lui avait précisé de faire attention à lui, car tout concourait pour que ceux qui avaient tué son frère récidivent et lui barrent la route de la présidence. Mais Bob était sans doute persuadé qu'ils n'oseraient jamais le buter après avoir descendu son propre frère. Et pourtant, ils l'ont fait. Mon père n'a jamais perdu sa foi dans le système américain parce que c'est un libéral et qu'il croit à la libre entreprise. Il est tout de même persuadé que nous vivons dans une sorte de dictature...

— Ton père est venu d'Europe après la guerre, lui aussi ?

— Oh non ! Bien avant. Notre famille est arrivée à la fin du dix-neuvième siècle. Pour échapper aux persécutions en Europe de l'Est. Et de fil en aiguille on s'est retrouvés spécialisés dans tout ce qui touche à l'eau, surtout les eaux usées. Mon père dit qu'on pourra bientôt remplacer le pétrole par l'eau dans les voitures, si on le veut vraiment.

Mais qu'on ne fera jamais d'eau avec du pétrole. En général, il ajoute : « Le pétrole, c'est déjà fini, c'est bien ce qui emmerde les Texans. Parce qu'ils ne savent rien faire d'autre, ils en mettent un sacré coup. » Mon père n'aime pas les Texans. Parce que Kennedy est mort à Dallas. Ma famille est une vieille famille juive de l'Ouest, comme celle des Kennedy une vieille famille de l'Est. Même si les catholiques sont aussi antisémites que les protestants, quand ils sont arrivés sur le continent, ils étaient une minorité, comme nous. À Harvard, les protestants exigeaient encore que l'on contingente catholiques et juifs pour que les deux espèces ne puissent pas prendre le pas sur eux dans l'élite intellectuelle américaine. La religion n'a jamais été notre fort. Mon père ne célèbre jamais aucune fête et je ne suis même pas sûr qu'il croie en Dieu. Il a une théorie là-dessus. Il dit que nous n'aurions pas dû inventer ce Dieu unique et inique. Quand les nazis ont conduit les nôtres à la chambre à gaz, c'est ce Dieu qu'ils ont défié en donnant au monde la preuve de son incurie. C'est ça, notre vrai problème, les nazis ne se sont pas contentés d'anéantir notre peuple, ils l'ont décrédibilisé.

Saul resta pensif un moment avant de reprendre :

— L'autre problème que nous avons, mais cette fois nous le partageons avec les musulmans, c'est celui de nos mères. Elles jouent avec le cordon ombilical comme un pêcheur à la mouche avec le fil de sa canne.

Alors qu'il écoutait les confidences de Saul, Kyle sentait courir sur son visage la caresse du vent, le vent tiède de l'été indien, qui lui soulevait les cheveux. Les deux amis retardaient le plus possible le moment de raccrocher la capote de la Sting Ray, pour goûter à ce moment de liberté si banal de la mythologie américaine : deux hommes assis dans une décapotable qui filent sur la route de leurs rêves. Sans le savoir, parce qu'ils s'en fichent et que mythomanie et mythologie ont la même étymologie. Les mythomanes réinventent la réalité. Pourquoi lui interdirait-on ce qu'une société entière s'autorise ? Un mélange d'ivresse et de fébrilité animait Kyle, au seuil d'une réussite qu'il ne devrait qu'à lui. Loin de son passé, de la médiocrité de sa famille d'adoption, il n'avait en tête que l'enthousiasme du présent et ses radieuses perspectives d'avenir. Saul, de son côté, se réjouissait d'être à la hauteur de son père par cette opportunité, et se félicitait de cette amitié naissante qui devait le porter au large. Il n'y serait pas parvenu seul, il le savait. Saul avait besoin que quelqu'un lui donne confiance en lui, l'entraîne dans une dynamique où il ose jouer le rôle principal. Saul admirait Kyle. Parce qu'il était grand, bien bâti, sûr de lui, entreprenant. Tout ce qu'il aurait aimé être si son père n'avait pas été déjà tout ça. Avec une sensibilité aussi développée que la sienne, Saul aurait pu être quelqu'un par lui-même. Écrivain, musicien, peintre, toute forme d'expression artistique lui aurait convenu. Mais il vivait assis sur son talent, le dissimulant au regard des autres. Les gens autour de lui auraient pu penser qu'il n'était pas fait pour les affaires, qu'il était inapte à succéder à son père. Sans en avoir une conscience très nette, il avait pris cette décision. Il ne voulait pas affronter l'incompréhension de sa mère, pour qui un Leibowicz ne pouvait pas dépendre de la société par une activité aussi immatérielle que la création artistique ; c'était un statut presque aussi abominable que celui de salarié. Kyle avait eu la chance d'avoir vécu une enfance autrement malheureuse, il n'avait pas connu ce dilemme.

*

La nuit était tombée sur la côte pacifique, les phares de la décapotable n'éclairaient plus qu'un serpent de bitume filant vers le sud. Soudain, un daim vint littéralement exploser contre la calandre de la Chevrolet. L'animal fut propulsé en l'air comme un fétu de paille, avant de venir s'écraser sans vie contre le pare-brise de la voiture qui résista miraculeusement. Kyle avait bien pensé à piler ou à donner un coup de volant, mais, en quelques centièmes de seconde, il avait décidé de ne rien faire, vu l'âge de la voiture et la situation de la route, surplombant la mer. Il ralentit, les jambes en compote, pendant que Saul se mettait à hurler. L'idée d'avoir enfoncé sa voiture de collection le rendait fou. La calandre avait amorti le choc. Le pare-brise était recouvert de sang, comme si quelqu'un avait renversé dessus un pot de peinture rouge. Saul, en pleine crise de nerfs, claqua la portière et fit le tour de la voiture en courant. Il revint, calmé, vers Kyle qui, tétanisé, ne réagissait plus.

— La calandre a bien tenu, juste un phare cassé ! C'est dingue.

Le cervidé, qui ne devait pas peser vingt kilos, reposait étalé contre le pare-brise, la langue pendante, les yeux hagards.

— Kyle, fais-moi plaisir, enlève-moi cette foutue bête de là.

Kyle finit par s'extraire du cabriolet et, mécaniquement, il saisit l'animal par les pattes arrière et le lança sur le bas-côté.

— On a de la veine, Kyle.

— Pourquoi ? demanda Kyle qui reprenait ses esprits.

— Parce que ça doit être une femelle. Elle n'a pas de bois. Sinon on était bon pour refaire la carrosserie et se payer une peinture neuve... Bon, qu'est-ce qu'on fait ?

— On n'a plus qu'un phare sur les deux. Il fait nuit noire. Impossible de continuer dans ces conditions. Trop dangereux avec cette route qui serpente.

— Qu'est-ce que tu proposes ?

— Je ne propose rien, je fais un état de la situation.

— Mais merde alors, je te laisse conduire ma voiture qui vaut quarante mille dollars, et tu n'es même pas capable d'éviter un gnou qui se voyait à cent mètres... et tu n'as rien à proposer !

— Écoute, Saul, on est associés, n'est-ce pas ?

— Oui et alors ?

— Des associés ne se disputent pas pour des broutilles. D'accord ? Parce que si on commence comme ça, avec quel sang-froid parlera-t-on quand il s'agira de centaines de millions de dollars ?

— Avant qu'on s'engueule pour des centaines de millions de dollars, c'est vrai, on a encore un peu de temps pour pulvériser des voitures de légende !

— Ce n'est pas une question de montant, c'est une question d'attitude. Je suis très attaché aux attitudes, tu le sais mieux que personne.

— D'accord, on se calme... Mais qu'est-ce qu'on fait ?

— Soit on remet la capote, et on dort là jusqu'au jour — mais ça risque de faire long, vu qu'il est à peine dix heures —, soit on continue à petite allure pour trouver un motel. Sauf que je connais bien la route et qu'il n'y a pas de motel à moins de cinquante miles. Même pas sûr qu'il soit ouvert en octobre. Ces gens-là s'en foutent plein les poches pendant la saison, et roupillent le reste de l'année.

— Donc, il n'y a pas d'autre solution que de dormir dans la voiture ?

— Je crains que non.

— On ne devrait déjà pas rester là, si un soixante-dix tonnes déboule du Nord, on va se faire aplatir.

Kyle et Saul étaient sur le point de remonter dans leur voiture quand ils aperçurent des lumières de phares. Un véhicule remontait doucement la route dans leur direction. Ils s'immobilisèrent. C'était une camionnette à benne dont la peinture avait disparu ; seule la couleur du métal restait. Elle ralentit jusqu'à s'arrêter à leur hauteur. Un homme corpulent en descendit et s'approcha d'eux. Il regarda la belle voiture et lança, très fort :

— Alors les jeunes, le rêve américain s'est transformé en cauchemar ?

Kyle s'avança vers lui. Saul restait en retrait.

— On a percuté une bête et notre éclairage est mal en point.

— On se croit seuls, hein ? On a oublié qu'on partage cette planète avec d'autres êtres vivants ? Où est l'animal ? Parti ?

— Non, il est là, dans le fossé.

— Tant mieux, il aurait pu être blessé et agoniser le reste de la nuit. C'est du bon boulot, si on peut dire.

L'homme s'approcha du cadavre de l'animal.

— C'est une chevrette. Il n'y en pas beaucoup de ce côté-ci. D'habitude, on en trouve plutôt sur l'intérieur. Une chance que ce soit une femelle.

— C'est ce qu'on se disait, si elle avait eu des bois, notre pare-brise n'aurait pas résisté et en plus on se serait fait sillonner la carrosserie, conclut Saul.

— Vous ne pouvez pas mieux dire. Sauf que ça aurait pu être encore plus grave que ça. Il n'y a pas deux mois, un peu plus à l'est vers la Napa Valley, un type s'est pris un cerf. Le pauvre animal est passé à travers le pare-brise et ses bois ont transpercé la gorge du conducteur. Ils ont retrouvé le type comme ça, les yeux grands ouverts, avec le même air étonné qu'ont les cervidés empaillés accrochés aux murs en trophées de chasse. Bon, on va le monter dans ma benne. Il a pas l'air de peser bien lourd, l'animal. Parce que si les flics ou un garde-chasse passent dans le coin, il va falloir vous expliquer. Vous n'avez pas bu, au moins ?

— Pas du tout, répondit Kyle. On roulait tranquillement pour être à San Francisco ce soir.

— Eh bien ! Voilà vos projets contrariés sauf si vous voulez y aller avec un seul phare.

— C'est ce qu'on se disait avec mon ami, ajouta Kyle. On pensait se garer dans un endroit moins dangereux au niveau de la circulation ou trouver un motel pas trop loin.

— Un motel ? J'en connais un à trente-cinq miles d'ici. C'est plutôt un hôtel grand confort. Mais il est fermé en cette saison. Je peux vous proposer de venir dormir chez moi si vous voulez. Vous partirez à l'aube. C'est un endroit tranquille et il y a de la place. C'est tout à côté du lieu où ils ont tourné *Les Oiseaux*, vous ne devez pas vous souvenir de ce film...

— Si, si, on s'en souvient, répliqua Kyle.

— Ne vous inquiétez pas, ils sont partis. C'est de bon cœur que je vous invite. Il n'y a pas d'embrouille, je ne suis ni pédé ni tueur en série. Je sais que vous êtes une génération qui vit avec un trouillomètre toujours activé... mais il y a moins de détraqués qu'on veut bien nous le faire croire. Enfin, ça fait vendre. Bon, les gars, c'est comme vous voulez, si un pieu au sec vous tente, vous êtes chez vous chez moi, sinon je vous laisse rouiller ici. Pour moi ça ne fait pas de différence. Il n'y a pas beaucoup de types comme moi qui rentrent d'un bar à putes à dix heures du soir. À mon avis, ne comptez pas voir un autre pèlerin avant deux heures du matin. Quant à vous faire détrousser, je n'y crois pas trop. Mais on sait jamais, une belle bagnole, ça peut donner des idées. Puis les idées en donnent d'autres. Sans être paranoïaque, bien au contraire, je dis que vous ne risquez pas grand-chose à dormir dans votre voiture. Mais je ne dis pas non plus que vous ne risquez rien...

Saul envoya un regard désespéré à Kyle qui ne savait pas quoi décider en présence de l'homme. Des deux risques ils ne savaient lequel était le pire. Et se concerter devant cet homme serait désobligeant. Saul ne parvenait pas à prononcer une parole. Kyle comprit que c'était à lui d'aviser et que, de toute façon, méfiant comme était son compagnon, il allait lui reprocher sa décision.

— C'est très gentil à vous, mais on ne va pas vous déranger et...

— Vous ne me dérangez pas du tout. Je ne vois pas si souvent du monde et vous verrez que ma crèche est plus confortable qu'on ne pourrait le penser en me voyant. Et puis, si vous n'avez pas sommeil, on pourra discuter. Ce n'est pas si fréquent de converser avec des jeunes gens de bonne famille. Il y a de braves types aux alentours, mais c'est un peu toujours les mêmes histoires. Bon, décidez-vous !

Kyle jeta un coup d'œil à Saul, bien décidé à ne pas s'engager sans un minimum d'accord de sa part. Saul fit une moue d'approbation faute de mieux.

— Eh bien, c'est d'accord, monsieur...

— Larson, mais appelez-moi Jack.

— Bien, continua Kyle, mais si vous le souhaitez, nous pouvons vous dédommager pour la nuit.

L'homme éclata d'un rire franc.

— Me dédommager, grands dieux, pour héberger deux pauvres pèlerins égarés sur la route ? Ça n'est pas mon genre et je ne suis pas dans le besoin. Bon, ma maison n'est pas loin d'ici, disons deux miles, vous n'aurez pas de mal à me suivre avec votre voiture. À un mile d'ici, on prend sur la droite, puis on suit ensuite une sorte de chemin privé. Ma tanière est la dernière bicoque au fond, celle qui est à l'aplomb de la falaise. Si on se perd en cours de route, comme ça, vous saurez. Mais vous n'avez qu'à me suivre, je ne roule pas vite.

Larson remonta dans sa camionnette, pendant que les deux jeunes faisaient demi-tour avec leur véhicule. Kyle s'y attendait, Saul se sentit obligé de lui faire part de son inquiétude :

— Tu es sûr qu'on va être en sécurité avec ce type, Kyle ?

— On n'est jamais complètement en sécurité, Saul, mais si c'est le maximum de danger qu'on a à affronter dans notre vie, alors je suis preneur.

— Bon, comme tu veux. Mais il faudra lui demander l'autorisation d'utiliser son téléphone. J'ai promis d'appeler ma mère dès notre arrivée. Elle doit déjà commencer à s'inquiéter.

— Et ton portable ?

— J'ai oublié de le recharger.

— Mais il n'était pas prévu qu'on arrive avant onze heures et quart et il est dix heures.

— Je sais, mais ma mère commence à s'inquiéter une heure avant. Ce qui fait qu'en général je l'appelle une heure avant pour lui dire que je suis bien arrivé. C'est ce que je vais faire. Je ne peux pas lui raconter une histoire pareille sans la bouleverser. Elle est capable de demander à mon père de venir nous chercher, de faire une crise de diabète, d'asthme ou même un zona.

— On demandera à ce Larson de passer un coup de fil.

— Et s'il vient le moindre soupçon à l'esprit de ma mère, elle téléphonera à l'appartement et ça sonnera dans le vide.

— Mais, Saul, tu es vraiment obligé de lui rendre compte de tous tes faits et gestes ?

— Non, elle veut seulement savoir où je suis, au cas où il m'arriverait quelque chose. Par exemple, je peux aller au bordel si je veux, elle me demande simplement de lui passer un petit coup de fil quand j'en sors.

— Sincèrement, Saul, je te plains.

— Ça ne sert à rien de me plaindre, c'est un fait, c'est tout. Je fais avec.

Comme Larson leur avait indiqué, la maison se trouvait au bout d'un chemin qui desservait quelques maisons cachées derrière des haies de persistants. Un petit portail blanc à la peinture écaillée fermait la propriété. C'était une assez belle maison des années soixante. Le vent et le sel l'avaient malmenée, mais elle avait été conçue pour durer. Saul et Kyle se sentirent apaisés à la vue de cette maison plus présentable que son propriétaire qui apparut en pleine lumière pour la première fois. Il avait dû être grand pour sa génération mais pour la leur il était de taille moyenne. Son visage large et buriné trahissait ses quatre-vingts ans — et s'il était plus jeune, il avait dû vivre des années où il s'était surexploité. Ses cheveux gris presque jaunes, comme si la nicotine qui déformait sa voix s'était déposée là aussi, couvraient mal un crâne dégarni sans logique apparente. Ses yeux, fatigués, étaient pourtant d'une incroyable vivacité.

— Entrez, vous devez avoir faim. J'imagine que vous n'avez pas dîné ?

— Non, mais vraiment on ne veut pas... commença Saul.

— Balivernes. Laissez votre bonne éducation sur le perron, les enfants. Je vais vous faire des cuisses de canard confites. J'ai appris à faire ça en France, après la guerre. J'achète mes canards à un éleveur et je fais mes conserves moi-même. C'est rapide à réchauffer et c'est délicieux avec des petites pommes de terre et un coup de rouge. Du rouge français de préférence. Pas le sirop qu'ils font dans la Napa Valley en se donnant des airs d'outsiders. Ça vous va ?

— C'est vraiment gentil à vous, monsieur Larson mais...

— Allez c'est parti, venez avec moi à la cuisine. J'adore faire la cuisine, mais je déteste rester seul aux casseroles quand je prépare un dîner pour plusieurs. Vous allez voir, vous ne le regretterez pas, je suis un expert. Et si vous avez des scrupules de nutritionnistes, le canard ne laisse pas de dépôt dans les artères. Il y a longtemps que je me suis mis à ce régime méditerranéen : légumes, fruits, ail, canard et vin rouge. Tous mes clignotants sont au vert depuis ! Et si j'ai pris un peu de poids, ça n'a rien à voir avec mon alimentation. Ce sont mes écarts, les mélanges whisky-bière, qui m'ont collé cette chambre à air sur le bide. Quand on vit seul, on n'a pas le choix. Soit on devient un cordon-bleu, soit on dépérit. Pendant que j'arrange tout ça, je vais vous servir un verre de vin, tiens.

— Pas pour moi, dit Saul.

— Toi, j'ai tout de suite vu que tu n'étais pas le genre à boire. Ni à baiser d'ailleurs, je suis prêt à le parier ! T'es plutôt du genre matérialiste dématérialisé, je me trompe ?

Devant le ton que prenait la conversation Saul hésita entre la surprise et la vexation.

— Ton copain a l'air plus enclin à goûter à l'existence !

— Je veux bien un verre, fit Kyle.

Saul semblait se replier sur lui-même. Larson sortit une bouteille de vin français de sous l'évier et l'ouvrit tout en poursuivant.

— C'est du gaillac, un vin du sud-ouest de la France. Vous m'en direz des nouvelles. Après on ouvrira un pécharmant.

Kyle commençait à se sentir à l'aise et appréciait la décoration de la petite maison, très étudiée malgré la profusion d'objets et l'apparent désordre.

— Quand on vit seul, il faut s'organiser, sinon on déprime, reprit Larson. Ça fait huit ans que je vis seul. Ma première femme m'a quitté parce que je n'étais pas assez là. À l'époque, je voyageais beaucoup. En fait elle me reprochait mon empressement sexuel quand je revenais de mes longs périples à l'étranger. Je lui disais que cette ardeur tenait au fait que pendant ces longues périodes de séparation j'étais d'une fidélité absolue. En réalité elle en était venue à me reprocher cette fidélité, ce qui est un comble ! Ensuite je suis devenu sédentaire et ma seconde femme est partie parce que j'étais trop souvent là. Sans jamais partir j'exerçais la même pression sexuelle sur elle, s'exclama-t-il, fier de sa chute. La troisième ne me reprochait rien, mais elle m'a quitté quand même en mourant. Une drôle de façon de dire au revoir. C'est le risque des mariages tardifs. Quand vous épousez une femme qui a dépassé la cinquantaine, vous vous dites encore que c'est pour le restant de vos jours, sans penser que la vie peut être courte à cet âge-là.

Larson sortit d'un grand bocal en verre trois énormes cuisses de canard recouvertes d'une graisse immaculée et les disposa dans une grande poêle profonde sous laquelle s'agitait un feu doux.

Il servit son vin à Kyle et se versa à son tour une grande rasade qu'il huma en connaisseur. Il le reposa pour le laisser respirer.

— Vous devez trouver que je parle beaucoup,

n'est-ce pas ? C'est toujours le cas des personnes seules lorsqu'elles ont de la compagnie, surtout si elles ne s'y attendent pas. C'est comme un vieil évier obstrué depuis des semaines qui se débouche d'un coup. Alors vous, les jeunes, qu'est-ce que vous faites dans la vie à part être riches ?

— Nous sommes étudiants à San Francisco.

— Diable ! et qu'étudiez-vous ?

— Le business et l'administration. Nous sommes en dernière année, répondit Kyle alors que Saul boudait encore dans son coin.

— Et qu'allez-vous faire après ? Vous faire étriller dans des grandes multinationales, à attendre le jour où arrivera le chèque signant votre départ anticipé à la retraite ?

— Non, continua Kyle, nous allons créer notre entreprise.

— Voyez-vous ça, de vrais petits Américains. Et une entreprise de quoi ?

— C'est un peu prématuré pour en parler. En fait nous sommes prêts à démarrer, mais c'est confidentiel à ce stade.

— Je vois, dit Larson en souriant, vous avez une idée qui va bouleverser le marché ?

— C'est un peu ça, répliqua Kyle en baissant les yeux de fausse modestie.

— Je ne suis vraiment qu'un vieil égoïste, je ne vous ai pas demandé votre nom.

— Moi, c'est Kyle, lui, c'est Saul. Nous sommes amis et associés.

— Et vous êtes d'où ?

— D'Oregon tous les deux, osa Saul dont la contrariété s'estompait.

— Et pour avoir une voiture pareille, vous devez aussi avoir des parents sacrément blindés, je me trompe ?

— C'est un cadeau de mes parents pour mes vingt ans.

— Une Sting Ray, ils ne se sont pas foutus de toi. C'est une des plus belles voitures que l'Amérique ait jamais produites. Et qu'est-ce qu'ils font, tes parents ?

— Mon père possède une entreprise spécialisée dans l'épuration des eaux.

— Et toi, Kyle ?

Kyle s'assombrit un court instant avant de répondre, l'air détendu :

— Je n'ai pas de parents, j'ai été élevé par un oncle et une tante avec qui je n'ai pour ainsi dire plus de relations.

— Je vois, dit Larson, l'association parfaite, l'un vient d'une famille équilibrée et apparemment blindée, l'autre est sans famille et a la rage d'y arriver.

Puis, se tournant vers Saul, il déclama :

— Tu as de la chance d'avoir un associé

comme Kyle, Saul. Le plus grand handicap qu'on ait dans la vie, c'est de venir d'une famille aimante. Parce qu'on s'imagine que le monde entier est fait d'amour. Et puis quand on quitte le nid, on se rend compte qu'il règne une atmosphère hallucinante de méchanceté. Alors on n'a qu'une idée, retourner au nid. Mais c'est trop tard. On passe sa vie à essayer de se remettre de ce choc et on n'y parvient jamais complètement. C'est exactement ce que j'ai connu, c'est pour ça que je vous en parle. Une famille de paysans avec ni trop ni pas assez de terre. Un sens des valeurs inaltérable et un intérêt pour la culture. C'était un équilibre comme on le souhaite à chacun de nos enfants. Quelques années plus tard, je me suis retrouvé grand reporter, à suivre des conflits où on tuait des gamins en leur écrasant la tête contre les murs pour économiser des munitions... C'est cette réalité qui était la bonne, pas la mienne. Et moi, comme un idiot, je me suis accroché à l'idée que ce que j'observais n'était qu'une déviance, un égarement facilement explicable. Et quand j'ai compris que j'avais tort, je me suis mis à picoler sérieusement. Il est long, le chemin qui mène à l'âge adulte pour tous ceux qui n'y sont pas préparés. Je souhaite que votre association dure le plus longtemps possible. Pour l'instant, sans vous connaître je vois un grand jeune homme gracile sans bagage qui profite d'avoir fait l'économie d'un passé. Et j'en vois un autre qui traîne un confort un peu lourd dont il ne peut pas se libérer. Mais un jour, sans prévenir, l'homme sans passé va se retrouver au bord de la falaise, tournant le dos au vide, prêt à faire un pas en arrière, sans comprendre pourquoi. C'est à ce moment-là que le besogneux gâté va l'aider à avancer. Je ne sais plus pourquoi je vous parlais de picole. Enfin, j'ai calmé le jeu maintenant. Je ne bois plus que du vin rouge. On ne peut pas réellement parler d'alcool avec le rouge. Le rosé est un produit chimique. Le blanc c'est pour les femmes qui se mettent toujours au soleil et qui ne se trouvent pas encore assez fripées. Goûtez ça !

Larson leva son verre, Kyle et lui en burent une longue gorgée.

— En France, on dit « le petit Jésus en culotte de velours ». C'est une des rares choses qui vous donnent le sens de la perfection et où l'homme se montre à son avantage. Vous avez déjà été en France ?

— Jamais, répondit Kyle.

— Un sacré foutu beau pays de râleurs. Ces gens-là ont tout. Une histoire, des villages somptueux, une gastronomie unique et la Sécurité sociale, mais ils sont tellement étonnés d'avoir tout ça qu'ils râlent tout le temps. C'est leur façon d'avancer après tout. Je crois que ce qui est unique chez eux, c'est leur rapport aux gens. Ils demandent toujours plus aux autres qu'à eux-mêmes. Ils en attendent la perfection et sont persuadés qu'elle seule pourrait les tirer de leur dépression chronique. Mais ils n'ont pas cette naïveté ébahie qui nous précipite dans l'horreur au premier claquement de drapeau.

Larson posa trois assiettes sur la table et des couverts, dont des couteaux de chasseur qui auraient pu servir à dépecer un ours. Les trois hommes prirent place. Comme cela arrive souvent aux solitaires qui se sont jetés dans des longs discours, Larson devint soudainement silencieux. On aurait pu croire que la présence de ces deux jeunes gens lui pesait déjà, car elle lui demandait un effort qu'il ne désirait plus faire. Kyle fut le premier à briser le silence qui s'insinuait dans leur relation.

— Délicieux, ce canard, monsieur Larson.

— Si ça vous plaît, tant mieux, les gars, vous n'aurez pas complètement perdu votre temps.

— Et vous avez une sacrément belle maison en plus, ajouta Kyle qui en était aux louanges, grisé par le vin.

— Elle m'a coûté assez cher, répondit Larson, et sans l'assurance décès de ma pauvre femme, je n'aurais jamais pu me la payer. Autant vous dire que j'aurais préféré ne jamais pouvoir l'acheter, mais le sort en a décidé autrement. Une bien gentille femme pour dire la vérité. Le temps de m'en rendre compte et de lui en être reconnaissant, on me l'avait enlevée. Quand je dis on, je ne sais pas qui. Un fatras qui englobe le destin, Dieu, la génétique et je ne sais pas trop quoi d'autre. Enfin, je n'aurais pas eu les moyens au moment où je l'ai rencontrée... Maintenant, je pourrais. Je suis à l'aise depuis que je me suis mis à écrire des romans. Surtout depuis le deuxième, qui a marché au-delà de tous les espoirs de mon éditeur. J'ai toujours trouvé suspect un livre qui marche. S'il plaît à autant de gens, cela doit être pour de mauvaises raisons. Tout ce qui s'approche de l'unanimité me paraît suspect. J'ai peut-être tort. Depuis le succès du numéro deux, les suivants ont marché dans la foulée, beaucoup moins bien, mais mieux que si les gens les avaient achetés pour leurs qualités propres. Maintenant, si le cinquième est descendu par les critiques, je serai relégué dans le bas du tableau comme ces vieux joueurs de tennis qui essayent de s'accrocher parmi les cent premiers mondiaux. C'est sans importance. On est tellement mieux là, hein ? Je ne vais pas vous raconter ma vie, mais j'ai commencé loin de la fiction. J'ai débuté ma carrière les deux pieds dans la réalité, celle du journalisme. À saisir l'information avec frénésie. J'étais un petit reporter à l'époque où l'on s'escrimait à faire savoir aux gens ce qui se passait pour de vrai. C'était l'époque où l'on vendait de la surprise, de l'analyse à froid et qu'on croyait dur comme fer œuvrer pour la démocratie. Je vous parle de l'époque où la télévision n'en était qu'à ses débuts et la presse avait une vocation autre que de vendre de la peur — qui elle-même fait vendre des encarts publicitaires, il faut l'avouer. Les choses se sont sacrement détériorées depuis. J'ai commencé dans l'investigation à San Francisco puis à Los Angeles. C'était l'époque où la pourriture montrait son vrai visage, où tous les pouvoirs nageaient dans la même fange sans s'en cacher. Mais, comment dire, il y avait un côté bon enfant. Les voyous, les politiciens, les flics, les magistrats, les syndicats, les hommes d'affaires se relayaient pour jouer une petite musique qui couvrait le bruit de leurs frasques, où personne n'était vraiment dupe. Il y en avait pour tout le monde et, à part les incidents aux frontières, tout le monde était content. Sauf les Noirs, bien sûr, mais à ce moment-là ça ne gênait personne. Sauf eux, bien entendu. Et nous, les journaleux, on déterrait de temps en temps un cadavre pas trop compromettant, on dévoilait une histoire de trafic d'influence, de pots-de-vin touchant des politiques et des fonctionnaires. Pendant quelques semaines tous ces gens-là faisaient semblant de redresser la barre en mettant apparemment le cap sur le bien. Puis ça reprenait de plus belle. Chacun connaissait les limites. Et jamais l'ennemi extérieur n'avait été aussi fort, on était en pleine guerre froide, mais on était encore tous auréolés de notre victoire sur le fascisme. Les écarts qu'on s'autorisait à l'intérieur comme à l'extérieur, ce n'était après tout rien comparé à ce qu'on avait fait pour le monde. La réalité n'est peut-être pas tout à fait exacte, mais c'est comme ça que je la voyais. Je ne dis pas qu'on ne risquait rien. Les cas de journalistes un peu trop scrupuleux qui ont fini leur vie coulés dans une nappe de béton destinée au gros œuvre d'une marina pour millionnaires n'étaient pas si fréquents, mais ça arrivait. Comme on ne savait jamais si le type était mort parce qu'il était incorruptible ou parce qu'il voulait en croquer un peu trop, on laissait au doute le soin de lui organiser des funérailles convenables.

Larson s'interrompit pour constater que la bouteille de vin était vide. Il se leva pour en prendre une autre.

— Cette fois, j'espère que tu vas en goûter, lança-t-il à Saul qui l'écoutait, visiblement fasciné par le personnage. Tu demanderas à un médecin honnête — s'il en existe —, il te dira que les avantages du vin rouge sont bien supérieurs à ses inconvénients.

Saul opina. Tout en ouvrant la bouteille, Larson reprit :

— Jusque-là, tout allait bien. J'avais l'impression d'appartenir à un contre-pouvoir qui tenait son rang même s'il faisait des concessions à l'esprit de l'époque. Mais les choses ont changé pour moi. Radicalement. Le 22 novembre 1963, en milieu de journée, quand j'ai appris que quelqu'un avait tiré sur le président Kennedy. J'avais voté pour lui. Du bout des doigts, comme chaque fois qu'on doit donner à un homme une importance disproportionnée par rapport à ses qualités propres — ce qui est le cas pour tout président dans un pays aussi vaste et important que le nôtre et qui joue en première ligne dans le monde. Mais je trouvais que le beau gosse avait des atouts, surtout après le vieil Eisenhower qui s'enfonçait dans la sénilité. Il rajeunissait notre image et il pouvait donner un nouveau souffle à l'intérieur comme à l'extérieur face aux barbots du Kremlin — et avec leur Parkinson, ils pouvaient appuyer sur le mauvais bouton et nous plonger dans un hiver nucléaire éternel. Je croyais que JFK serait aussi capable de s'occuper de tous ceux pour qui le rêve américain était l'antichambre du purgatoire, les Noirs. À cette époque, les Noirs n'avaient toujours pas le rang d'êtres humains dans le Sud face à des Blancs qui regrettaient d'avoir laissé leur fusil déchargé après le massacre des Indiens, au lieu d'en profiter pour finir le boulot avec toutes les ethnies pigmentées. On ne peut pas dire que Kennedy ait tenu toutes ses promesses... mais qui l'a fait ? La balle qui lui a arraché l'oreille en lui emportant le quart du cerveau a tout changé pour moi. Pas tout de suite. Comme tout le monde j'ai gobé dans un premier temps la théorie du tueur isolé, psychopathe et communiste de surcroît. Lee Harvey Oswald avait un profil sur mesure de détraqué américain : bon tireur, neurones fusillés, avec un brin d'idéologie laissant penser qu'il était le bras armé du barbu à Cuba. J'ai bien failli y croire. Jusqu'à cette mascarade en direct où Jack Ruby est venu buter un Oswald menotté d'un coup de pistolet. Je me souviens qu'après la mort de Manuel Rodriguez, dit Manolete, le plus grand torero que l'Espagne ait jamais eu, emporté à Linares d'un coup de corne dans le thorax sous les sifflets des gens de Cordoue qui conspuaient l'idole, parce qu'il les renvoyait par ses frasques à leurs propres pulsions de mort, il y eut une minute de silence dans tout le royaume. Et quelqu'un a dit, à l'époque : « C'est une minute de silence qui va durer quarante ans. » C'est ce qui s'est passé pour JFK. Sauf que la minute de silence n'a jamais pris fin, constata-t-il pour lui-même. Bon, je ne vous embête pas, au moins ?

Larson se servit un nouveau verre avant de poursuivre :

— Désolé. Le problème quand on prend de l'âge, c'est qu'on doit balayer beaucoup de souvenirs. Et qu'il ne nous reste qu'un grand vrac d'événements censés être importants, dont on ne sait plus trop quoi faire... Alors, ça devient des obsessions. Tiens, je ne sais pas si vous avez déjà été sur une scène de crime. Sinon, vous avez dû en voir des milliers dans des films ou des émissions de télévision. La scène de crime, c'est le dernier endroit à la mode de notre pays, c'est là que tout commence et que tout finit. Vous voyez les bandes jaunes et noires où on lit « Ne pas franchir » ? C'est ce qu'ils ont mis autour de l'assassinat du président. Ils n'ont jamais enlevé les scellés. Et tous ceux qui s'en sont approchés ont été socialement ou physiquement éliminés. En tout, je crois que quelque chose comme soixante hommes et femmes, témoins et fouineurs, soit ont été descendus, soit sont morts accidentellement ou de maladie foudroyante. C'est quand j'ai vu se terrer tous les forts en gueule, les as de l'investigation, les rois de l'enquête criminelle que j'ai compris qu'on n'avait pas simplement assassiné le président des États-Unis. La première démocratie du monde venait de vivre un coup d'État. Aussi discret qu'une fausse couche. La grande paranoïa qui nous agitait depuis la guerre froide s'est transformée en schizophrénie. Personne n'a tué Kennedy. Et aucun individu n'a jamais pris seul la décision d'instaurer le libéralisme. Ce putain de pays qui n'a que Dieu aux lèvres a exécuté un rite sacrificiel parfait comme la plus ancienne des sociétés animistes. Avec beaucoup d'autres, dont le plus célèbre a été le district attorney Jim Garrison, je me suis senti une âme de justicier. Mais pour l'être, dans ce pays, il faut des moyens, beaucoup de moyens. Garrison a pu se saisir de l'affaire parce qu'il était procureur et que le district de La Nouvelle-Orléans était concerné au premier plan par l'affaire Kennedy. Moi, mon journal m'a tout de suite coupé les vivres. Puis est venu le temps des intimidations, des menaces. L'organisation, pour faire taire ceux qui n'étaient pas encore résignés, a montré une efficacité sans précédent. La chasse aux sorcières de McCarthy était une mascarade comparée à ce quadrillage du territoire pour étouffer le moindre incendie. Je n'avais pas annoncé à mon patron mon intention de mener ma propre enquête que j'avais une descente du FBI chez moi la nuit suivante. Trois costauds qui agissaient avec un mandat en bonne et due forme ont fouillé mon appartement de fond en comble.

Leur chef m'a montré un sachet de poudre blanche. Ils ont fait venir la police du comté. Parmi eux il y avait un vieux lieutenant que je connaissais depuis des lustres qui m'a dit que ça n'irait pas plus loin si j'arrêtais mes conneries d'enquêtes politiques. Je me suis écrasé. Comme tant de Français devant Pétain et les Allemands. Comme tant d'Argentins devant Videla. Comme tant de Chiliens devant Pinochet. Je suis retourné au journal pour apprendre que j'avais été promu au service étranger et qu'on allait m'envoyer en Afrique. Ces gens-là, les commanditaires, n'ont jamais vraiment connu d'opposition. Il n'y avait pas de système pour leur faire face. Plus de système Kennedy, plus rien. Juste des Noirs qui voulaient que ça change, des Blancs en petit nombre qui soutenaient les droits civiques et une foule de femmes subjuguées par la mode Jacqueline Kennedy, qui s'est dispersée d'ailleurs telle une volée de moineaux à la première détonation. Je ne suis pas resté longtemps en Afrique. Le journal n'avait pas les moyens de se payer un correspondant par continent. Mais j'ai eu le temps d'en apercevoir bien assez. De toute façon, je n'aurais pas pu y rester des années. Le whisky glace, les amibes et la malaria m'avaient déjà bien entamé quand je suis revenu à Los Angeles. J'ai mis sur le compte de ces maladies tropicales la longue dépression qui est venue me cisailler au début de l'année 1967, un peu plus d'un an après mon retour, alors qu'on m'avait mis aux affaires économiques locales sachant que je n'y comprenais rien. Une vraie dépression a suivi. La vie qui se barrait en douce, sur la pointe des pieds, sans un bruit. Nous étions désormais deux dans ma tête, moi et l'ennemi intérieur qui décidait de tout. Le plus beau des après-midi ensoleillés était sombre comme un jour de Toussaint, la plus inoffensive des fleurs était vénéneuse, le parfum le plus subtil était une agression délibérée de la femme qui le portait... Bref, on m'avait désigné pour participer à un jeu télévisé où ma vie devenait une descente en Enfer. Je dormais tout le temps. Au début, je faisais des nuits de plus en plus longues. Quand les nuits ont atteint douze heures, je me suis mis à dormir la journée. Si j'ouvrais l'œil, je le refermais aussitôt. De peur de ce qui m'attendait. Jusqu'à ce que j'en sois réduit à quatre heures de veille par jour, réparties entre quatre repas. Curieusement, j'avais toujours de l'appétit. Mais pas le même qu'avant. J'avais arrêté de travailler dès le deuxième mois. J'avais envie de pleurer rien qu'à l'idée de monter dans ma voiture pour rejoindre le journal. J'ai fini par démissionner. J'ai mis ça sur le compte de ma santé. Une maladie mystérieuse que j'avais attrapée en Afrique. Je disais la même chose à ma femme. J'ai même manipulé le médecin de famille. Quand il m'a recommandé de subir une batterie d'examens dans un hôpital où l'on traite les maladies infectieuses, je lui ai répondu que nous n'avions pas les moyens, et que je ne voulais pas faire tripler ma prime d'assurance. Ma deuxième femme dirigeait alors la logistique d'une chaîne de supermarchés. Nous n'avions pas d'enfant, je ne dépensais rien puisque je ne faisais plus rien. Nous avons vécu sur son salaire pendant huit mois. Le neuvième, elle est partie, voyant que ma maladie n'accouchait de rien, que tout était psychologique. Elle m'a laissé comme un légume. Curieusement, c'est la picole et les bars à putes qui m'ont remis sur pied. Parce que, pendant que je regardais des filles s'effeuiller en sirotant un scotch, mon cerveau a redémarré. Il fallait que je voie un psychiatre. En même temps, l'idée que ce type vienne fouiller dans mon inconscient m'insupportait autant qu'un toucher rectal par un médecin qui vérifie une prostate. Je me suis donné trois mois pour comprendre ce qui m'arrivait. Si je n'y arrivais pas, il ne me restait plus qu'à me flinguer. Je me souviens que j'avais inscrit à cette date, dans mon calepin : « La fin ou la résurrection. » J'avais touché la moitié du prix de la petite maison dont nous étions propriétaires à Los Angeles, un montant suffisant, une fois ma part de dettes payées pour tenir trois mois à un train d'enfer. J'ai pris la route vers le nord. Je m'arrêtais tous les soirs dans un motel à vingt dollars. Je posais mes affaires. Ensuite je filais dans un bar à putes. Je rentrais défoncé. Je dormais jusqu'au lendemain matin et je reprenais la route. Il m'arrivait de croiser des filles qui auraient bien fait l'amour avec moi pour rien, parce qu'à l'époque je ressemblais encore à quelque chose. Je n'ai jamais cédé. Je me suis tenu à une discipline de vie qui m'éloignait de cette narcolepsie que je m'infligeais depuis des mois. La route, le whisky, les putes. Un jour, sur cette route 101 dont nous sommes tout près, je me suis arrêté pour manger un hot-dog au bord de l'eau, vers midi. J'allais suffisamment mieux pour apprécier la mer et me laisser bercer par son ressac, ce qui était un progrès notable. Je n'ai pas remarqué tout de suite le vrai freak qui était assis tout seul pas si loin de moi. Il portait des cheveux longs, un haut de treillis cartonné par la saleté ainsi qu'un vieux jean sombre maculé de taches d'huile. Quand j'ai croisé son regard, il a fait un signe de tête. J'ai fini mon hot-dog et puis il m'a adressé la parole :

« — Ça n'a pas l'air d'aller fort !

« J'étais un peu gêné de cette intrusion dans mon intimité. J'ai répondu :

« — À quoi ça se voit ?

« Il a poursuivi, sans ciller :

« — Parce que j'ai l'œil pour repérer les gens orgueilleux.

« Je ne voyais pas le rapport. Devant mon air dubitatif, il a continué, goguenard :

« — La dépression est réservée aux orgueilleux. Et je sais de quoi je parle. Si je n'étais pas dans le même bain que toi, je ne te dirais pas ça. Tu as dû heurter un mur, sans t'en rendre compte, qui est celui de la haute opinion que tu te fais de toi-même. Moi, quand je suis parti au Vietnam, je m'étais promis de ne jamais me comporter en bête sauvage. J'avais accepté l'idée que j'allais tuer des Viets parce que le gouvernement américain m'y forçait et que je n'avais pas le choix. En fait, je l'avais, ce choix. Mais j'avais décidé de ne pas déserter. Donc tuer n'avait aucune raison de me déprimer puisque je l'avais accepté. Mais j'avais placé le curseur de mon orgueil ailleurs, sur le fait qu'en dehors de tuer je ne voulais pas me comporter comme une bête sauvage. Un jour, dans une attaque de village, on a chopé une dizaine de Viets qui nous avaient truffé le coin de mines sur lesquelles trois de nos gars s'étaient déjà fait arracher des membres. On a décidé de les exécuter. Mais parmi eux, il y en avait un qui continuait à sourire. Je t'assure, mec, il souriait. Alors, au lieu de le buter d'une balle dans la tête, pour le prix de son sourire, je lui ai pincé le nez pour qu'il ouvre la bouche et j'ai poussé le canon du fusil au fond de sa gorge. J'ai tiré une balle qui a fait gicler ses amygdales. Et là, la haute opinion que je me faisais de moi-même a disparu. Tu me diras, qu'est-ce que ça change ? Il devait mourir de toute façon. Pourtant, j'ai fini à l'hôpital psychiatrique. Et quelque chose me dit, mec, que tu es dans le même cas de figure. Et tant que tu n'accepteras pas ta défaite, ton horreur, tu n'iras pas mieux. C'est un expert qui te parle, mec, et je ne vais vraiment pas mieux.

« Il a ensuite fumé un énorme joint sans rien dire. Il m'en a proposé mais je devais me tenir à la discipline que je m'étais fixée de mon côté : la route, l'alcool et les putes. C'est comme ça que j'ai compris d'où venait mon problème. J'étais bouffé par la culpabilité de ma non-résistance face à un coup d'État sordide, comme un cadavre est dévoré par les vers. Il était encore temps de me battre. D'ouvrir mon enquête seul, ou de tenter de rejoindre un type comme Garrison... Mais, non, j'ai choisi de ne pas me battre et d'accepter les faits. Quand, six mois plus tard, ils ont annoncé la mort de Robert Kennedy, je me suis empressé d'accepter l'idée que Shiran Shiran avait commis le meurtre seul et en état de démence. Et trente-trois ans plus tard, tel que vous me voyez, je vis beaucoup mieux, à la mesure de ce que je suis vraiment et pas de ce que j'aurais voulu être.

L'intérêt de Saul avait été grandissant pour l'histoire de Larson, alors que l'attention de Kyle faiblissait sous la pression du sommeil causée par le vin.

Larson, en traversant la pièce principale qui donnait sur la mer, les conduisit à leur chambre. Une pièce aménagée simplement, avec deux lits, une table et une armoire. Elle sentait la poussière. La fenêtre ne devait pas avoir été ouverte depuis des années. C'était la chambre d'amis de quelqu'un qui n'en a pas. Larson sortit de l'armoire deux sacs de couchage, des duvets en plumes d'oie qui dataient de l'immédiat après-guerre. Les deux garçons maugréèrent quelques mots de remerciement et sombrèrent dans le sommeil sans avoir eu le temps d'échanger une seule parole.

Au petit matin, Saul fut le premier à se réveiller. Il secoua Kyle qui dormait du sommeil profond des tempéraments dénués d'anxiété. Une fois prêts, ils s'avancèrent vers la cuisine, pensant trouver Larson, et traversèrent le salon paysager baigné d'une lumière digne des ciels de Hopper. Il n'y avait personne dans la cuisine. Une cafetière électrique allumée la veille était pleine de café chaud. Des petits pains industriels et des œufs durs étaient disposés sur la table dans une grande assiette aux couleurs d'un yacht-club de San Diego. Il y avait une grande feuille de papier sur la table, noircie d'une écriture penchée et désordonnée. Saul lut en premier : « Servez-vous, pèlerins, faites comme chez vous. Je ne serai pas levé quand vous partirez, je ne dis jamais au revoir à personne, ça sent trop la mort. L'histoire que je vous ai contée hier n'est pas la mienne ni celle de personne d'ailleurs, je vous ai raconté l'histoire vraie de quelqu'un qui n'existe pas, elle est aussi l'affabulation de quelqu'un qui existe. Il y a longtemps que j'ai pris le parti d'adopter les histoires d'un être imaginaire, quand je rencontre un étranger, je suis toujours fasciné de voir avec quelle précipitation les gens étalent leur vie comme si elle avait un intérêt, ce qui est rarement le cas. Je trouve autrement plus intéressant de recourir au rêve, qui en dit plus long sur vous-même que n'importe quelle évocation navrante de votre propre historiette. Ne vous y trompez pas, ce n'est pas de la mythomanie, qui est à mon sens un cruel manque de respect pour les autres. C'est au contraire un remarquable effort pour se montrer sous son meilleur jour. Vous m'avez semblé deux garçons dotés d'un honorable niveau de conscience et d'une bonne capacité à l'élever. Je dis ça sans vous connaître, mais tout comme vos origines familiales, c'est quelque chose que l'on sent au premier regard. Il faut savoir aussi limiter son champ de conscience sinon, un jour, la tête se met à toucher les étoiles et plus rien en cette terre ne vous convient. Et tout vous paraît étriqué, et les autres vous semblent médiocres — ce qu'ils sont, mais ça ne les empêche pas de prendre l'ascendant sur vous, perchés dans leur galaxie ridicule. Voilà, pèlerins ! Certains hôtes font signer un livre d'or et demandent à leurs invités d'ajouter une petite phrase complaisante. Moi, je procède différemment, j'écris une de mes histoires. Bonne route, pèlerins ! PS : j'allais oublier, lorsque vous reprendrez la route, demandez-vous pourquoi les États-Unis d'Amérique et l'Australie n'ont pas le même rôle sur la scène internationale. »

Au dos, réponse de Larson : « Les premiers ont été fondés par des puritains et la deuxième par des repris de justice déportés. Les premiers voyaient en l'homme une manifestation de la volonté de Dieu, expressément autorisé à parler en son nom, les autres supposaient que nous étions l'ultime manifestation de la vie dans un univers mort. Sans voilage, la vérité manquerait de poésie et il n'y aurait plus d'art. Un monde de certitude est un monde sans art et les beautés réalisées à la gloire de Dieu ne m'enlèveront pas de l'esprit que leurs concepteurs doutaient profondément, car ils ont laissé dans leurs œuvres toute la trace du mystère que leurs commanditaires croyaient effacer. Vous l'aurez compris, maintenant, je ne suis pas plus écrivain qu'un coyote au bord d'une route. Je n'écris que pour les pèlerins de passage de votre genre. »

Saul, intrigué par la réponse, tendit la feuille à Kyle qui la lut en buvant son café à petites gorgées. Quand il eut terminé, il écarquilla les yeux. La vie offrait son lot de surprises. Quand ils eurent avalé leur café, ils quittèrent la maison sans bruit et reprirent la route de San Francisco en longeant la côte. Saul était au volant, Kyle essayait de reprendre son sommeil là où il l'avait interrompu. Soudain dans l'éblouissante fraîcheur matinale, Saul se mit à hurler. Il avait oublié de téléphoner à sa mère. Il se rua dans la cabine téléphonique du premier village. La conversation dura près d'une demi-heure, fut coupée à plusieurs reprises car Saul manquait de pièces de monnaie. Il en revint contrarié. Chaque échange avec sa mère l'entraînait dans une situation inextricable. Il mettait des heures à remonter la pente. Kyle dormait toujours. Il finit par se réveiller à moins d'une heure de San Francisco, détendu, souriant. Il chercha un terrain de dialogue avec son ami :

— Alors, tu en as pensé quoi, de ce Larson ?

— Un peu fou, tu ne penses pas ? répondit Saul.

— Fou ? Peut-être pas. Original, sûrement.

— Tu y as cru, à son histoire ?

— Bien sûr, j'y ai cru quand il nous l'a racontée. C'était vraisemblable. Et peut-être vrai, bâilla Kyle, les yeux rouges de sommeil.

Il se tut un instant avant de reprendre :

— Bon Dieu, ça doit faire quand même une drôle d'impression de rouler comme nous en cabriolet, tranquillement, le nez au vent, et soudain, recevoir une balle en pleine figure.

— C'est pire que ça, Kyle, répondit Saul. Quand tu te prends une balle comme ça en pleine tête avec un fusil du calibre de celui d'Oswald, tu ne te vois même pas mourir. Ton cerveau explose, pratiquement sans douleur ; tu dois ressentir à peine une névralgie fulgurante d'un millième de seconde. Mais, pour Kennedy, il a d'abord reçu une balle à la base du cou qui n'était pas mortelle. Il a mis ses mains à sa gorge comme s'il venait de se faire piquer par une guêpe. Le temps de comprendre que c'était une balle parce que le sang giclait, une seconde lui a traversé le corps ; la troisième l'a arraché de sa stupeur et lui a effacé la conscience. C'est là que Jackie Kennedy s'est aperçue qu'on leur tirait dessus, quand elle a vu une partie du cerveau de son mari partir en éclats. À ce moment-là, elle s'est précipitée vers son siège sur le coffre arrière pour échapper aux tirs. Mais c'était fini.

— Au fait, pourquoi ta mère n'a jamais voulu faire de psychanalyse ?

— Parce qu'elle a lu Freud. Qui disait que la psychanalyse « va aux Américains comme une chemise blanche va à un corbeau ». Il les méprisait, à cause de leur appétit démesuré pour la psychanalyse. Il disait que les Américains étaient juste des puritains qui cherchent à être heureux. Rien de plus.

— Et sinon, qu'est-ce qu'elle a dit au téléphone ?

— Ne m'en parle pas. Elle était hystérique. Elle a appelé toutes les polices des comtés qui sont sur la route. Elle s'est certainement calmée quand elle a été informée qu'aucun accident n'était signalé. Et puis subitement, elle s'est mise dans l'idée qu'on s'était asphyxiés au gaz une fois arrivés chez nous. Elle a demandé à la police de San Francisco de défoncer la porte de l'appartement. Quand on va arriver, on va trouver un flic en uniforme à l'entrée. Mon père devra encore casquer.

— Tu lui as dit que c'était moi qui avais renversé le daim ?

— Certainement pas. Je lui ai dit que c'était moi. Sinon, elle m'aurait ordonné de te renvoyer dans ta chambre d'étudiant. Pas à cause des dégâts. Elle y aurait vu un mauvais présage.

Une nappe de brouillard vint les envelopper de sa fraîcheur alors qu'ils quittaient la route 101 pour rejoindre la grande nationale qui menait à San Francisco.

— Peut-être que je préfère ne pas avoir de mère du tout plutôt qu'une mère comme la tienne, Saul.

— Tu ne devrais pas dire une chose pareille, Kyle. Je suis fils unique et le centre de ses intérêts dans une vie où elle est réduite à l'immobilité complète. C'est pour ça qu'elle est tellement préoccupée par ce qu'il peut m'arriver.

— Je crois qu'on a vraiment intérêt à la faire flotter.

— Qu'est-ce que tu dis ?

— Je dis que quand nos projets seront réalisés et qu'on l'accueillera en cliente VIP dans notre premier centre, elle te laissera un peu tranquille. Son univers s'élargira. Elle rencontrera d'autres de nos clients avec qui bavarder. Sa vie deviendra plus variée.

— Ne compte pas là-dessus. C'est une mère juive, avec un fils unique. Ça n'a rien d'extraordinaire. Toutes les mères juives qui ont un enfant unique réagissent de la même manière. Tu te rends compte, s'il m'arrivait quelque chose ? La famille s'éteindrait, et avec moi une des branches du judaïsme. Rien ne peut empêcher une mère juive de s'inquiéter.

— Et quand tu vivras avec une femme, ce sera toujours la même chose ?

— Je ne vivrai jamais avec une femme tant que ma mère sera là. Jamais. Il faudra qu'elle soit juive et il faudra qu'elle lui plaise. Mais, pire que tout, il faudra qu'elle me plaise à moi. Pour qu'elle plaise à ma mère, elle devra lui ressembler. Et je ne pourrai jamais être attiré par une femme qui ressemble à ma mère. Qu'il me vienne l'idée de vivre avec une femme qui ne soit pas juive ou qui, bien qu'étant juive, ne lui plaise pas, ça la tuera. J'aurai sur la conscience la mort de ma mère, alors qu'elle a voulu une vie parfaite. Et comment vivre avec une femme qui aura causé la mort de sa propre mère ? Non, c'est impossible.

— Donc, vieux, si je comprends bien ton raisonnement, pas de femme ?

— Pas de femme. Et de toute façon, je vais te dire, les femmes ne me font pas envie pour le moment.

— Et tu trouves ça normal ?

— Je ne trouve rien de normal, Kyle. Avoir une mère juive de cent soixante-trois kilos n'est de toute façon pas une chose normale. Mais j'aime ma mère.

— C'est dommage, Saul. Tu comprends pourquoi je me demande si le fait de ne pas avoir eu de mère, ce qui est un grand malheur en apparence, est si dramatique finalement ?

— Tu ne peux pas dire une chose pareille, Kyle. Quelque chose te manquera toujours, et tu la chercheras dans toutes les femmes que tu croiseras. L'amour maternel. Un jour tu mesureras la fragilité de ton âme. Souviens-toi de ce qu'a dit Larson, un jour tu seras dos à la falaise et ce jour-là tu seras bien heureux d'avoir un ami comme moi, qui, lui, aura eu une vraie mère juive.

— Tu as peut-être raison mais, pour le moment, je préfère mon malheur à ton enfermement.

*

L'appartement de Fisherman's Wharf bénéficiait d'un panorama splendide sur l'océan. Le père de Saul estimait qu'un appartement face à la mer à San Francisco était un bon investissement. Cette vue ne serait jamais obstruée, pensait-il. D'autres investisseurs tenaient cependant un raisonnement différent. Certes, personne ne pourrait jamais construire sur l'eau et s'approprier cette perspective, mais la peur du tremblement de terre était vivace et l'idée que cette bande de terre si proche de la mer puisse se détacher un jour sous l'effet d'une secousse sismique et chuter dans l'océan n'était pas totalement absurde. Gary avait donc payé l'appartement moins cher que sa valeur réelle et était persuadé qu'un jour, la terreur de l'apocalypse passée, les gens reconsidéreraient son emplacement unique. Gary Leibowicz était ce genre d'homme. Il avait acheté l'appartement peu de temps après le dernier tremblement de terre au moment où, pris par la panique, les propriétaires bradaient leur bien pour s'installer plus au nord. Il ne lui restait plus qu'à attendre, le temps faisant petit à petit disparaître de la mémoire collective ce funeste événement. Saul détestait cet appartement : l'horizon lui donnait le sentiment d'être projeté dans un monde magnifique mais qu'il ne désirait pas. Kyle s'y sentait bien. À la faveur du brouillard, le ciel et la terre se confondaient ; ne restaient visibles que l'activité soutenue du port et le ballet complexe des navires.

Kyle passait tout son temps libre à expérimenter des modèles de circulation des fluides dans la baignoire de l'appartement, expérimentations qu'il consignait dans son ordinateur. La principale difficulté venait de l'impossibilité de faire vivre ses patients en permanence dans l'eau sans risquer des complications dermatologiques et musculaires. Il fallait se rendre à l'évidence. L'homme était devenu avant tout un mammifère terrestre, et sa transposition dans un univers exclusivement marin comportait des risques. En marge de ces réflexions, Kyle avait déjà conçu un instrument pour lever n'importe quel patient dans l'eau et le conduire sans effort assis ou couché sur une surface sèche. Cet appareil à fonctionnement hydraulique utilisait l'eau du centre en consommant un minimum d'énergie.

Quant au centre lui-même, il reprenait le principe d'un cloître. Chaque chambre donnait sur une allée commune, ou plutôt un petit chenal, qui permettait à chaque patient de se déplacer dans ce gigantesque complexe aquatique. Au cœur, il fallait reconstituer une des plus belles plages d'Hawaii, avec du sable fin et des palmiers naturels, qui serait reliée à la rivière intérieure principale. Aux plus belles heures de la journée, elle ressemblerait à ce havre de sérénité que fournit la banquise — là, les grands phoques se prélassent en famille avant de replonger dans l'univers porteur qui leur fait oublier qu'ils n'ont ni bras ni jambes. Chaque chambre offrait à son occupant la possibilité de résider soit dans l'eau, soit sur une surface sèche, assis ou allongé face à un écran de télévision qui offrait sans discontinuer les quatre cents chaînes des réseaux de satellites.

Dans ses grandes lignes, le projet fonctionnait. Saul avait le sens du marketing. Il s'attela à rendre compréhensible pour le grand public ce qui était évident pour son associé, et élabora un mémorandum qui présentait son innovation en détail. Un fascicule à l'intention des investisseurs devant lesquels, un jour ou l'autre, ils devraient défendre ce projet. Une sorte de grand oral, d'examen qui pouvait anéantir des jours et des nuits de travail, à cause d'un point apparemment négligé qui viendrait compromettre la validité de l'ensemble. Gary avait appelé plusieurs fois pour proposer aux deux associés de revenir passer un week-end dans l'Oregon. Kyle avait prétexté qu'il perdait sa concentration là-bas. En réalité, il ne se sentait pas la force d'affronter Mme Leibowicz une seconde fois. Kyle trouvait que l'immobilité de la mère de Saul pompait une formidable énergie à ceux qui l'entouraient : elle tentait en permanence d'attirer ses proches vers elle pour les étouffer tel le boa avec le lapin. Au désespoir de les voir débarquer en Oregon, Gary s'était finalement offert un aller-retour à San Francisco qui lui permettait de réaliser en plus quelques visites professionnelles. Saul avait proposé de l'héberger, mais Gary aimait sa liberté et il s'installa dans un petit hôtel confortable du centre-ville où il avait ses habitudes. Au soir de son arrivée, Gary les avait invités dans un restaurant de poisson qui donnait sur la mer à Half Moon Bay. Un restaurant où, à la nuit tombée, on pouvait encore voir les ultimes surfeurs se battre contre les rouleaux de l'océan. Gary avait réservé une table contre la baie vitrée même si, les minutes passant, on ne voyait désormais plus rien de la mer. Gary avait reçu le mémorandum le matin même et il avait eu, entre deux rendez-vous pour ses propres affaires, deux bonnes heures pour examiner le document. Il n'en avait dit mot à Saul et Kyle, tout au long du trajet sinueux entre la ville et Half Moon Bay. Ils avaient tenu une conversation purement courtoise et enjouée sur le vin californien de la Napa Valley dont Gary avait commandé plusieurs caisses. Le Zuiflander valait selon lui le vin français, le bordeaux en particulier. Le célèbre critique Parker n'aurait bientôt que les yeux pour pleurer devant une telle avancée qualitative. Gary était de joyeuse humeur. Il aimait San Francisco et appréciait cette escapade côtière en compagnie de son fils et de son associé. Il commanda une bouteille de vin blanc du même Zuifandler et, sans consulter personne, commanda trois assiettes de langoustines à la vapeur et trois homards entiers au beurre blanc. C'était ce qu'il y avait de plus cher à la carte et il n'imaginait pas que les deux garçons puissent être tentés par autre chose.

Les langoustines à la vapeur venaient juste d'atterrir sur la table qu'une serveuse, parfaitement dans le ton de ce restaurant aseptisé, s'enquit des sauces souhaitées par les convives pour la salade à venir. Elle fit ensuite tournoyer un énorme moulin à poivre dont les grains concassés vinrent s'abattre sur les assiettes avec la même élégance que des bombes sur Dresde en 45. Gary semblait aux anges. Il attendit que chacun ait fini ses langoustines pour aborder la question qui, malgré toutes ses diversions, était à l'esprit des trois entrepreneurs. Gary poussa négligemment les carcasses rougies des crustacés du dos de sa fourchette avant d'en venir au but.

— Bon, les garçons, j'ai pris le temps de consulter votre dossier technique aujourd'hui et je n'ai qu'une chose à dire.

Il prit son temps pour lâcher sa conclusion d'expert.

— Ce dossier est remarquable. Les hypothèses techniques sont justes, précises. Le concept lui-même a trouvé son ampleur. C'est un sans-faute comme il n'en existe que rarement à ce stade préliminaire. Grâce à ce dossier d'une remarquable fiabilité, j'ai commencé de mon côté à monter un modèle financier. Et je l'ai fait tourner sur la base des hypothèses les plus conservatrices, celles qui prennent en compte un engouement très lent pour le concept, un coût de l'eau plus élevé que ce qu'il en est aujourd'hui, un environnement macroéconomique morose pour ne pas dire dépressif. Dans ce contexte stressé, j'obtiens un retour sur investissement à sept ans de 21,06 pour cent. Nous aurons un peu de difficulté à trouver des investisseurs à moins de vingt-cinq pour cent, mais nous ne sommes pas si loin. Il suffira de réduire certains coûts, abandonner certaines idées, et l'affaire est faite.

« Nous vous rendrons léger » : un slogan simple, accessible, à la portée de l'énorme ménagère du Minnesota comme du cadre exécutif obèse du New Hampshire. Saul avait pensé à « Restez vous-même pour un quart de votre poids », mais Kyle comme Gary trouvaient le slogan trop long et peu limpide. Mais c'est Saul qui avait trouvé l'affiche qui allait servir pour la publicité du lancement. Deux photos superposées. La première, un paquebot de la taille du *Queen Elizabeth* sur cale sèche sur un fond de chantier naval sinistre avec pour légende : « Tel que vous vous voyez ». La seconde, de taille comparable, juste en dessous, montrait le même paquebot flottant sur la mer azur des Caraïbes, absolument effilé, avec pour légende : « Tel que vous serez ». L'enseigne fut un peu plus difficile à trouver. Les trois associés s'accordèrent sur « Absolutely light hydro Center ».

Pour la signature des contrats, rendez-vous fut fixé à New York lors de la première quinzaine de septembre. L'avocat des investisseurs financiers, qui avait un bureau panoramique au cinquante-deuxième étage de l'une des deux tours du World Trade Center, avait pris celui de Gary de haut au début, avec la condescendance habituelle que l'homme d'affaires international éprouve envers un collègue provincial. Il est même probable qu'il voyait pour la première fois un avocat de l'Oregon. Un nouveau rendez-vous fut arrêté la veille de la signature, en présence de l'ensemble des investisseurs, c'est-à-dire des représentants officiels d'une société d'investissements à risques située à Boston, très réputée pour son audace en affaires. Comme Kyle ne savait pas très bien ce qu'était une société d'investissements à risques, Gary lui expliqua que ces gens-là perdaient de l'argent dans neuf des dix sociétés dans lesquelles ils investissaient, mais faisaient une énorme culbute sur la dixième. Et ils pensaient que le projet de Kyle et de Saul était de ceux qui devaient atomiser les pertes réalisées sur les neuf autres. Cette société avait ses bureaux à un étage élevé d'une des deux tours du même Centre de commerce mondial.

Kyle avait été victime de vertiges dans l'ascenseur qui y conduisait. Il ne montra rien de son sentiment d'oppression qui persistait quand ils pénétrèrent dans les bureaux luxueux de leur futur partenaire financier. À l'entrée, un comptoir en bois précieux et lisse barrait l'accès aux bureaux. Une jeune femme rousse à la poitrine opulente s'y tenait, habillée d'un costume gris que Kyle trouva mal assorti avec sa peau tachetée de son. Elle se dissimulait derrière ses lunettes et quand elle souriait, on pouvait aussitôt lire sur son visage qu'elle regrettait d'avoir eu ce réflexe. Elle pria les trois hommes de patienter dans des canapés en cuir noir profonds. Sur une petite table, des revues étaient disposées en éventail. Elles parlaient toutes d'argent. Celle qui trônait sur le dessus était le supplément de *Fortune* qui donnait le classement des cent hommes les plus riches de la planète. Kyle le parcourut. La seule réflexion que cette lecture lui inspira, c'est que la très grande majorité de ces gens-là étaient plutôt vieux et que tout cet argent n'allait pas les empêcher de mourir. Ils n'éprouvaient peut-être déjà plus aucun plaisir à vivre. L'attente ne dura pas. Un homme assez jeune et d'une taille très au-dessus de la moyenne apparut en costume sombre à fines rayures. Il portait une cravate de soie. Sa peau lisse ne présentait pas la moindre aspérité. Il salua les trois hommes chaleureusement d'une façon parfaitement conventionnelle, puis les pria de le suivre. Une épaisse moquette assourdissait le pas des quatre hommes qui pénétrèrent en file indienne dans les bureaux.

En quittant la réception, Kyle eut un dernier regard pour la poitrine de la réceptionniste et il se dit qu'il aurait bien aimé la toucher, car il s'agissait là d'une œuvre d'art. Il serra la main d'un deuxième homme plus âgé, mais pas moins impeccable, alors qu'ils entraient dans une salle de réunion dont le vitrage offrait une vue inouïe sur New York. Gary s'en émut, pour flatter les deux investisseurs. Celui qui avait l'âge d'être un vice-président lui dit :

— Il y a encore trois semaines, nous vous aurions fait venir à Boston, mais une société comme la nôtre ne peut pas faire l'impasse sur des bureaux ici. L'ouverture sur le monde qu'elle représente est exceptionnelle, inspiratrice.

— Et imprenable, s'empressa d'ajouter Gary.

— Absolument, acquiesça le vice-président avec un hochement de tête latéral caractéristique des interlocuteurs qui veulent abonder dans votre sens juste pour vous plaire.

La table de réunion était réalisée dans un verre épais et transparent. Pour toute décoration, des petites pierres tombales ornaient deux consoles. En jargon financier, c'est ainsi que l'on nomme les plaques commémoratives fabriquées à l'occasion de la signature d'une grosse affaire. Les participants prirent place. Au milieu de la table trônait une pile de contrats de plusieurs milliers de pages.

— Voilà, lança le vice-président, tout est prêt.

Kyle regarda ébahi la pile de documents. Et une drôle de réflexion lui vint à l'esprit. Depuis des siècles, la bêtise humaine et le droit se livraient à une course effrénée. Ainsi, de fil en aiguille, on en était arrivé à deux mille sept cents pages pour qu'une société s'estime en confiance et investisse de l'argent dans un projet.

On était à la veille de la signature finale, plus rien ne se discutait sur le fond. On réglait des détails sur un contrat d'association à parapher et à signer le lendemain en plus de douze exemplaires. Ce qui justifiait une convocation à sept heures trente du matin et il ne fallait pas compter en sortir avant la tombée de la nuit. L'affaire ne pouvait plus échouer. À ce niveau-là de professionnalisme, on évite les surprises de dernière minute. Il était temps pour Kyle de se réjouir et de penser qu'il n'allait pas tarder à être riche. Certes, les mêmes objections trottaient dans la tête des trois hommes, les mêmes que celles soulevées par les investisseurs : « Et si subitement on découvrait un médicament contre l'obésité ? », « Et si une société de haute technologie trouvait un moyen de mettre nos cibles en apesanteur ? » Toutes les personnes réunies autour de la table savaient qu'il existait un risque, mais chacun l'acceptait sans la moindre arrière-pensée et c'est en cela que l'Amérique resplendissait. Et ce risque, c'était que les obèses disparaissent d'Amérique. Un risque maîtrisable et pourtant, qui aurait pensé deux siècles plus tôt que les Indiens céderaient leur continent à une nation d'obèses ? Mais un décideur avait dit : « On y va », et les derniers doutes avaient été balayés pour toujours.

Le soir, ils se sentaient tous sacrément légers. Gary les invita dans un restaurant italien de la 57e Rue avant de rentrer à l'hôtel qui était à l'angle de Lexington. Dans l'ascenseur qui les ramenait à leurs chambres, Gary serra les poings en l'air, signe qu'ils étaient près du but. Voyant que le sommeil ne venait pas, Kyle ressortit seul pour prendre un verre. Un mélange d'excitation et de dépression due à la proximité de l'événement le poussait à boire, pour la première fois de sa vie. Il fit ainsi une dizaine de bars, descendit une bouteille entière de gin. Il se sentait bien, tout simplement, un peu maître du monde, et, à la fin de la soirée, il racontait à qui voulait l'entendre que le lendemain même, il allait devenir millionnaire. C'est curieux qu'il n'y ait eu personne pour lui casser la figure, car plus il avançait dans la nuit, plus les visages se refermaient sur son histoire, plus elle indisposait les piliers des établissements, des types souvent exclus du modèle de réussite américain qui les laissaient, sans rien leur offrir, s'en jeter un dernier avant la fermeture. Et puis, à un moment dont il ne se souvint pas très bien, sans que personne le pousse, il tomba dans la rue, face contre terre. Des policiers le ramassèrent et le conduisirent au poste avant de l'enfermer dans une cellule de dégrisement où il rejoignit une vingtaine d'alcooliques, Dieu merci pas plus violents que lui. À sept heures du matin, nauséeux et migraineux comme si on lui avait enfoncé un épieu à la base du crâne, il se mit à taper contre la grille pour qu'on vienne le libérer, ce qui énerva un peu ses compagnons de cellule résolus à faire la grasse matinée. Mais personne ne vint. Ce n'est qu'à huit heures et quart qu'un planton vint le sortir de là, lui demanda de s'asseoir devant un bureau pour dresser un procès-verbal. Il essaya bien de lui expliquer qu'il avait une session de signature d'un contrat de plusieurs millions de dollars qui l'attendait depuis sept heures et demie, mais rien n'y fit. Le type se contenta de lui dire : « Si c'est vraiment une bonne affaire, elle pourra résister à un léger retard. Vous serez là-bas vers les neuf heures et demie, le temps que le médecin arrive et décide si on peut vous laisser partir. » Le médecin était un homme habitué à toutes les misères du monde et dans l'échelle de celles-ci,

Kyle vit à son regard qu'il ne figurait pas bien haut. Il ne lui demanda pas ce qu'il faisait là, ce genre de dérapage qui affecte de jeunes ambitieux en costume n'est que trop courant à New York. « Évitez seulement d'en faire une habitude, le corps n'aime pas les excès et on les paye toujours au moment où on s'y attend le moins. » Il vit que Kyle était pressé et il le laissa partir.

Kyle retourna à l'hôtel pour se changer et atténuer son haleine de la nuit. À son passage, le concierge lui avait transmis des messages plus irrités qu'inquiets de Gary. À son retour à la réception, alors qu'il allait sortir, le concierge, le visage d'un blanc crayeux, s'interposa entre lui et la porte tournante dont la main courante brillait comme un trésor inca.

— Désolé, monsieur, mais dans quelle direction allez-vous ?

Il ânonnait comme s'il manquait d'air. Malgré sa surprise, Kyle lui répondit qu'il allait au World Trade Center. Le concierge respira encore un grand coup avant de lâcher :

— Je crains que ce ne soit pas possible, monsieur, l'une des deux tours est en feu, un avion se serait écrasé dedans.

Kyle regarda ce type, dubitatif : il ne disait rien, son regard était plongé dans l'égarement le plus complet. Kyle ne trouva rien à dire d'autre que :

— Et selon vous il s'agit d'un gros avion ?

Avec le même regard fixe, le concierge répondit : « Un très gros avion. » Ils étaient là tous les deux aussi stupéfaits que deux statues d'un musée de cire, quand un groom en uniforme et calot mauve sur la tête accourut. Sans regarder Kyle, réprimant sa voix, il lâcha à l'adresse du concierge : « Un deuxième avion vient de percuter la deuxième tour. » Ce dernier se mit à tourner la tête comme un oiseau exotique, comme si l'information ne parvenait pas à se frayer un chemin jusqu'à son cerveau. Puis il murmura, sentencieux, à voix basse : « Un avion c'est un accident, deux, un cataclysme... il se pourrait bien que nous soyons tous en train de mourir. »

Le voyant à ce point atteint, Kyle risqua un œil dehors. Depuis le perron de l'hôtel, on ne distinguait rien, des gratte-ciel obstruaient la vue. Rien n'excluait donc qu'un troisième ou un quatrième ne vienne s'écraser sur la ville. Il songea que l'immobilisme était la meilleure réponse à ce bombardement. Il imaginait les gens courir partout. S'il s'aventurait dehors, il risquait d'être emporté par un immense mouvement de panique, identique à la grosse vague qui avait emporté sa mère. Il monta dans sa chambre.

À chaque étage, des cris de panique se faisaient entendre. Il ne se sentait plus tout à fait lui-même, mais il n'avait pas peur de mourir. Il repensa furtivement au bigot qui l'avait ridiculisé devant sa tante adoptive quand il avait évoqué la probable fin de notre espèce. Il alluma le poste de télévision. Sur toutes les chaînes, les deux tours fumaient. La chaîne 43 avait mobilisé une armée de commentateurs, d'experts en tout genre, de professionnels de l'opinion comme seule notre société sait en produire, pour maintenir la masse dans une ignorance civilisée.

Puis les deux tours s'effondrèrent dans un nuage de poussière qui montait comme le champignon d'Hiroshima. Kyle commença vraiment à se faire du souci pour Saul et Gary tout en se disant qu'ils ne pouvaient pas être fâchés contre lui au point de ne plus lui parler. Il était convaincu qu'ils avaient eu le temps de descendre mais qu'ils étaient pris dans l'immense confusion qui devait régner autour des ruines.

Il était optimiste. Il resta devant son poste de télévision jusqu'au lendemain matin, sans bouger ni manger, dans son costume. Il appela plusieurs fois la réception en demandant si deux hommes, probablement couverts de poussière, ne l'avaient pas demandé. Mais personne ne s'était manifesté. Le deuxième jour, après avoir usé parcimonieusement du room-service — car il savait qu'il ne pourrait jamais le payer si ses deux associés lui faisaient faux bond —, il eut l'idée d'appeler Mme Leibowicz. Outre que la perspective du coup de fil le terrorisait, il ne connaissait pas son numéro et il ne se souvenait pas non plus précisément de la localité où elle vivait. Il composa plusieurs fois le numéro du téléphone cellulaire de Saul, mais il tombait à chaque fois sur sa messagerie, sans sonnerie préalable, comme si l'engin était éteint. Le troisième matin qui suivit les attentats, il se résolut à quitter les lieux, persuadé que l'hôtel ne lui ferait plus crédit. Il descendit à la caisse et expliqua qu'il était venu à New York avec deux partenaires pour signer une grosse affaire, que le plus âgé des deux était celui qui devait régler la note mais que cet homme comme son fils avaient probablement péri dans la catastrophe quelques minutes avant de finaliser leur exceptionnelle affaire. Le caissier se montra suspicieux :

— Mais alors, comment se fait-il que vous n'étiez pas avec vos associés ? demanda-t-il tout en rangeant un paquet de factures devant lui, d'une voix qui se voulait détachée.

Kyle roula des yeux comme si la question ne parvenait pas à pénétrer son cerveau. Puis il finit par dire :

— C'est une question dont la réponse nous demanderait trop de temps. Et puis je n'en sais peut-être rien moi-même... mais je suis convaincu qu'il ne me faudra pas moins d'une vie entière pour méditer sur le hasard qui a fait que je n'étais pas dans cette tour.

Le caissier le scruta alors d'un regard si pénétrant que Kyle en conçut une certaine confusion. Quand il vit que Kyle essayait d'y échapper, il lui dit :

— Vous comprendrez que cette incohérence me conduise à vous demander de bien vouloir vous asseoir à la réception en attendant qu'un agent du FBI, que je vais prévenir, vienne vous interroger. Vous êtes étranger, n'est-ce pas ?

— Non, répondit Kyle, je suis américain.

— Vous vous appelez bien Kyle Prosac, non ?

— C'est ça, Prosac est un nom français, mais je suis né à San Francisco.

— Pourtant, vous n'avez pas l'air d'un Français.

Il se leva pour jauger Kyle et continua :

— On dit que les Français ont beaucoup d'Arabes chez eux, vous en êtes ?

— Non, je ne connais pas la France, et ma mère était mexicaine.

Il se rassit et soupira.

— Enfin, ce n'est pas à moi de mener cet interrogatoire. Je suis patriote, nous sommes en guerre, il est bien normal que je me mobilise, mais laissons cela à des professionnels. Asseyez-vous, asseyez-vous, je vous tiendrai au courant.

Kyle s'installa dans un canapé de la réception et attendit. Au bout d'une heure, personne n'était venu et le caissier s'approcha de lui. Il avait l'air désolé :

— Les gars du FBI sont débordés et j'ai eu beau insister, vous n'êtes pas une priorité. Le type que j'ai eu — qui se trouve être le beau-frère d'une cousine avec qui j'ai été élevé dans le Wisconsin — m'a suggéré de conserver vos papiers. On vous les rendra quand ils auront eu le temps de les vérifier. Il faudrait que vous reveniez d'ici deux jours, il vous interrogera. On ne peut pas vous garder ici en attendant puisque vous n'êtes pas en mesure de payer, je dois libérer votre chambre. Alors débrouillez-vous avec votre famille, revenez dans deux jours pour payer et après interrogatoire, si tout se passe bien, on vous rendra vos papiers. Compris ?

Kyle se leva sans demander son reste et sortit. Il pensa d'abord à faire le tour des hôpitaux, mais c'était peine perdue, on ne pouvait pas les approcher. Quand il s'agissait de donner des renseignements, on privilégiait les familles et Saul et Gary n'étaient pas à proprement parler de sa famille. Il pensa une nouvelle fois à appeler Mme Leibowicz. Il ne devait pas y avoir tant de Leibowicz que cela dans cet État sous-peuplé qu'est l'Oregon. Puis il se ravisa. La mère de Saul allait probablement lui reprocher de ne pas avoir protégé son fils, de ne pas avoir respecté leur accord. Mais comment protéger un copain contre un avion de terroristes ? Et, de toute évidence, elle ne pourrait jamais lui pardonner d'avoir survécu à son mari et à son fils. Ou alors, pire que tout, une fois la douleur atténuée, elle était capable de l'adopter.

Parfois, certaines évidences s'imposent en balayant les doutes, selon une alchimie qu'il est difficile de comprendre pour un être rationnel. Kyle avait acquis la certitude que ses deux associés étaient morts. Il ne pensa pas une seconde à la solitude ni à la détresse de Mme Leibowicz.

Il se contenta de monter dans un train bondé qui faisait route vers le sud. Toutes les conversations tournaient autour de la tragédie. Alors que les paysages commençaient à s'affranchir des bâtiments, son esprit se mit à errer. Mme Leibowicz fut la première branche sur laquelle il se posa. Il la revoyait sur sa terrasse inondée de soleil, sa couverture sur ses genoux, accoudée à la solide balustrade, son bras difforme pendant, son visage aux traits noyés, ses petits yeux ronds et noirs fixés sur le lac artificiel. Il l'imaginait finir sa vie entre cette terrasse et son lit avec, pour toute distraction, les hérons cendrés qui venaient la narguer. Vu le peu d'argent qui lui restait dans les poches, il fit cap sur le Mexique sans se demander pourquoi. Au fond de lui-même, à peine plus fort qu'un chuchotement, une petite voix lui indiquait que c'était bien le début de la fin du monde, or s'il devait finir pétrifié par cet événement, ce serait sur la terre natale de sa mère. La vraie fin, il était difficile de dire pour quand elle était. Une fulgurance lui vint un soir : l'énigme de la vie et de la conscience serait sans doute interrompue, avant d'être résolue... Il en fut très affecté. Plus qu'il ne l'était par la disparition de ses deux associés qui, dans son for intérieur, n'avaient fait que le précéder dans le néant. Ces tours effondrées n'étaient que le signe précurseur de l'apocalypse. L'interminable lutte entre la mesquinerie et les grands idéaux allait cesser. Il eut une pensée fugace pour ces êtres qui nous succéderaient et qui découvriraient nos restes, les restes de notre terre dévastée et déploieraient leur énergie pour tenter de comprendre le lent suicide de notre espèce, la rage sans borne qu'elle usa pour tourner le dos à la vie — comme si elle cherchait à se venger de son supposé créateur.

À quelques heures de la frontière mexicaine, il lut dans un entrefilet d'un journal local laissé par un voyageur descendu du train que le FBI était à la recherche d'un homme jeune, de type métissé, ayant séjourné à l'hôtel Fitzgerald, où ses papiers avaient été confisqués. Hôtel qu'il avait fui sans donner de nouvelles, le matin même du 11 septembre. On le soupçonnait de circuler sous le nom de Kyle Prosac, patronyme d'autant plus faux qu'on ne lui avait retrouvé aucune famille sur le territoire américain, à l'exception d'un vieux propriétaire d'un bar en Californie qui assurait ne pas avoir eu de descendance depuis la mort de son fils. Les premières investigations menées par la police fédérale laissaient penser que cet homme, dont le portrait-robot était joint, aurait pu, de près comme de loin, être impliqué dans les attentats. Kyle comtempla attentivement son portrait. Au même moment, il s'aperçut que son voisin lisait le même article que lui par-dessus son épaule. Il se retourna pour le dévisager et l'homme, vaguement gêné, détourna la tête en pensant à autre chose. À l'évidence, il ne l'avait pas reconnu. Kyle s'émut un peu de la grossièreté des traits que lui attribuait le portrait. Aucun des concierges, grooms et autres lampistes ne l'avait vu tel qu'il était. Il plia le journal et se concentra sur le stratagème qu'il allait inventer pour traverser la frontière sans papiers.

Passer au Mexique fut une formalité. Il expliqua au douanier qu'il était de nationalité mexicaine, qu'il avait perdu son portefeuille en fuyant l'effondrement des deux tours à New York où il était pour affaires et qu'il se promettait de tout faire dupliquer dès son arrivée à Mexico où il se rendait par train, échaudé qu'il était par le transport aérien. Le douanier, qui ne pouvait raisonnablement concevoir qu'un Mexicain qui avait réussi à émigrer aux États-Unis décide de faire le chemin inverse sans une très bonne raison, ne lui fit aucune complication.

Sans pouvoir très bien en analyser les raisons, Kyle se sentit soulagé d'avoir perdu son identité. Mais on ne peut pas vivre ainsi indéfiniment. Il fit un long périple pour retrouver la petite ville d'où sa mère venait, à quelques miles de la frontière avec l'Arizona qu'elle avait alors franchie clandestinement. Malgré la bonne volonté de l'administration, rien ne prouvait formellement qu'il était le fils de sa mère et on refusa de lui établir un passeport. Alors il enchaîna les petits boulots, le plus souvent dans l'hôtellerie. Il vivait de rien et épargnait beaucoup. Assez, en tout cas, pour se payer une fausse carte d'identité au nom de Kyle Ramos. Changer son prénom l'aurait perturbé. C'était un prénom américain, un prénom que sa mère avait voulu lui donner. Ensuite, il passa une longue période à se demander qui il était. Il se sentait le dos à la falaise et son ami n'était plus là pour le retenir. Sa nouvelle identité ne changeait pas grand-chose. L'homme était toujours la somme de quelques acquis génétiques, d'une enfance qui peut paralyser l'âge adulte et sa volonté, et d'un conditionnement plus ou moins volontaire à la pensée dominante.

On ne sait pas très bien quoi, peut-être était-ce la lassitude éprouvée à tous ses petits boulots ou bien le remords d'avoir laissé Mme Leibowicz sans nouvelles, en tout cas quelque chose le poussa à vouloir repasser la frontière dans l'autre sens. Il le fit avec ses papiers mexicains, sans visa.

*

Le garde-frontière n'était pas une de ces brutes qu'on voit au cinéma tirant les clandestins comme des oiseaux migrateurs. La ptose abdominale qui débordait de son ceinturon en cuir bon marché lui donnait un air bonhomme. Kyle s'était présenté devant lui, à pied, dans l'un des postes qui barraient une longue route. Et là, il se déclara citoyen américain et demanda à regagner son pays, devant le garde qui décapsulait une bière. Ce dernier jugea l'affaire assez importante pour poser sa bouteille alors que la mousse s'en échappait inexorablement. Il se leva, sortit de son poste, le contourna et conduisit très courtoisement Kyle dans un bâtiment plus reculé, où les quelques personnes interrogées semblaient se noyer dans un océan de mensonges. Il fit asseoir Kyle face à lui si près que son haleine de crocodile agressait l'odorat du jeune homme.

— Tu me dis que tu es américain, mon garçon, je ne demande qu'à te croire. Mais tu comprendras que c'est un peu léger pour t'autoriser à passer. En tout cas, tu as le mérite de ne pas avoir essayé de frauder. Tu as un moyen de me prouver ta nationalité ?

— Non, répondit Kyle, je me suis fait voler mes papiers en arrivant au Mexique. Et tout ce que j'ai, ce sont des papiers mexicains ! Des faux, pour être honnête avec vous.

— Mais je ne doute pas que tu sois un honnête garçon. Si tu es vraiment américain, il y a des moyens légaux de prouver sa nationalité.

— Le problème c'est que je suis porté disparu.

— C'est-à-dire ?

— Je suis supposé être mort.

— Mort ?

— Oui, dans les deux tours, le 11 septembre 2001.

Le garde lissa sa moustache et sourit du coin de la bouche.

— En résumé, tu es une sorte de fantôme. C'est pas banal. Mais tu dois bien avoir une famille, non ?

— Non, ni père ni mère. Des tantes. Mais il y en a une que je déteste et l'autre que j'aime trop pour lui faire risquer une crise cardiaque si on lui apprend que je ne suis pas décédé. Et c'est un vrai risque, car elle est très, très grosse, et a un cœur qui ne tiendrait pas le choc. Je connais aussi une dame qui pourrait m'identifier, mais je ne sais pas si elle vit encore. Si c'est le cas, je ne suis pas certain qu'elle ait envie de me revoir. Elle est très grosse, elle aussi.

— Tout cela m'a l'air bien compliqué, fiston. Alors, faisons simple. Si, par exemple, on partait de l'hypothèse que tu as plutôt l'air d'un Mexicain que d'un Américain de souche, enfin je dis de souche, je m'entends, de souche blanche, que tu as envie de t'installer aux États-Unis et que tu n'as pas de papiers pour réaliser ton rêve, je peux te faire rencontrer quelqu'un qui pourrait arranger ton problème.

— Vous êtes très aimable, monsieur, répondit Kyle, mais je n'ai pas d'argent.

— Qui parle d'argent ? Aujourd'hui, des circonstances historiques nous permettent de vérifier la volonté d'intégration des candidats à l'immigration. Je peux te faire rencontrer un sergent recruteur de l'armée des États-Unis. Et si tu signes pour aller te battre en Irak, tu auras ta carte verte au retour. C'est quand même mieux que d'être obligé de s'en tenir à des bobards extravagants. Un revenant du 11 septembre, au mieux, on le conduit dans un hôpital psychiatrique, non ?

Il s'interrompit, puis reprit :

— Mais il y a d'autres hypothèses. Tu pourrais très bien être un véritable Américain qui fuit des problèmes avec la justice. Laisse-moi te regarder. Quel type de problème un garçon comme toi pourrait-il avoir avec la justice ? Drogue ? Sincèrement, je n'y crois pas. Braquages non plus. Tu as une tête d'ange. Mais moi, vois-tu, je suis un vrai chrétien, je crois qu'on peut racheter ses fautes les plus graves. Ces personnes que tu as offensées, cette société que tu as outragée, je ne sais comment, elles te permettent aujourd'hui de t'amender. Tu en connais beaucoup, des putains de pays qui permettent aux pécheurs de payer leur dette à la société ? Moi, je n'ai jamais entendu parler d'un pays qui offre à ses citoyens de telles opportunités. Ce que je te propose aujourd'hui, mon gars, si l'Amérique est ton pays, c'est d'y rentrer la tête haute, et si ce n'est pas ton pays de prouver que tu pourrais devenir un bon citoyen. Le minable que tu es peut dans quelques mois remettre le pied sur le sol américain en regardant autre chose que la pointe de ses souliers. Alors que là, tel que je te vois, tu ne seras plus jamais qu'un mendiant.

Kyle le regarda en baissant la tête.

— J'ai commis des fautes, m'sieur, des fautes que je ne suis pas persuadé de parvenir à me pardonner un jour. Mais pas au point de les effacer en tuant d'autres personnes que je ne connais pas et que je n'aurai pas l'occasion de connaître, par définition, puisqu'il s'agit de les tuer. Je trouve qu'il y a beaucoup d'inconvénients à tuer, mais presque moins qu'à risquer sa propre vie. Et je suis très attaché à ma propre vie.

— Mais comment peut-on être attaché à une vie qui vaut si peu, mon garçon ? Quand tu te seras couvert de gloire en revenant d'Irak, tu pourras dire que tu tiens à la vie, car cette vie aura de la valeur. Mais aujourd'hui, rien ne te permet de dire cela. C'est pour ça que tu es le candidat idéal pour cet engagement, tu peux risquer ta pauvre vie pour un pays qui le mérite puisqu'il t'aide fraternellement à expier tes fautes.

— Je vous remercie sincèrement, mais je crois que je vais garder ma nationalité mexicaine, même si ce n'est pas facile tous les jours.

— Comme tu voudras. Sache que je pourrais te causer des ennuis pour avoir essayé de passer la frontière illégalement. Et puis, en refusant, tu me coûtes de l'argent, parce que j'ai un deal avec le sergent recruteur. Il me donne un intéressement à chaque recrue... On ne peut pas me le reprocher, je vais avoir une toute petite retraite et je n'ai pas de couverture médicale complémentaire.

Puis il sourit, fataliste :

— Mais c'est comme ça la vie, on ne peut pas gagner tous les jours.

Kyle retrouva son travail dans l'hôtellerie. Dans le complexe hôtelier où « le flot des emmerdés », pour reprendre l'expression de Beckett, venait prendre des photos d'un pays que l'on vendait à tous les coins de rue. L'inconvénient de visiter un site qu'on a déjà vu cent fois dans des documentaires, c'est qu'il n'est plus cadré de la même façon. Une caméra évite plus facilement un amoncellement d'immondices autour d'une église millénaire. Après avoir travaillé pour cette clientèle bon marché dans des hôtels miteux, il avait évolué en quelques années, grâce à ses qualités professionnelles, vers des sphères plus élitistes, là où se concentrent les privilégiés qui se sentent partout chez eux, une fois qu'ils ont rétréci le monde et l'ont clôturé de fil d'or barbelé. Il ne serait jamais parti au Maroc, qu'il n'aurait su situer sur une carte, si, un jour, il n'avait surpris une conversation entre deux de ses ressortissants qui passaient un séjour très luxueux dans le cinq étoiles où il travaillait, à Punta Cana. L'un disait à l'autre : « Tu sais, c'est vraiment bizarre, cette histoire du 11 septembre, il paraît que les Juifs qui travaillaient dans les deux tours, aucun n'était au boulot ce jour-là, comme si le Mossad les avait prévenus. Je ne veux pas dire que le Mossad était dans le coup mais, en tout cas, ils avaient l'air de savoir. » Ce n'était pas le genre de Kyle d'interférer dans les conversations des clients qui ont payé très cher le droit de dire librement ce qui leur passe par l'esprit, mais il ne put s'empêcher de leur faire remarquer l'imprécision de leur propos.

— Si je peux me permettre, messieurs, et je suis vraiment désolé d'intervenir dans votre conversation, vous ne pouvez pas dire une chose pareille, j'ai personnellement perdu deux amis juifs dans les deux tours. J'étais à New York ce jour-là.

Ils se sont tournés vers lui, sceptiques.

— Et qu'est-ce qui prouve qu'ils n'ont pas profité de la situation pour disparaître et changer d'état civil ?

— Je crois que c'est un peu tiré par les cheveux, rétorqua Kyle. Tous les Juifs n'ont pas besoin d'échapper à leurs dettes,

— Vous avez raison. Et puis, nous n'avons rien contre les Juifs, à l'époque où toute l'Europe était après eux, notre roi les a protégés.

Ces deux types n'étaient pas méchants ou mauvais. Comme des milliards d'êtres humains, ils avaient tout simplement leurs habitudes.

Les trois hommes parlèrent ensemble de ce jour funeste, les clients étant friands des détails que Kyle était incapable de leur donner, car plus on est près de la scène, moins on voit le spectacle, aussi horrifiant soit-il. Les jours passant, ils sympathisèrent avec le jeune homme. Eux-mêmes propriétaires d'un grand hôtel dans une ville impériale, voyant le professionnalisme de Kyle, ils lui proposèrent de venir y travailler. Il accepta.

Il resta quelques années dans ce pays et s'y plut. Il s'adapta très vite à cette façon qu'ont les gens d'épouser les mouvements du bateau dans la houle, sans se départir de leur sourire.

Kyle a complètement disparu depuis. Il ne sera jamais, comme d'autres, un grand personnage qui a marqué son époque. Ce qui reste de lui, c'est juste une photo où il apparaît incidemment au bord de la piscine de l'hôtel où il travaillait. Il discute avec un homme de la sécurité qui s'essuie le front, en plein soleil, au pied d'un mur d'enceinte. Ce qu'ils se disent, évidemment, la photo ne le mentionne pas. Ils ont d'ailleurs été photographiés involontairement, puisque la personne visée est une touriste qui tient entre les mains un livre dont on ne peut lire le titre. Le visage de la cliente exprime une extrême lassitude. La photo a été prise par un dramaturge qui est lui-même l'objet du livre, juste avant qu'il ne se lie avec la femme.

Il a posé la photo sur sa bibliothèque. Contrairement aux idées reçues, les hivers sont souvent froids en Afrique du Nord. L'humidité règne en bord de mer, et les maisons sont rarement chauffées. Alors la photo s'est un peu recroquevillée sur elle-même, comme si elle cherchait à disparaître.

LES VITAMINES DU SOLEIL

La veille avait eu lieu le dernier attentat. La scène où l'explosion se produisit était assez éloignée de mes fenêtres pour que je ne puisse la voir, assez proche pour que je puisse l'entendre. L'homme s'était posté devant un centre culturel étranger fermé à cette heure. Il avait interpellé une passante, une femme voilée vêtue d'une ample robe mauve et longue et lui avait posé plusieurs questions sur ce qu'elle pensait de sujets divers, sans s'intéresser particulièrement à ses réponses. Puis il s'était éloigné d'elle, comme si, par un mouvement de pudeur inattendue, il voulait se soustraire à son regard. Et là, seul face à ce bâtiment et à son symbole, il s'était fait exploser avec une bombe d'assez faible puissance pour que lui seul en subisse les effets. La ceinture d'explosifs avait agi avec l'efficacité d'une tronçonneuse, le sectionnant par le milieu. Ses jambes, intactes, furent balayées dans une direction et son buste dans une autre. Avec ses membres éparpillés, cet homme venait de clore une série d'attentats étranges. Ces kamikazes — qui peinaient à entraîner d'autres hommes dans la mort, comme si personne ne comprenait très bien la raison de leur sacrifice — étaient originaires des quartiers populaires. Leur désespoir, manipulé dans l'ombre, les guidait plus sûrement que leurs convictions religieuses.

Quatre ans plus tôt, une bande de va-nu-pieds hypnotisés avait occasionné, un vendredi soir, des dégâts bien plus considérables en dévastant la réception d'un hôtel, un cercle juif déserté et un restaurant où j'avais mes habitudes. Les événements récents rendaient les soirées maussades, chacun se confinant chez soi, évitant de sortir. Mais rien ne me décidait pourtant à quitter le pays.

Je me suis replié au sud pour quelques jours, le temps que le vacarme et la peur se dispersent dans l'âpreté d'une vie quotidienne où chacun espère que son travail lui apportera un peu plus de richesse, alors que les règles de partage peinent à s'améliorer. « Grâce à Dieu » pour les uns, une minorité, « Dieu l'a voulu » pour les autres, la grande majorité.

Je n'ai eu aucune difficulté à réserver une chambre dans un hôtel de la ville impériale.

Quand j'en ai négocié le prix, je n'ai obtenu qu'un rabais symbolique. Normalement, les attentats ont sur les touristes l'effet d'une salve de fusil de chasse sur une population d'étourneaux. Cependant, là, ce n'était pas ou plus le cas. J'ai renoncé à prendre la route, trop dangereuse. On y joue sa vie à la roulette russe, comme dans tous les pays où la certitude d'un au-delà se mêle à une immaturité civique crasse. Un jour où je n'avais d'autre choix que de prendre ma voiture, un policier m'a arrêté pour un dépassement de deux kilomètres/heure. Il m'a demandé mes papiers, a fait deux fois le tour du véhicule et, avec un air désolé, a prononcé la sentence : quatre cents. Je savais très bien que l'infraction était fabriquée de toutes pièces, alors je lui ai demandé en souriant si on pouvait négocier. Il a fait semblant d'hésiter, avant de répondre : « Quatre cents avec procès-verbal, ou ce que tu veux sans procès-verbal. » J'ai offert deux cents. Son visage s'est assombri et il a tranché sans me regarder : « C'est trop, donne-moi vingt. »

Cette fois-ci j'ai donc pris le train. Il était plein sans être bondé. Je me suis installé près de la fenêtre, heureux de la perspective de ce voyage dans un compartiment hérité d'une époque révolue. Même si je n'avais en théorie que trois heures devant moi, j'avais pris plusieurs livres, craignant qu'un seul ne se heurte à une saute d'humeur capricieuse : un livre de John Fante, un de Beckett et *Du côté de chez Swann*, de Proust. Tous les dix ans, je reprends la lecture d'*À la recherche du temps perdu*. Je ne saurais vous dire pourquoi. C'est une sorte de gymnastique.

Dans mon compartiment sont montées trois belles filles. J'ai tout de suite compris qu'elles avaient, comme beaucoup de leur génération, un travail dans la capitale économique suffisant à peine à les faire vivre, et qu'elles s'échappaient en fin de semaine, avides d'aventures. Dans la ville impériale, un lointain cousinage leur assure en général le logement. Là, elles musardaient, à la recherche d'un homme qui les ferait rêver.

Parfois elles tombent sur un riche type du Nord en mal de conquêtes. D'autres fois, sur un de ces Européens qui s'imaginent que les yeux de ces femmes s'ouvrent devant leur charme si injustement sous-estimé par celles de leur propre pays. Il arrive que l'un d'eux enlève une jeune fille et la transporte au-delà des frontières. C'est assez rare, mais il suffit d'un exemple autour de soi pour entretenir l'espoir.

Les trois filles sont brunes. Elles me regardent furtivement comme seules les femmes de ce côté de la Méditerranée savent le faire, avec un sourire provocateur. Puis elles sortent leurs produits de maquillage et, semblables à des gamines qui auraient dérobé la trousse de leur mère, elles s'essayent à toutes les combinaisons de fards et de rouges à lèvres, ignorantes du teint éclatant de leur peau. Mon regard dévie du Beckett que j'avais attrapé en premier. Elles sont inégalement belles. L'une est fine. C'est apparemment la plus timide. L'autre, d'une sensualité un peu excessive, semble sortie d'un tableau orientaliste de la période la moins recherchée. La troisième n'a pas les traits délicats de la première, mais une ligne parfaite. Elles trépignent d'engager la conversation. J'hésite quelques secondes. *Malone meurt* est un livre âpre comme les paysages qui défilent. L'âpreté de cette nature sans eau reflète l'impression de vacuité générale qui m'a attiré ici. Mais dans *Malone*, au contraire, aucune vacuité n'apparaît, le sens est partout, granitique. L'effort que demande ce livre n'est pas adapté aux circonstances. J'abdique, jette un œil sur le Proust, pas mieux approprié, avant de me rabattre sur le Fante qui exige moins de concentration. Trop tard, les filles pressentent que la réalité et les tentations qu'elle offre prennent chez moi le pas sur la fiction : ce ne serait pas très poli de ne pas engager la conversation. Je démarre d'un sourire suivi de quelques mots en arabe. J'essaye d'utiliser naturellement la référence à Dieu. Elles aiment les Français qui vivent ici. Moins si ce sont des descendants de colons, car ils n'ont pas la distance des voyageurs ordinaires, cette retenue, mélange de timidité, de maladresse, de méfiance, même si ce qui les lie, au fond, c'est un irrépressible sentiment de supériorité. Elles n'aiment pas les coopérants, qui ne voient du pays que ses imperfections, qui passent leur temps à s'émouvoir des pauvres trop pauvres et des riches trop riches, mais qui, s'ils emploient une bonne, installent un cadenas sur le réfrigérateur pour l'empêcher de se goinfrer.

La conversation ne va pas très loin, mon arabe reste sommaire, leur français encombré comme un sentier par de grosses pierres. Depuis toujours j'ai une facilité pour les langues. Une oreille musicale m'aide à attraper des intonations de natif. Mais, passé les premiers mots, la supercherie est vite découverte. De fait, je ne connais que les formules de politesse et quelques exclamations utiles. Il en est ainsi pour une bonne douzaine de langues. L'arabe dialectal n'y fait pas exception. On en vient aux mains, pour se comprendre, et bien sûr on se lasse. Elles me demandent à quel hôtel je descends. Ma réponse provoque chez elles une grimace : on ne les y laissera jamais entrer sans payer une deuxième chambre et rien n'indique que j'y suis prêt. La causette s'étiole. Je reprends mon John Fante. Les œillades continuent par réflexe.

J'ai un peu de mal à me concentrer puis je tombe sur cette phrase : « Je ne suis pas méchant, j'aime hommes et bêtes tout pareil », suivie de : « On ne peut pas être à la fois méchant et grand écrivain. » Cette dernière affirmation est un mystère. Elle mérite réflexion.

Je ne suis pas écrivain mais auteur dramatique. La différence ? Du but en blanc, je dirais... je n'en sais rien. Personnellement j'aime écrire des dialogues, ce qui n'exclut pas d'écrire des silences entre les dialogues, mais je ne trouve aucun plaisir à inventer toutes ces transitions qu'impose le roman. Pour cette raison, je n'en ai jamais écrit. Et puis il y a l'argent. Il faut bien en parler même si la tradition française recommande d'en prendre un maximum pour soi sans jamais l'évoquer. Je gagne bien ma vie. Toutes mes excuses si l'admettre vous paraît obscène. Je reçois les chiffres de ma recette tous les soirs. Avec un peu de succès, le plus mort des spectacles vivants fait encore vivre son homme. Je n'interviens jamais dans les médias, je ne participe pas à des promotions intensives, ce qui est un grand privilège, de nos jours. J'ai connu la réussite, il y a une quinzaine d'années, avec une pièce qui se propagea aussi vite qu'une pandémie. La consécration vint de sa reprise inespérée à Broadway, suivie d'un nombre impressionnant de représentations à Londres.

Avant cette pièce à succès, je n'avais fait que des bides. Après cela, idem. Dernièrement j'ai renoué avec une timide estime des critiques et du public.

Le train s'immobilise. Passé un quart d'heure, je me penche à la fenêtre pour essayer d'entrevoir la cause de cet arrêt. Le décor est grandiose, la terre est rouge pour prévenir de son infertilité. Le machiniste et un berger sont en grande discussion. Le train a décapité le troupeau qui broutait les minuscules brins d'herbe poussant entre les traverses. Ses yeux sont éteints par l'infortune. Il est ruiné. Le conducteur tente de le convaincre que l'office national le dédommagera. L'autre n'en croit rien. Il s'assied en tailleur sur le sol caillouteux, remonte sa capuche et médite sur la fatalité. Le train s'ébranle pour reprendre sa route, laissant le berger dans la même position, entouré de moutons morts dont la laine absorbe le sang comme un buvard.

*

Arrivé dans la ville impériale, dans le taxi, je m'empresse de lâcher quelques mots d'arabe pour ne pas être traité en touriste. La ville se déploie indéfiniment, chaque terrain nu a désormais son chantier. On n'en finit pas de construire pour des étrangers qui achètent ainsi folklore, chaleur et, parfois, sexe facile.

L'hôtel est sans surprise. C'est celui où je descends depuis une bonne dizaine d'années. J'en connais de plus confortables beaucoup plus chers mais pas d'aussi corrects pour le même prix. Et puis ce qui est unique dans celui-ci, c'est que le folklore y est un peu désabusé, signe qu'il s'adresse à une clientèle qui connaît déjà bien le pays. On m'installe à l'étage sur le jardin. En regardant ces palmiers, la description que Fante fait de ceux de Los Angeles me revient à l'esprit : « Ces palmiers étouffés par le sable, le pétrole et la crasse, ces palmiers si futiles qui se tiennent là comme des prisonniers moribonds, enchaînés à leur petit bout de terrain, les pieds dans le goudron. » Ceux qui obstruent mon horizon ont l'air beaucoup plus enjoué. Et puis cette phrase à nouveau qui me turlupine : « On ne peut pas être à la fois méchant et grand écrivain. » Mais, alors, comment peut-on être grand écrivain si l'on s'exclut de l'humanité ? Mes palmiers sont plus sains — ils ont été transplantés, certes —, mais ils n'ont pas l'aspect fatigué de ceux qui jonchent les larges avenues de la ville d'où je viens, où ils ressemblent à des factotums chargés d'ombrager la brutalité de l'air.

Dormir à l'hôtel impose de s'en remettre à d'autres, de s'abandonner d'une certaine façon, avec jubilation pour certains, avec réticence pour moi. Je crains que l'ennui éprouvé ici ne me renvoie au dilemme de ma vie : la solitude qui m'étreint mais qui m'est indispensable. La simple éventualité de dîner seul, que ce soit au restaurant de l'hôtel, en ville ou dans ma chambre, m'est insupportable. Sauf qu'il est trop tard pour sortir, à moins de rejoindre un de ces lieux à la mode, avec leurs inévitables tentures pourpres et leurs sièges bas qui compriment l'estomac des clients. Là, la nourriture est quelconque tandis que le dernier de nos sens, l'ouïe, est agressé par des musiques ethniques banales, concoctées pour des « gens de la nuit » qui profitent de l'obscurité pour fédérer leur inconsistance. J'aime autant rejoindre des lieux absolument sordides, car là-bas l'humanité qu'on y croise y est plus respectueuse de sa propre médiocrité. Dopé par la perspective de retrouver cette engeance, je mange au restaurant, seul avec Proust. Et, derrière mon livre, j'observe.

Un couple me fait face. Lui est un animateur de télévision français survolté, elle, sa femme. Mais les deux sont éteints, à la différence de la chandelle qui éclaire une partie de leurs visages. Ils ne se regardent ni ne se parlent. Le désenchantement suinte de chacun de leurs gestes. Elle a le visage refait. Ses lèvres sont gonflées, figées. Ce sont celles de Donald Duck au moment du passage à la pellicule couleur. Sa peau est tendue comme un tambourin. Elle aurait aimé rajeunir, mais en se faisant retendre, elle s'est fondue dans la communauté des femmes sans âge qui font vieilles. On se demande pourquoi tant d'efforts, si son mari ne la regarde même pas. Lui-même est recroquevillé, triste à vous tirer des larmes. Ce grand manitou des mots dénués de sens débités en cascade est stupéfait de son propre silence. Je pourrais à ce moment me féliciter de n'être ni connu ni reconnu, mais une telle facilité ne me ressemble pas. Mes yeux se tournent discrètement vers une table où trois convives sont, eux, statufiés. Aucun ne bouge. Ils ont peur de souffrir. Ils sont écarlates. Leur premier jour dans les contreforts du grand Sud s'est fini sur un constat : ils ont sous-estimé le soleil de la haute Afrique. Ils l'ont cherché, ils sont venus ici juste pour lui, cela ne fait pas de doute, avides de rehausser leur potentiel de séduction. Ils s'étaient préparés à souffrir mais sans doute pas à ce point.

De retour dans ma chambre, je soupire d'aise de me retrouver seul, mais aussitôt je suis étreint par l'angoisse de la solitude. Je me regarde dans la glace de la salle de bains comme si un autre moi-même allait décider du reste de la soirée. Pourtant, il ne fait aucun doute que je vais sortir. Le visage que je vois sans objectivité est celui d'un homme étriqué. Nietzsche disait : « Je hais les âmes étriquées, chez elles rien de bon et, pire encore, pas grand-chose de mauvais. »

J'ai la cinquantaine bien tassée, mais mes excès ne se lisent pas trop sur mon visage. Cela, pour une raison simple : ils ont été fulgurants mais assez rares ; par conséquent, leurs stigmates ne se lisent heureusement pas comme un livre ouvert. La ville impériale offre d'innombrables lieux de rencontre. De grands espaces où l'alcool coule à flot, de gigantesques pistes de danse où des Européens contorsionnent maladroitement leurs corps brimés ; le rythme est absent de leurs gènes. La première boîte est vide. Seul un petit groupe, probablement venu terminer là une journée de séminaire d'entreprise, se trémousse en espérant que, de retour au bureau, cette expérience à la limite de l'érotisme aura permis d'adoucir les rapports de hiérarchie et de compétition. Je me dirige vers un second lieu. L'atmosphère n'y est pas différente. Il ne s'agit plus d'un rassemblement de commerciaux employés par une société pharmaceutique mais de la clientèle d'un grand voyagiste à tarifs imbattables.

Les filles assises au bar les observent avec amertume. Non pas parce qu'ils personnifient le mauvais goût dans une de ses représentations les plus accomplies, mais parce qu'elles savent qu'aucun des hommes ne se détachera du groupe pour faire une escapade avec elles. Cela n'empêche pas ces sexagénaires en tee-shirts uniformisés de lorgner sur les petites. Privées de véritables perspectives, elles se sont rapprochées de moi. Ce sont des filles de joie, mais ce n'est pas de la leur qu'il s'agit. Elles sont dans l'urgence. Leurs profils taillés à la serpe ne sont adoucis ni par leurs yeux, ni par leur teint qui est celui des femmes du grand Sud poussées dans le Nord par la pauvreté. Elles ont la prostitution d'autant plus triste qu'elles n'ont aucun autre moyen de subsister. La plus jeune d'entre elles se plante devant moi alors que, accoudé au bar, je fume cigarette sur cigarette. Si elle est considérée comme une adulte, c'est grâce à la bonté du grand type qui est à l'entrée. Moyennant un acompte sur des recettes qui s'avèrent plus qu'hypothétiques pour elle ce soir, il lui ouvre les portes de son établissement. Elle est aux abois et sa façon de m'aborder s'en ressent. Mon arabe ne sert à rien lors de nos premiers échanges. Elle ne parle pas la langue des conquérants venus, il y a une quinzaine de siècles, convertir à l'islam ces Sémites autochtones. On ne trouve rien à se dire alors elle en vient au vif du sujet : « Cinq cents. » Je lui souris en déclinant. Elle sourit à son tour, un sourire qui lui demande un gros effort. Puis, dans un français lourd comme le lit d'un oued qui n'a pas vu l'eau depuis une décennie, elle lâche : « Deux cents. » Et, soit parce qu'elle ne connaît pas les chiffres inférieurs, soit parce qu'elle est pressée, elle passe sans transition à « Une pizza », en m'implorant avec un regard de madone. Je me retourne.

Je ne me suis jamais marié. Je n'ai jamais non plus partagé ma vie avec une femme. Toutes mes liaisons ont été intermittentes, distantes. J'ai été tenté de m'installer avec une femme dans ce pays. Elle m'apportait ce que je n'avais trouvé chez aucune autre jusqu'alors : un quotidien vide mais meublé, organisé. Nous avions assez peu à partager et c'était très bien. Les affinités masquaient des incompatibilités fondamentales qui ne se révélèrent qu'avec le temps. Mais nous nous sommes séparés. Malgré le fait que c'était bien commode d'avoir une femme près de soi. Cela permettait de se concentrer sur plein d'autres sujets. Alors que, lorsqu'on est seul, on ne pense qu'aux femmes.

« Je suis né grave comme d'autres sont nés syphilitiques », disait Beckett. Le mauvais temps est le complice de la gravité. Je me suis installé dans cette partie de la haute Afrique parce que le bleu constant de son ciel minéral m'allège. Dans cette région du monde, il fait beau avec impertinence, comme si le temps n'avait jamais été mauvais et ne pourrait jamais l'être. Mais le climat n'est pas tout. L'islam fait aussi beaucoup pour ma sérénité en découpant les jours au rythme de ses prières. Le muezzin donne l'heure en appelant les fidèles au recueillement ; sa plainte incantatoire m'est douce à l'oreille. Mais mon attrait pour ce pays ne serait rien si je n'oscillais de temps en temps entre l'exaspération et, quelques heures plus tard par exemple, la torpeur bienfaisante.

Au matin, je me suis réveillé dans ma chambre la tête lourde ; j'avais bu bien plus que dans mon souvenir. S'en est suivie une courte période de remords avant que je ne commande mon petit déjeuner. J'ai demandé du café. Je ne le fais que lorsque c'est vraiment nécessaire, lorsque j'ai besoin de me réveiller. Mais cela demande un dosage très subtil. Si je n'en bois pas assez, la journée s'embourbe. Si j'en bois trop, je ranime de sourdes angoisses qui se révèlent saisissantes, dopées par le doute existentiel.

*

Un soir, il n'y a pas si longtemps que cela, un copain m'annonce qu'il va se suicider. J'ai trouvé que c'était plutôt une bonne nouvelle qu'il en parle et j'ai cru que c'était le signe qu'il allait s'en dispenser. C'est toujours un peu difficile de présenter des arguments en faveur de la vie à quelqu'un qui ne se souvient pas d'en avoir jamais vraiment eu le goût. L'instinct de conservation ne fait pas commerce avec le rationnel. Tout ce que j'ai trouvé à lui présenter comme inconvénient majeur à ce geste, c'était l'autopsie. Et je lui ai dit de méditer sur ce viol post-mortem. Il s'est bel et bien tué dans les jours qui ont suivi. Il avait demandé à être incinéré. En remontant les marches de cet autel où défilent de demi-heure en demi-heure les urnes funéraires des hommes qui ont renoncé au retour à la terre, j'ai remarqué qu'un corbeau me regardait. Je sais que les corbeaux transportent les âmes, mais je ne saurais vous dire pour quelle destination.

Il y a une bonne trentaine d'années, dans ce pays dont je vous parle, un complot avait été organisé contre le chef de l'État. Il y eut au moins une centaine de morts parmi les invités d'une réception. On dit que le roi s'enferma dans les toilettes pour échapper aux conspirateurs. Les jeunes officiers embringués par leur supérieur dans cette aventure malencontreuse furent punis de mort lente, dans une prison enterrée dans le sud du pays, aux confins du désert. Là, on les laissa pourrir sans lumière, sans eau ni nourriture. Les détenus moururent les uns après les autres. Une poignée survécurent. Je connais l'un d'entre eux qui m'a rapporté que chaque fois qu'un de ses camarades allait être emporté, une chouette hululait le soir précédant sa mort. Cela pour vous dire que je ne connais pas la nature exacte des relations entre les corbeaux et les chouettes.

Il faut reconnaître que lorsqu'on se lève le matin au beau milieu des palmiers, et personne pour se soucier de soi, en bien comme en mal, on ressent comme un coup de poing en plein ventre. Je me suis réveillé avec l'idée déprimante que je ne laisserais même pas de mauvais souvenir à ceux qui un jour me survivront peut-être. Une vie à raser les murs, afin de ne pas se faire remarquer par ses contemporains et, pour tout testament, quelques pièces de théâtre qui ne forment même pas une œuvre. J'aurai mené la vie d'un avare, comme tant de privilégiés.

Dans ce pays où l'eau est si rare, on en use comme s'il en regorgeait. Un arrosoir mécanique déverse une pluie régulière sur la pelouse verte et grasse de l'hôtel. On nous dit que bientôt nous n'aurons plus d'eau, qu'on s'entre-tuera pour se l'approprier. L'histoire du pétrole, mais en plus violent. Notre vraie nature refuse de réfléchir aux moyens d'éviter de manquer d'eau. Cela reviendrait à nous rationner, à économiser. Les bêtes peuvent se restreindre ; nous, non, ce serait menacer le marché. Nous n'admettons jamais de régresser. Si l'eau vient à manquer, nous saurons toujours secouer notre intelligence pour nous en passer. On se lavera sans eau, on boira sans eau et on modifiera génétiquement notre corps pour qu'il n'en ait plus besoin. Et nos reins se flétriront comme les testicules d'un vieil homme. Jusqu'à ce qu'ils disparaissent comme si nous n'en avions jamais eu. Ce n'est pas possible aujourd'hui, mais cela le sera forcément demain. Sidérant tout de même de voir que l'humanité, avec de telles dispositions pour l'avarice, en ait si peu pour le rationnement.

De mon balcon, je vois les abords de la piscine de l'hôtel se peupler. Alors que le soleil monte dans le ciel, les clients affluent sans se presser, nonchalants. On peut lire dans leur démarche la décontraction d'une situation qui comble leurs attentes. Le lieu, la région, le temps n'ont pas déçu leur imaginaire. Chacun s'empresse de marquer son territoire en étalant sa serviette sur la tête de la chaise longue. Ici comme ailleurs, les nomades n'ont pas leur place. On tire les parasols, on regarde d'où vient le soleil avant de les ouvrir. Les lunettes de soleil sont posées sur le nez et donnent à chacun un sentiment d'anonymat. Puis vient le moment de fraterniser avec les bouteilles d'huile, de s'en enduire généreusement pour affronter le soleil. Entre les risques de mélanome et l'irrépressible besoin de séduire, ils ont tous choisi.

*

Une femme a roulé avec précaution le haut de son maillot de bain le long de son buste en se retournant pour ne pas montrer ses seins. Un homme s'est allongé résolument face au soleil, il s'est recouvert de monoï et, les jambes légèrement écartées, il semble le défier. Une autre femme approche de la piscine. Sa démarche est aussi spectaculaire que son manque de beauté. Les familles sont peu nombreuses, peut-être n'est-ce pas la période. La haute saison s'achèvera bientôt sur une vraie canicule ; alors, la chaleur transformera tout en effort donc en inconfort. J'assiste à ce ballet matinal avec la curiosité d'une concierge pour les allées et venues des occupants de son immeuble. Je parcours la terrasse de la piscine de long en large, en jetant un œil discret sur les femmes seules. La plus attirante — et la plus accessible à mon âge — lit une de ces revues qui ne parlent de rien et où l'on voit en photo des gens qui ne servent à rien. Je choisis pour finir une chaise longue sous un kiosque en retrait, près du mur d'enceinte de l'hôtel. Deux hommes de la sécurité patrouillent discrètement le long du mur. Leur visage ne trahit pas d'inquiétude, tout au plus la lassitude de cette station debout prolongée face à la chaleur, en uniforme mais sans arme. Il y a quelques mois, un important réseau de salafistes a été démantelé. Parmi ses projets funestes, on a parlé d'un attentat visant l'hôtel. C'était plutôt rassurant, car normalement les terroristes ne visent pas deux fois le même lieu.

Avec un tel soleil, des idées saugrenues vous passent par la tête. Il est sans aucun doute plus dangereux d'être installé de ce côté-là de la piscine. Si une attaque survenait, il serait logique qu'elle soit entreprise depuis le mur d'enceinte et je serais parmi les premiers touchés. Cette réflexion m'enchante, non pas parce que je risque d'être une victime de la terreur mais parce que cette hypothèse éveille mon instinct de conservation qui, sans jamais totalement disparaître, a une fâcheuse tendance à s'assoupir. J'hésite à changer de place.

Finalement, je m'allonge à l'ombre pour lire. Une femme arrive alors. Elle n'a pas grand-chose de commun avec les autres. C'est une Française sans doute, un peu plus de la cinquantaine — encore qu'il soit difficile d'en juger —, avec une peau couleur du raisin à maturité, jaune tirant vers le doré. Elle n'a pas le physique du lieu, le genre à se détendre dans cette atmosphère superficielle. Elle n'est pas assise depuis une minute qu'elle sort une cigarette, puis un quotidien français sérieux, le parcourt rapidement avant de se lever pour ajuster son parasol. C'est bien la seule personne à ne pas offrir sa peau au dieu Soleil. Puis elle reprend son journal. Au nombre de pages qu'elle a tournées, je pense qu'elle s'apprête à lire la rubrique « société ». Elle reste absorbée quelques minutes par un article puis feuillette le reste. Après l'avoir plié, elle le repose dans son sac de plage d'où elle sort un tube de crème solaire, non sans esquisser une moue de désintérêt. Elle écrase sa cigarette à demi fumée, s'allonge en croisant les bras, songeuse. Sans doute ses pensées la conduisent-elles à s'assombrir, car elle replonge dans son sac pour y attraper un livre. De loin, la couverture m'est familière, mais il m'est impossible d'en distinguer le titre. Mon intérêt pour les autres étant généralement fugace, j'arrête de la regarder. Je commence à trépigner sur ma chaise, car en dehors d'écrire et de lire, je ne sais pas vraiment m'occuper. Entre-temps une jeune femme s'est installée près de moi. Je ne l'ai pas vue arriver et elle me le fait payer en me fusillant du regard quand je daigne m'attarder sur elle. J'esquisse un sourire de convenance pour esquiver le combat, comme le fait le chien en se couchant sur le dos. Dès qu'elle a tourné la tête, je la détaille avec toute la férocité possible pour me persuader qu'elle n'a pas grand intérêt, ce qui est faux. C'est plutôt qu'elle n'est pas à ma portée. C'est assez humiliant car elle n'a rien d'extraordinaire. Après avoir laissé mes affaires sur place, au cas où quelqu'un serait tenté de piquer ma place, je pars faire un tour. Un tour de piscine qui se termine par une promenade dans les jardins ; ceux-ci sont censés reproduire un échantillon floral crédible de l'Éden. Au retour, regagnant ma place, je contourne la piscine dans le sens des aiguilles d'une montre pour jeter un œil au livre de la femme que j'observais tout à l'heure. Je fais le pari que ce n'est pas de la littérature de plage. Caché derrière mes lunettes de soleil qui permettent de voir sans être vu, je me faufile assez près d'elle pour reconnaître, à la couverture, la collection qui publie mes pièces de théâtre. J'en suis intrigué, les gens qui lisent des pièces de théâtre sur le bord de la piscine d'un hôtel quatre étoiles ne sont pas légion.

Cette femme doit être du métier. Peut-être dirige-t-elle un théâtre. Le titre de la pièce m'intrigue ; un discret et ultime crochet me permet de le lire. À mon grand étonnement, car je ne voudrais pas parler de stupéfaction, c'est une de mes pièces, la moins connue, qui n'a été jouée qu'à trois ou quatre reprises sans succès. Le charme du hasard fait son effet. En trente ans d'écriture, je n'avais jamais croisé un inconnu lisant une de mes pièces. D'autres à ma place se seraient précipités sur le lecteur, lui auraient proposé une dédicace, bref, ils auraient engagé la discussion avec enthousiasme. Ma réaction, au contraire, fut de m'éloigner, comme si je craignais d'être confondu par cette lectrice. Les œuvres ont leur mystère qu'il est préférable de ne pas gâcher par la connaissance de leur auteur. Quand il s'agit des grands, il n'est pas rare que leur personne ne soit pas à la hauteur de leur talent. On peut difficilement leur reprocher cela. Mais s'agissant d'un auteur moyen sinon médiocre, dégringoler en dessous de son œuvre n'est pas un sort très enviable. On comprend ainsi que nombre d'auteurs et d'acteurs aient pris le parti de paraître bons. Pour cette raison, j'évite en général que, mis à part un cercle très restreint, on puisse associer mon travail et ma personne. Le sentiment qui m'anime est un curieux mélange de satisfaction d'être lu et de gêne d'être reconnu. Les grandes incertitudes sont mon lot quotidien, mais les petites m'exaspèrent. Cependant, je voudrais savoir si cette femme connaît mon visage, libre à moi ensuite de la fuir.

Je passe une, deux, trois fois devant elle, avec l'espoir que ses yeux se lèvent sur moi. Trop absorbée par ma pièce, elle ne s'en détourne que pour poser un regard vague sur mes jambes blanches et poilues. Je retourne à mon emplacement. La journée ne se déroule plus de la même façon. Je suis sorti de mon anonymat sans devenir quelqu'un. Un peu plus loin, là-bas, une femme lit une de mes pièces et quand elle l'aura terminée, elle ne manquera pas d'émettre un jugement, au moins pour elle-même. Je voudrais que son jugement ne m'importe pas. Mais il m'importe, c'est évident. De loin, je cherche à lire dans son visage une expression quelconque ; un indice de sa satisfaction, cela aurait suffi. Je n'ai jamais fait rire. D'ailleurs, si le spectateur ou le lecteur rit à une de mes pièces de théâtre, c'est qu'il s'agit d'un malentendu. Malentendu qui, comme chacun le sait, est souvent à l'origine du succès. L'écrivain qui obtient au moins un léger et discret sourire de son lecteur amusé tisse alors une relation intime avec lui. Le moins que l'on puisse dire, c'est qu'elle, elle ne rit ni ne sourit. Il arrive parfois que les problèmes personnels — une tristesse passagère ou une mélancolie plus profonde, par exemple — préoccupent assez le lecteur pour l'empêcher de profiter pleinement de l'humour, fût-il caustique, de l'auteur.

Au restaurant de la piscine, on commence à s'animer dans la perspective du déjeuner. Le personnel, attifé d'un costume traditionnel, s'agite. Au loin, ma lectrice cherche ses cigarettes. Elle a retourné son livre ouvert et l'a posé face contre terre. Elle semble pour le moins sceptique. Je vais chercher de quoi manger puis je reviens. Dans un premier temps, je décide de m'installer diamétralement à son opposé. Mais une force inexplicable me pousse à m'installer sur une chaise longue à portée de voix de la sienne. Ma lectrice garde toujours mon livre à côté d'elle alors qu'elle fume en regardant le ciel. Puis elle m'adresse un sourire courtois. En retour, je lui adresse directement la parole.

— Cela ne vous dérange pas si je m'installe sur cette chaise longue ?

La lassitude semble la ronger.

— Pas du tout, si elle est libre, vous pouvez la prendre.

— Je tente un regroupement, dis-je pour éveiller son intérêt.

Intriguée, elle me demande :

— Pourquoi ?

— J'ai remarqué que nous sommes les deux seuls à rester habillés sous cette canicule, à ne pas offrir notre corps au cancer de la peau. Cela semble dérisoire, mais cela en dit long sur ce qui nous rapproche. Vous avez peut-être remarqué que les gens se réunissent d'abord par ce qui les distingue des autres ? En attendant de se découvrir de réelles affinités.

Ses yeux tombent sur la peau de ses jambes.

— Vous concernant, je ne connais pas votre

logique, mais moi (elle se redresse pour être plus confortablement assise) j'en ai déjà un...

— Un quoi ?

— Un cancer.

Elle laisse tomber cette information sans rechercher d'effet. Je reste médusé.

— De la peau ?

— Non, d'ailleurs. Mais il se trouve que mon médecin pense que les vitamines du soleil aident à lutter contre la maladie. À condition de ne pas en abuser. C'est pour cela que je reste au soleil sans y être.

— C'est sûr ; les gens autour de nous en abusent. Ils sont prêts à mourir pour pouvoir plaire un peu plus.

— Ils peuvent, ils ne sont pas encore malades. Et vous, vous ne cherchez pas à plaire ?

— Non.

Je la regarde un peu fixement, elle soutient mon regard, je baisse les yeux puis la voix, pour lui avouer :

— Ne croyez pas que ça ne me touche pas, ce que vous venez de m'annoncer.

— Je n'en doute pas. Enfin, ça doit vous toucher comme la grande majorité des gens. Plus par peur que la maladie vous gagne que par réelle compassion. Mais c'est bien naturel, on ne se connaît pas. À part la superstition, on n'a guère de raison de s'affliger pour des inconnus... Mais pardon, la conversation a juste dévié sur ce sujet.

— C'est tellement rare qu'une personne atteinte en parle avec autant de naturel.

— Le silence ajoute à l'espoir et personnellement je n'en ai pas beaucoup. Les gens condamnés ne le crient pas sur les toits. Regarder quelqu'un chaque jour avec la certitude qu'il est sur le plus rapide chemin qui mène au néant, c'est un calvaire pour la famille. Cela ne me concerne pas parce que je n'en ai pas. Et pour les autres, tous les autres qui n'éprouvent aucun sentiment à votre encontre, vous ouvrez une brèche, vous êtes devenu vulnérable... C'est un sentier où chacun joue des coudes jusqu'à vous écraser, même malade. Un mort, c'est toujours une opportunité. En déclarant ma maladie et sa gravité, j'ai suscité l'intérêt de mes collègues pour ma place, je sors de la course. Comme je n'ai pas de biens, aucun parent lointain ne rôde autour de moi. C'est le grand regret de ma vie de ne rien avoir transmis de mon expérience. Car celui qui ne transmet pas n'a pas servi à grand-chose. Notre espèce est faite pour apprendre, apprendre et transmettre.

— Dommage que la connaissance ne la rende pas meilleure. Mais je partage votre point de vue. Pourquoi écrire si ce n'est pour transmettre ? Mais, en fait, vous ne travaillez plus ?

— J'ai préféré démissionner, m'affaiblir en paix, en quittant la place de mon plein gré, et suivre la recommandation de mon médecin qui est de me rasséréner au soleil d'une contrée sèche, en m'éloignant de mes dossiers humides.

Elle s'interrompit, songeuse, avant de reprendre :

— Si vous réfléchissez bien, cette maladie nous ressemble, rationnelle quand elle vient sanctionner des décennies d'abus, démente et meurtrière quand elle attaque n'importe qui, à n'importe quel âge, sans raison.

— Et pour ce qui vous concerne ?

— Moi ? C'est la logique, trente ans de cigarettes à deux paquets par jour... La question n'est pas de savoir pourquoi je suis malade mais pourquoi j'ai fumé tout ça.

— Et vous avez la réponse ?

— Si je l'avais eue, je pense que j'aurais arrêté de fumer, vous ne croyez pas ? Bon, on pourrait parler de choses plus légères, non ?

— Je ne suis pas le plus qualifié pour ça.

— Pourquoi ?

— Question de nature. La pesanteur sur la Lune est quelque six fois moindre que sur la Terre. La mienne est deux fois supérieure à celle de la Terre. Dites, que pensez-vous de ces gardes qui patrouillent contre le mur d'enceinte ?

Elle ne les avait pas repérés ; elle se retourna

avec la lenteur de ceux qui ne font plus confiance à leur corps.

— Ils ont l'air accablés.

— Avec de bonnes raisons de l'être. Ils souffrent pour rien.

— Pourquoi pour rien ?

— Parce qu'en plein soleil, à l'heure de son zénith, ils ne trouvent pas d'ombre. Et comme ils ne sont pas armés, c'est un sacrifice absurde.

— Et pourquoi sont-ils postés là ?

— On dit qu'un attentat a été déjoué contre cet hôtel, il y a trois mois. Ce n'était pas le seul lieu visé. Ils ont arrêté les comploteurs.

— Donc, ça ne craint plus rien.

— Non, s'ils devaient réessayer, ils iraient ailleurs. C'est un peu ridicule de laisser ces hommes fondre au soleil sans armes. Et qui cela rassure-t-il vraiment ? Car, en réalité, personne n'est inquiet.

— Pas moi, en tout cas, sinon je ne serais pas là. J'imagine que c'est la même chose pour vous.

J'ai réfléchi un peu avant de répondre :

— Je vis dans ce pays, dans la capitale. Un type s'est fait sauter, il y a quelques semaines, devant un bâtiment administratif vide. Sa ceinture, en explosant, l'a scié en deux. Personne d'autre n'a été touché. Ces types-là sont capables de se faire sauter en pleine nuit au milieu d'un cimetière. Et puis, de temps en temps, ils font un véritable carnage.

— Malgré cela, vous vivez ici ?

— Pour les mêmes raisons que vous y venez en vacances. Pour l'instant, le danger est le même qu'ailleurs. S'il venait à grimper significativement, je partirais, sans doute.

Elle a opiné puis fermé les yeux. J'ai poursuivi à voix basse, comme si je lui laissais le choix de s'endormir :

— Je ne vous ai pas tout à fait dit la vérité tout à l'heure, quand j'ai prétendu m'être rapproché de vous parce que vous étiez la seule personne habillée.

Elle a rouvert les yeux, les a gardés mi-clos puis les a refermés en répondant :

— Ce n'est pas très grave, vous ne me devez aucune vérité, on se connaît à peine.

— Ce qui m'a intrigué, pour être honnête, c'est que j'ai vu que vous lisiez du théâtre. Ce n'est pas courant au bord de la piscine d'un hôtel.

— Ah oui ? Vous avez raison.

— Et que lisez-vous, si je puis me permettre ?

— Une pièce d'un auteur français contemporain.

— Et c'est comment ?

— Je n'en suis qu'au début. C'est particulier.

— Et pourquoi une pièce de théâtre, vous êtes dans le métier ?

— Non. En fait, tout ce qui m'intéresse dans un livre, ce sont les dialogues. Le reste m'endort.

— C'est étonnant, dans ce genre de villégiatures, les gens emportent avec eux plutôt des polars, éventuellement de la littérature, mais des pièces de théâtre, je n'ai jamais vu ça.

— Et comment expliquez-vous ce goût des gens pour les polars ?

— Leur fascination pour le mal. Leur goût universel pour l'énigme. Faute de résoudre la grande énigme, on croit en Dieu, on consomme désespérément et on lit des polars...

— Vous n'êtes pas croyant ?

— Dieu me protège des religions !

— Et vous n'aimez pas les polars ?

— Pas vraiment. Quand quelqu'un est assassiné, je me fous de connaître les criminels.

— Je comprends, mais moi c'est le contraire.

— Et pourtant, vous ne lisez pas de polar.

— Il faut dire que mon métier, c'est de retrouver des criminels. Alors sur mon temps libre...

— Vous êtes dans la police ?

— Non, je suis magistrate. Enfin j'étais, parce que, avec ce qu'ils m'ont découvert, on peut dire que ma carrière est derrière moi.

— Et vous avez résolu toutes les énigmes qui vous ont été soumises ?

Elle réfléchit à peine.

— Toutes ? Oui je crois. Enfin, non. Une seule ne l'a jamais été.

— Et vous sentez un manque.

— Pas vraiment, mais j'aimerais savoir. Plus par curiosité que par rigueur professionnelle. Qu'un crime reste impuni ne m'a jamais empêchée de dormir, mais je trouvais choquant d'être payée pendant ce temps-là, c'est plus un problème d'éthique professionnelle que de morale.

J'ai acquiescé comme on le fait sur des sujets sur lesquels on est dépourvu d'opinion et lorsqu'on ne désire pas contrarier l'autre. Notre conversation s'est arrêtée quelques minutes. Puis je suis revenu à ce qui la justifiait.

— Et pourquoi cette pièce en particulier ?

— J'ai demandé à mon libraire qui me connaît bien, parce que je suis sa seule cliente à ne lire que des pièces de théâtre, de me trouver un auteur contemporain, français de préférence, qui ne soit pas un inconnu sans être non plus à la mode.

— Drôles de critères. Et ça parle de quoi ?

— D'un couple qui se sépare.

— Je vois. C'est assez commun.

— Qu'importe si le traitement ne l'est pas. Alors comme ça, vous vivez dans ce pays ?

— Oui, je vous le disais, dans la capitale.

— Et si ce n'est pas indiscret, depuis longtemps ?

— Cinq, six ans peut-être.

— Besoin de soleil, nostalgie des temps coloniaux ?

— Rien de tout ça. J'avais besoin de partir. J'ai fait route au sud. J'ai trouvé que le premier pays au sud ne l'était pas assez, je me suis arrêté au second. Non, je crois que j'ai épousé un rythme plutôt qu'un climat. Encore que les deux vont de pair.

— Et vous faites quoi, ici, dans ce pays ?

— Rien de particulier. Je... je vis de mes rentes. Elles ne sont pas colossales, mais la vie n'est pas si chère. Et, de temps en temps, je me paye deux jours dans un hôtel comme celui-là, où je prends un bain de vide.

— Et le soir, vous faites quoi ?

— Des choses qu'on ne raconte pas spontanément à une magistrate... Non, je plaisante.

— Vous pouvez y aller, rien ne m'étonne, et je ne me choque pas facilement.

— J'observe la vie nocturne. Je vais dans des restaurants à la mode, et je regarde les gens. Avec la musique à fond, je les regarde essayer de se parler pour ne rien dire et ça me réjouit. Ensuite, je vais dans des boîtes de nuit. Plus elles sont sordides, plus elles me reposent de moi-même, c'est curieux mais c'est ainsi. Pour finir, je fais un tour au Casino. Je joue peu, mais je me repais de voir les autres perdre. Quand les fortunes ont été décrétées par une autorité supérieure, il y a moins de charme à se faire éponger, surtout que je ne sais pas comment ils font, mais l'argent, il en reste toujours.

— Et si ce n'est pas indiscret, vous vivez seul dans ce pays ?

— À ma connaissance, oui. J'ai un peu de mal avec les autres. Et les femmes en font partie.

— De quoi ?

— Eh bien, des autres.

— Je vois.

— Quand on ne s'aime pas, il n'est pas raisonnable d'aimer les autres. Quand on s'aime trop non plus. Regardez le nombre de gens qui ont un orgasme chaque fois qu'ils passent devant une glace. Ils ne laissent aucune place aux autres. Il faudrait un juste milieu entre les gens comme moi et les gens comme eux. Mais ne pas s'aimer, c'est déjà faire beaucoup cas de soi.

— Vous êtes le genre d'homme à ne pas croire en grand-chose, non ?

— Effectivement, je doute beaucoup. Depuis quelque temps, je travaille ma souplesse. Souplesse d'esprit contre psychorigidité, souplesse du corps contre crampe musculaire, érection mise à part, encore que... C'est une grille d'analyse intéressante, vous savez. L'érotisme est souplesse, la pornographie est raideur, le doute est souplesse, l'idéologie est raideur, la spiritualité est souplesse, la religion est raideur. La raideur cadavérique est l'échec absolu. Même après la mort, il y a des moyens de rester souple. Cela dépend essentiellement de la vie que vous avez menée avant et surtout de ce que vous avez mangé dans les heures qui ont précédé votre disparition. Si vous avez ingurgité un hamburger, c'est un appel à la décomposition, les mouches et les chenilles vont se ruer sur votre charogne, en revanche un régime végétarien, avec ses répulsifs naturels contre les insectes, vous prolongera longtemps. On a retrouvé récemment la sépulture d'une princesse chinoise... La mort mérite beaucoup d'attention pour une raison simple, elle dure beaucoup plus que la vie. Alors autant se préparer à y voyager confortablement.

— Et c'est à moi que vous dites cela.

— Hum, je suis désolé.

— Ne le soyez pas. Je ne me raconte pas d'histoires. Vous n'avez pas peur de la mort ?

— En théorie, je pense qu'on a tort de craindre la mort parce qu'on a été mort très longtemps avant de naître et qu'on n'en garde pas, a priori, de très mauvais souvenir. En pratique, elle me terrorise. La perspective de la mort fait de drôles de dégâts dans les esprits, mais les personnes qui m'inquiètent le plus sont celles qui vivent comme si elles n'allaient jamais mourir. Leurs vies n'ont aucune poésie.

Elle est devenue soudain dubitative.

— Vous aimez les mots et vous n'êtes pas très exigeant sur leur sens.

— Pourquoi ?

— Parce que vous disiez ne pas vous aimer. C'est du baratin. Si c'était le cas, vous ne vous seriez pas rapproché de moi comme ça.

— Pourquoi dites-vous cela ?

— Vous êtes venu là parce que j'étais en train de lire une de vos pièces de théâtre.

— Qu'est-ce que vous dites ?

— Ne le prenez pas mal. Je dis que si je n'avais pas tenu cette pièce de théâtre entre mes mains, vous ne seriez pas venu près de moi. Mais ce n'est pas un reproche. Et puis, vu votre état de solitude, je comprends que vous soyez attaché à votre œuvre.

*

Je me suis senti un peu dépité d'avoir été démasqué.

— Vous avez raison. C'est la première fois que je croise quelqu'un qui lit une de mes pièces. J'avais envie de savoir ce que vous en pensiez, sans me découvrir, pour que vous ne vous sentiez pas obligée de me flatter. Vous venez de me casser mon jouet.

Du dépit, je suis passé à la suspicion :

— Mais dites-moi ? C'est étrange, vous aviez prémédité votre coup ?

Elle a souri, contente d'elle-même.

— Peut-être.

J'ai fouillé dans mes souvenirs et je n'ai retrouvé qu'un vague timbre de voix familier.

— Il est vrai que si votre visage ne me dit rien, votre voix ne m'est pas inconnue. Je me trompe ?

— Je ne crois pas.

— Et alors ?

Elle eut l'air lasse.

— Alors rien, j'aimerais vraiment lire votre pièce pour vous dire ce que j'en pense, si vous me laissez un moment.

— Je crains que votre jugement ne soit pas très franc.

— Détrompez-vous, on ne ment qu'à ceux qui ne sont pas capables d'entendre la vérité ou qui risquent de vous la faire payer très cher. Nous ne sommes ni dans un cas ni dans l'autre, n'est-ce pas ?

— Bien, je vous laisse lire, je vais en profiter pour dormir un peu, j'en ai besoin, je suis rentré tard.

Avant de fermer les yeux, j'ai vu comme un éclair dans les siens.

— Il n'y a que deux personnages dans votre pièce. Un homme et une femme ?

— C'est ça.

— Ce serait amusant si je faisais la femme et vous l'homme.

— Je n'aime pas beaucoup lire mes propres textes.

— Pour une fois, vous pourriez faire un effort, non ?

— J'ai peur de trouver cette pièce encore plus désastreuse si je l'interprète.

— Allez, ça fera passer le temps, vous n'avez qu'à lire.

— Bon, si vous voulez...

Nous nous sommes installés l'un contre l'autre, chacun tenant une moitié du livre. Mais, avant même de commencer notre lecture, le ridicule de la situation m'est apparu. Maintenant que j'avais accepté cette lecture publique, il était un peu tard pour faire machine arrière. J'ai biaisé :

— Je vous laisse le livre, je connais la pièce par cœur. Je vais vous donner la réplique.

— Vous n'allez pas le faire d'une voix monocorde, vous allez y mettre un peu de vous-même, non ?

— J'ai déjà mis beaucoup de moi-même dans cette pièce, mais n'ayez crainte je vais trouver le ton s'il le faut. Je reste debout devant vous. Je préférerais qu'on ne lise pas à trop haute voix, on risque de déranger ou, pire, d'attirer l'attention.

— Ce n'est de toute façon pas un texte qu'on déclame.

— Certes non.

Je me suis préparé à une épreuve émotionnelle. Le souvenir d'une situation réelle allait se heurter aux mots, à leur sécheresse, à l'incapacité de l'auteur à retranscrire la complexité d'une situation. Il y a ces phrases qu'on ne peut que murmurer, mais comment représenter un murmure ? Je me suis alors accroupi, mon front presque à toucher le sien, et nous nous sommes lancés.

*

LA PIÈCE

Un homme et une femme dans le salon d'une maison bourgeoise qui donne sur un jardin entretenu.

ELLE

Alors c'est pour de bon ?

LUI

Oui.

ELLE

Tu es vraiment décidé.

LUI

Je ne reviendrai pas en arrière. Je suis conscient de te faire de la peine. Quoi que nous puissions nous dire, je voudrais que tu me concèdes que j'ai conscience de la peine que je te fais.

ELLE

Et tu peux m'expliquer pourquoi ? Tu pars pour quelqu'un, une autre femme ?

LUI

Non. Pas du tout. Je n'ai de liaison avec personne. Si c'était le cas, tu le saurais, tu es bien trop intuitive.

ELLE

C'est vrai. Alors tu as quelque chose à me reprocher ?

LUI

Non rien, enfin... si, des toutes petites choses, mais rien qui justifie de te quitter. Non, je te quitte plutôt à cause de moi. Je ne me supporte plus dans notre relation. Si je pouvais me quitter et te garder, je le ferais sans hésiter, mais c'est impossible malheureusement.

ELLE

Tu es d'un égoïsme !

LUI

Je pourrais te prouver le contraire. Ce serait mon intérêt de rester avec toi. Parce que je te quitte pour la vraie solitude. Celle dont on ne revient jamais.

ELLE

Je ne te comprends pas. Tout allait bien. Enfin, bien, c'est peut-être un peu exagéré. Les choses peuvent-elles aller bien avec un homme comme toi qui ne s'enthousiasme pour rien, qui vit dans une humeur unique, uniforme et grise ? Mais l'avantage, c'est qu'elles ne vont jamais mal, les choses. Des scènes de ménage, ça représenterait trop d'efforts. Rompre l'uniformité de cette petite vie sans accrocs se révélerait une telle aventure pour quelqu'un qui n'est que le passager de lui-même. Me quitter, moi qui t'ai soutenu si longtemps, je trouve cela ingrat et ignoble...

LUI

Tu n'as aucune raison de me comprendre mieux que je ne me comprends moi-même. Je veux te quitter, mais je ne peux pas me l'expliquer.

ELLE

Tu pourrais voir quelqu'un, te faire aider ?

LUI

Pour que je fasse connaissance avec moi-même ? Non, c'est bien trop tard. Nous mourrons tous de quelque chose à petit feu. Je m'éteins.

Mon enfance étouffe ma flamme. Nous sommes des millions comme ça. Je ne suis même pas original. Et puis, on ne va pas contre le moteur qui fait marcher toute une civilisation.

ELLE

Quel moteur ?

LUI

La méconnaissance de soi. Notre société en use et en abuse. C'est ça qui fait de nous des consommateurs parfaits pour combler des puits sans fond. On passe toute notre jeunesse sur des bancs d'école à apprendre, à essayer de comprendre ce qui se passe autour de nous. Mais sur nous-mêmes, rien. Ne pas se connaître, c'est tellement plus pratique pour s'exiler dans la dépense, dans la futilité, dans le rien assommant, dans les onomatopées bruyantes. On travaille pour se payer le modèle dernier cri en toute chose, et on en est arrivés à tout détruire autour de soi sans jamais parvenir à se construire soi-même. Dieu, la dépense et le vide intérieur, voilà qui résume l'homme.

ELLE

Mais en quoi cela concerne-t-il notre relation ?

LUI

Nous sommes soumis à ce régime, ni plus ni moins que les autres.

ELLE

Vraiment, cela n'a rien à voir avec notre couple et ton envie de me quitter.

LUI

Je me connais mal, tu te connais mal, donc on se retrouve forcément ensemble pour de mauvaises raisons. Surtout toi. Tu ne pourrais pas citer une seule bonne raison d'être avec moi, mis à part la force de l'habitude et la peur de la solitude. Je t'aime trop. C'est une dépendance dont je ne parviens pas à m'extraire, un confort qui m'empêche de progresser, un abandon à une autorité presque supérieure, celle des sentiments qui vous conduisent à vous oublier. C'est une bonne chose chez les êtres qui débordent d'estime de soi, chez moi c'est un désastre. Chaque jour qui passe, je t'aime un peu plus. Je suis en train de lier mon sort au tien : cela devient intenable. Imagine qu'il t'arrive quelque chose demain : ma vie est foutue.

ELLE

Je crois que tu es cinglé. Je ne dis pas cela méchamment. Tu as besoin d'une analyse. Tu es totalement perdu.

LUI

Peut-être. J'ai très peur de mourir. Je ne sais pas pourquoi, parce que je ne tiens pas plus que cela à la vie. Mais j'ai remarqué que plus on a une vie médiocre, plus on craint d'y être soustrait. C'est un autre fondement de notre civilisation que de s'accrocher à l'insatisfaction avec l'énergie du désespoir... Pas de satisfaction mais pas de souffrance. Avec cette morale, on a créé un modèle de société à l'usage des pays émergents. Et j'y adhère depuis toujours. Mais je me suis rendu compte que si je te perdais, je ne m'en remettrais pas. Sans toi, ce qui me reste de vie n'aura plus grand intérêt. Cela dit, plus aucune menace ne pèsera sur elle, comprends-tu ?

ELLE

Là tu es givré.

LUI

Tu le savais déjà, non ?

ELLE

Oui, je le savais déjà, mais je l'acceptais. Je sais depuis le début que tu es un être... comment dire... calcifié.

LUI

Bien trouvé.

ELLE

Calcifié par son enfance. Pour des raisons qui t'appartiennent, tu as perdu confiance dans l'existence. Et tu ne fais aucun effort pour la récupérer. Tu subis. Tu es d'une grande lâcheté et tu l'assumes avec une désinvolture déroutante. Tu me fais penser à ces files d'hommes et de femmes qui fuyaient l'avancée allemande en 40. C'est ça, tu es en exode de toi-même. La vie te pousse aussi maladroitement que le vent le fait d'un voilier qui ne parvient pas à affaler sa voile. Il y a bien une cause à cela. Mais monsieur ne veut pas en parler. Son drame n'appartient qu'à lui, qu'au gamin qui n'a pas grandi, et qui, pour ne pas avoir pleuré quand il était encore temps, pleurniche sans fin sur son inconstance, sa défiance envers le monde, sa misanthropie névrotique. Toute une vie de relations avec des femmes où tu as monté des lignes, appâté, pêché, et rejeté à l'eau. Et te voilà maintenant sur la berge la plus glissante de ton existence, prêt à relâcher ta dernière prise pour mettre fin à cette existence de pêcheur du dimanche qui n'a même pas d'ami pour se vanter. Et qui refuse l'aide de l'extérieur car en maîtrisant un peu mieux son désespoir, il craint de perdre sa créativité. Et tu vas aller où ? C'est ça, hein, tu veux être malheureux pour pouvoir continuer à écrire ?

LUI

Non, je ne vais pas continuer à écrire. Depuis que j'ai compris que, d'une façon ou d'une autre, la littérature en général n'est jamais que l'exégèse d'un livre en particulier, du « Livre », du seul qui compte, l'Ancien Testament, je n'ai plus le courage. Et je m'en fous de figurer dans le dictionnaire des noms propres, dans la liste interminable des exégètes qui espèrent que leur contribution leur permettra de passer à la postérité. Je laisse tomber la littérature et le théâtre. Pour répondre à ta question, je vais partir au sud, dans un pays où je ne connais personne.

ELLE

Et tu te trouves courageux. Courageux de fuir, courageux de briser ma vie, de m'abandonner comme ça, de me remiser dans le grenier poussiéreux de tes souvenirs, de me rejeter comme être charnel, de me transformer en ombre, ton ombre. Tout nier à ce point, tu ne trouves pas que c'est le pire acte de violence possessive qu'on puisse proférer à l'encontre de l'autre ? Tu crois qu'on peut disposer ainsi des autres, les séduire, les ensorceler pour les jeter après se les être appropriés ? Tu es un monstre.

LUI

Mais, au moins, je ne suis pas dépressif. Je ne m'aime pas assez. Mais si je ne t'aimais pas, toi, aujourd'hui, je n'aurais pas aussi peur. C'est ainsi qu'on est récompensé de sa franchise ? Je ne suis pas assez solide pour assumer de t'aimer. Qu'est-ce que j'y peux ? Je ne t'ai jamais menti sur ce que je suis. Je ne me connais peut-être pas très bien, mais je ne t'ai rien montré d'autre, je ne me suis pas inventé de personnage, je n'ai pas abusé ta confiance. Tu as cru que je ne finirais pas par me comporter ainsi. Tu t'es fourvoyée toute seule. On ne peut pas reprocher aux autres ses propres erreurs de jugement.

ELLE

Ce que je te reproche là, maintenant, c'est ce que je vais me reprocher le restant de mes jours. C'est à moi que j'en veux : de m'être livrée, de m'être abandonnée à un type qui était un inconnu pour moi et pour lui-même. Je ne doute pas de ta sincérité. Je doute de notre existence en tant qu'amants.

LUI

Tu n'as rien à te reprocher. Nous sommes l'un comme l'autre le fruit du hasard. Ce hasard nous a mis sur une même route. Nous lui avons fait confiance plus qu'il ne le méritait puisque maintenant il nous sépare. Pourquoi toujours parler de responsabilité ? De peine, oui, nous le pouvons, mais de responsabilité...

ELLE

En général, quand les couples se forment, chacun essaye d'offrir son meilleur côté. Sous le vernis, le bois finit par pourrir avec les années. Là, ce n'est même pas le cas.

LUI

De ton côté, rien à voir. Plus je te vois, plus je t'aime et plus je t'aime, plus je me persuade de devoir te quitter. Au début, pour être sincère, je ne t'aimais pas du tout. Mais avec le temps, on s'habitue, pire que ça, on commence à trouver à l'autre des qualités inestimables, au point qu'il devient indispensable. Si, demain, tu me quittais ou, plus naturellement, si tu disparaissais, car à notre âge, la mort n'est jamais loin, c'est une partie de moi-même qui partirait avec toi. Tu comprends ? Et est-ce que je peux prendre le risque de perdre la moitié de moi-même, moi qui, tout entier, ne suis déjà pas convaincant ?

ELLE

Tu sais quoi ?

LUI

Non.

ELLE

J'hésite.

LUI

À quoi ?

ELLE

À te tuer ou à me tuer.

LUI

C'est la même chose. Sauf que dans le suicide, qui est beaucoup plus lâche, il y a quelque chose de plus spectaculaire, un effort de mise en scène... louable. Rares sont les suicides sans mise en scène. Parce que les gens gardent trop d'estime d'eux-mêmes pour partir sans cérémonie. S'ils ne s'aimaient pas, ils n'auraient pas de raison de se supprimer. S'ils ne désiraient pas impérieusement avoir enfin raison contre le monde, ils n'auraient aucune raison d'en disparaître. Les humbles ne se tuent pas, ils se fondent dans l'anonymat. Il y a bien sûr en toute chose des contre-exemples, comme cet ami qui s'est donné la mort en laissant un mot où il disait : « Jusqu'ici j'ai eu une vie magnifique, mais plus longtemps, je pense que ce serait abuser. » Quel panache ! Moi, par exemple, je n'ai jamais pensé à me supprimer, car je ne vois pas bien le dommage que mon brusque décès causerait à l'espèce. Les suicidés sont persuadés qu'après eux rien ne sera plus jamais comme avant. Pour eux, la mort va devenir l'empreinte que leur vie ne leur a pas permis de laisser. J'exclus évidemment ceux qui cèdent à une douleur qui les dépasse et les pousse au geste parce qu'ils ont perdu un être essentiel ou qu'ils sont malades.

ELLE

Et si, moi, je perds un être essentiel ?

LUI

C'est parce que tu l'as bien voulu. Non, quand je parle de celui qui nous est essentiel, je parle d'un enfant. Même si nous ne savons pas, nous deux, ce que c'est, j'imagine que c'est le seul qui puisse nous être essentiel.

ELLE

Mais tu n'en as jamais voulu, d'enfant ! Tu disais que tu ne te sentais pas capable d'assumer cette responsabilité. Et j'ai fait ce sacrifice pour toi. Et maintenant tu me plantes là, toute seule.

LUI

Même ensemble, nous étions seuls. Tu ne vas tout de même pas commencer à réécrire l'histoire, comme tous ces gens incapables de la moindre objectivité ? Pour en revenir à ton dilemme, je dirais que mettre fin à ses jours est une façon plus civilisée et plus en harmonie avec la loi que de tuer quelqu'un. Même si le résultat est le même. Ce que les deux actes ont en commun, c'est qu'ils sont inspirés par la haine. On ne tue pas par amour, on ne se tue pas par amour. Ce sont deux mythes dépassés, même s'ils gardent une place importante dans le répertoire classique. En revanche, le suicide est une sacrée façon de s'incruster dans la mémoire de quelqu'un ! Comment veux-tu te débarrasser d'une personne qui a mis fin à sa vie ? Et, pire encore, quelqu'un qui a mis fin à sa propre vie pour bousiller la tienne ?

ELLE

Et pourtant, ça part de sentiments amoureux sincères.

LUI

Oh ! Certainement. Mais c'est un peu ce que le cancer est à la bonne santé. Le cancer, ce n'est qu'une prolifération anarchique de cellules qui n'ont d'autre motivation qu'une intention criminelle.

ELLE

Donc, toi, tu me prouves ton amour en me quittant, et moi, si je me tue pour toi, ce ne sera pas une preuve d'amour.

LUI

Non, parce que moi je te quitte pour de bon. Alors que toi, c'est une fausse sortie, rien que du théâtre de boulevard. Tu vas empoisonner ma culpabilité pour le reste de mes jours. Si tu me tues, évidemment, c'est un peu différent, tu me forces un peu à te quitter. Mais sache que si tu me tues, tu seras obligée de te tuer ensuite et tout cela n'aura servi à rien, il ne restera personne pour culpabiliser. C'est très compliqué, tu sais. Avant d'agir, prends ton temps pour réfléchir.

ELLE

C'est tout réfléchi. Tu es en train de me rendre folle.

LUI

C'est toujours comme ça. Quand on aborde les choses de façon rationnelle et froide, on rend les femmes folles. Alors, qu'est-ce que tu décides ? Tu vas suivre la voie de la raison, et me laisser partir sans bruit ni scandale, ou...

ELLE

Va-t'en !

LUI

Je me dépêche. Bon, c'est déjà une bonne indication. Cela veut dire que tu as renoncé à me tuer.

ELLE

D'une certaine façon, oui. D'une autre, non.

LUI

Je ne comprends pas très bien. En imaginant que tu pourrais me tuer, je dois t'avouer que j'ai eu un petit pincement, tu sais, comme quand on perd un objet sans grande valeur mais auquel on est attaché.

ELLE

Ne te réjouis pas trop vite.

LUI

Dis-moi, si tu sens que tout cela risque de prendre un tour un peu, comment, disons... dramatique, il n'est pas trop tard pour faire marche arrière. Personne ne m'attend ailleurs et les inconvénients que j'ai évoqués à ce que nous restions ensemble sont somme toute assez théoriques. Je te l'ai dit, mon problème était essentiellement la peur de te perdre après m'être trop attaché à toi. Bon, il y avait bien aussi quelques petits problèmes quotidiens liés à de toutes petites bouffées d'hystérie, mais j'ai mes obsessions aussi et... Bon, je crois que je vais y aller. C'est typiquement le moment où je dois te laisser seule. Mais avant cela...

On le voit marcher vers un buffet, l'ouvrir et chercher quelque chose avec la main.

ELLE

Qu'est-ce que tu cherches ?

LUI

Le pistolet de ma mère.

ELLE

Parce que tu avais une mère ?

LUI

Oui, adoptive. Une sacrée « bonne femme ». Qui n'aimait pas assez les enfants pour en avoir elle-même, mais assez pour en adopter. L'adoption a l'avantage, sur la procréation, de ne pas imposer une dette de reconnaissance filiale. Comme elle se croyait persécutée, pas par son fils, je te rassure, elle avait fait, il y a très longtemps, une cache dans ce buffet. J'avais l'intention de te laisser le buffet, mais il n'est peut-être pas indispensable de laisser l'arme ici. Elle était vraiment bien cachée. Je sens quelque chose. Je ne sais pas si c'est ça... Je crois bien que non... Bizarre. Je suis certain qu'il y a encore un an le pistolet se trouvait là.

*

Elle s'est arrêtée d'un coup. Je l'ai regardée, un peu interdit.

— On ne continue pas ?

Elle a fait non de la tête.

— C'est trop mauvais ?

— Non, j'ai déjà vu et lu bien pire, enfin... je

veux dire que... ce n'est pas ça, je n'ai pas envie d'en savoir plus, c'est tout.

— Pourquoi ?

— Probablement parce que je n'ai pas envie d'en arriver à la résolution de l'énigme, comme vous dites. Bref. Vous m'attendiez ?

— Autant que vous, non ?

— Vous disiez que mon visage ne vous évoquait rien mais que ma voix vous était familière...

— Familière, c'est un bien grand mot. Disons qu'elle ne m'est pas étrangère.

— Vous voulez que je vous mette sur la voie.

— Je ne crois pas. Mais je suis curieux. Alors ?

— Vous n'avez jamais eu affaire à un juge de votre vie ?

— Il me semble que oui. Mais ce ne devait pas être un très bon souvenir. Et j'ai cette faculté exceptionnelle qui me permet d'effacer rapidement mes mauvais souvenirs. Ce n'est pas juste une expression. Si nous nous sommes déjà rencontrés, j'ai dû effacer l'image, mais j'ai gardé la bande-son. On ne contrôle pas grand-chose lorsque cela concerne sa mémoire. Sinon il est évident qu'il y aurait beaucoup moins de névrosés. Personne n'est volontaire pour incruster dans sa tête de mauvais souvenirs qui font ensuite... la loi dans votre existence.

— Vous ne vous souvenez de rien d'autre que de ma voix ?

— Non. Mais il faut dire que si je vous ai rencontrée en tant que juge, c'est que je pourrais me souvenir de vous. Et c'est une femme que j'ai devant moi. Pas un juge.

— Quel est le rapport ?

— Un juge fait beaucoup d'efforts pour que le juge l'emporte sur la femme. Une femme malade est bien loin d'un juge. Quand on est atteint dans sa chair, on reprend forme humaine. Les individus ne sont jamais plus charmants que quand ils relativisent...

— Je vois, mais vous, vous ne voyez toujours pas ?

— Si, si, vous pensez. Ça devient évident.

— Ah ! L'histoire vous revient enfin.

— N'exagérons rien. Ce n'est jamais complètement parti de ma mémoire, disons que c'était devenu secondaire.

— Moi, je me rappelle très bien vous avoir vu franchir la porte de mon bureau. Vous agissiez comme quelqu'un de déjà partiellement évaporé.

— Évaporé...

— Je veux dire qu'une partie de vous-même était loin, très loin. Vous donniez l'impression de ne pas vous sentir concerné, que vous n'étiez pas une pièce importante pour dénicher la vérité dans cette affaire.

— Si je me souviens bien, je devais être le principal suspect.

— Moi qui n'ai pas la mémoire sélective, je me souviens que vous étiez l'unique suspect.

— C'était moi ou personne, c'est cela ?

— ... C'était vous ou elle.

— Et votre sentiment à l'époque ? Enfin, si ça ne vous pose pas de problème sur le plan éthique.

— Mon sentiment ? Vous voulez dire mon intime conviction ?

— À chacun son verbiage.

— C'est la seule affaire que j'ai eue à traiter dans ma carrière où je suis partie d'un a priori totalement subjectif, basé sur une sorte d'intuition féminine.

— Qui était ?

— Que vous n'étiez pas coupable.

— Cette intuition a commencé quand ?

— Quand on a parlé de l'autopsie. Je me souviens de la colère dans laquelle cela vous a mis. Vous avez voulu la faire interdire. Le parquet et la police ont trouvé que votre réaction cachait quelque chose, que vous redoutiez l'autopsie pour qu'on ne puisse pas vous confondre.

— C'est vrai que cette idée de faire parler les morts alors qu'on passe son temps à bâillonner les vivants, je n'ai jamais pu m'y faire. Je trouve répugnant ce viol, cette façon de s'introduire dans un être désarmé, inanimé, comme si le seul fait de mourir d'une mort pas tout à fait naturelle donnait à la société bien pensante le droit de s'approprier votre dépouille, de la pénétrer contre votre gré. C'est hérité des temps obscurs où l'on considérait que le corps n'est rien sans l'esprit. On devrait constituer une association de défense des futurs autopsiés même si, avant l'heure dite, on ne sait pas qui le sera. Votre statut vous obligeait-il à vous passionner pour le travail de la police scientifique ?

— Pas du tout. Je m'en suis servie, comme tout le monde, rien de plus.

— Vous n'êtes pas envoûtée par ces experts qui monopolisent les fictions policières et qui vous font croire qu'aucun crime ne peut rester impuni, maintenant qu'on maîtrise l'infiniment petit ? Sauf le meurtre qui vous amène ici... je me trompe ?

— Je ne suis plus chargée de ce dossier, et je n'ai aucune intention de reprendre du service comme ces vieux policiers américains qui sortent de leur retraite pour élucider le dernier crime de leur vallée. J'avais envie de vous revoir, c'est tout. Vous imaginez qu'avec mes relations il ne m'a pas été difficile de vous localiser puis de vous appâter avec un de vos propres livres. Votre orgueil ne vous aurait pas poussé vers moi, je n'aurais pas cherché à vous parler. Je vous assure, je suis bien trop fatiguée pour avoir une arrière-pensée.

— Très bien, je vous crois, je suis là, et... voilà.

— Voilà quoi ?

— N'en parlons plus. C'est trop d'effort pour ma mémoire de mon côté, et vous, vous n'en voyez pas l'intérêt.

— Si, il reste un intérêt. Vous vous attendiez à ma venue, n'est-ce pas ?

— Oui, mais pas forcément aujourd'hui, ni demain. Mais un jour, certainement. Le dossier n'a jamais été clos à ma connaissance.

— Il est en déshérence depuis une bonne dizaine d'années. Mais comment aurait-on pu le fermer, alors qu'on n'a pas retrouvé l'arme du crime et qu'il reste tant d'éléments troublants ?

— Quoi, par exemple ?

— Quand les femmes se tirent dessus, c'est très rarement dans la tête. Premier point. Cela vous étonne mais nous, après le mal qu'on se donne pour avoir l'air présentable durant notre vie, on ne désire pas tout foutre en l'air en une seconde, vous comprenez ? Ensuite, si quelqu'un se suicide, il est logique d'imaginer qu'on va retrouver facilement l'arme qui a servi. Mais là, pas d'arme. On a remarqué à l'autopsie, excusez-moi de ce détail, des traces de poudre sur ses doigts. Mais rien ne dit que celui qui l'a tuée n'a pas accompagné son bras. Car on a retrouvé des lésions sur son poignet. Mais qui peuvent tout aussi bien être attribuées à la chute de son corps. Ensuite, elle s'est tiré une balle dans le front, ce qui oblige à des contorsions, et c'est un geste moins... naturel que si elle avait pointé son arme sur sa tempe ou dans sa bouche. Nous n'avons pas trouvé à l'époque cette façon de mourir très féminine, voilà nos seules conclusions. Même si vous n'aviez pas l'air très concerné par cette histoire, à la garde à vue, tout concourait à vous désigner comme seul suspect. Je vous rappelle que vous avez été le dernier à voir cette femme, que vous avez eu une grave dispute avec elle, que vous êtes parti en la laissant seule dans le jardin de votre maison et alors que vous fermiez la porte de celle-ci pour monter dans votre voiture, vous avez entendu une détonation. Plausible ? Je n'ai jamais cru à votre culpabilité.

— Et maintenant, sur le tard, vous vous demandez si vous n'avez pas eu tort. Et vous avez parcouru tout ce chemin pour reprendre l'instruction en plein soleil, couverte d'écran total, sous un parasol. C'est étrange, dites-moi.

— On n'en parle plus si vous voulez.

— Non, si on n'en parle pas une bonne fois pour toutes, de quoi pourra-t-on parler après ?

Autant se quitter tout de suite. Si tout convergeait pour faire de moi le principal suspect, pourquoi la machine judiciaire ne s'est jamais emballée contre moi ?

— À cause de l'absence de preuves formelles vous concernant et à cause de mon intime conviction, qui ne reposait sur rien de matériel. Et la suite m'a confortée dans cette idée.

— Quelle suite ?

— Les écoutes, hésita-t-elle. Quand on vous a laissé partir faute de preuves, oui, on vous a mis sur écoute. Pendant plus d'un an. Ensuite vous êtes venu ici, et comme vous étiez sorti de notre territoire, il a bien fallu cesser de vous écouter.

— Et alors votre conviction en a été chamboulée ?

— Pas du tout. Au contraire. Je suis sortie absolument certaine de votre innocence.

— Alors pourquoi être venue ?

— À vous entendre à intervalles réguliers, il s'est créé comme une intimité entre nous. Et j'ai gardé de cette période un grand regret qui m'a poussée à accomplir ce dernier voyage. Si je peux vous faire cette confidence, quelques semaines avant que vous ne quittiez la France, j'ai senti chez vous comme une nécessité d'en finir avec la vie. Vous n'en parliez à personne, bien sûr. Mais sachez une chose : bien plus que de m'intéresser à vos conversations, j'ai surtout essayé d'interpréter vos silences. Et ces silences laissaient entendre que vous cachiez à votre entourage une volonté irrépressible de mourir. Je m'en suis beaucoup voulu depuis, de ne pas être intervenue, de ne pas vous avoir proposé mon aide. Je ne l'ai pas fait parce que, sur le plan éthique, c'était trop critiquable. Cela aurait mis fin à ma carrière. Et après, j'ai regretté amèrement, même si vous êtes toujours vivant, d'avoir fait le choix de ma carrière alors qu'une vie était en suspens. Vous imaginez ce que ça représente, dans la tête de quelqu'un qui ne respire que pour réparer les injustices, de laisser filer une vie comme ça ?

— Je comprends très bien. Cela vous honore. Mais expliquez-moi, pourquoi avoir emporté cette pièce-là avec vous en voyage ?

— Parce que c'est la pièce la plus proche de l'affaire.

— C'est dommage, votre libraire aurait dû vous donner une pièce un tout petit peu plus récente qui n'a pas eu le succès qu'elle mérite — enfin un succès à relativiser, il s'agit de théâtre. Elle s'appelle : *Les Écoutes.* C'est justement l'histoire d'un criminel qui fait croire à ceux qui l'écoutent qu'il est sur le point de se tuer.

— C'est très intéressant, murmura-t-elle, glacée. Mais ce n'est qu'une pièce de théâtre, j'imagine...

— Bien sûr.

— Vous saviez que vous étiez sur écoute ?

— Attendez que j'essaye de rassembler mes souvenirs. Euh... oui, bien sûr, depuis le premier jour. D'abord parce que c'était logique, et ensuite j'en ai eu la preuve technique par un vieux copain, qui est retraité des Renseignements généraux. C'est un peu comme ça que j'ai décidé d'écrire cette pièce et de vous la jouer. Je ne sais pas si vous vous souvenez mais quand on était gosses, on écoutait des pièces radiophoniques. Je me suis dit que c'était une bonne idée de proposer un peu de divertissement pour les pauvres gens qui sont de l'autre côté des écoutes téléphoniques. La vie doit être d'un tel ennui pour les types qui sont vissés du côté des écouteurs. Je suis très choqué qu'à l'époque où le président de la République mettait tout Paris sur écoutes téléphoniques personne n'ait eu l'idée de lui écrire un texte sur mesure.

— Donc vous m'avez manipulée ? hésita-t-elle enfin.

— Pourquoi ? Qu'est-ce qui vous dit que le personnage n'a pas les mêmes aspirations que le dramaturge ? Ce qui est certain, c'est que je n'ai jamais eu envie de mettre fin à mes jours, ce n'est pas mon genre. Mais votre analyse était très pertinente. Un criminel dissocie toujours ses sentiments et ce qu'il a accompli. C'est un autre qui a commis le crime, un autre lui-même. Et même s'il reconnaît son geste, il n'est pas persuadé au fond d'en être l'auteur. Vous me suivez ?

— Je vous suis.

— Alors je suis parti comme vous de l'hypothèse qu'un homme qui veut en finir avec la vie ne peut pas être celui qui a tué. Le remords qui le pousse vers les coulisses n'est pas celui d'avoir tué, c'est celui de ne pas avoir pu empêcher la mort de l'autre par le suicide. D'où l'envie inconsciente de la rejoindre là où elle voulait l'emmener. C'est de l'analyse à la petite semaine, mais je suis content de voir que nous partagions la même.

— Je ne sais plus quoi penser de vous.

— C'est la récompense de beaucoup d'efforts.

— Quoi ?

— Qu'on ne sache pas quoi penser de moi. Je ne vois vraiment pas pourquoi les autres devraient savoir quoi penser de moi, alors que je ne sais pas quoi en penser moi-même.

— Votre pièce en dit long à ce sujet...

— C'est ce que vous croyez.

— Au moins une chose est sûre : je n'aurai pas fait le voyage pour rien.

— Pourquoi dites-vous cela ?

— Parce que vous êtes un grand manipulateur, voyons !

— Très sincèrement, je ne crois pas. Mais je ressens un tout petit peu de fierté à voir cette énigme criminelle non résolue car, je vous l'ai dit, je n'aime pas que l'on résolve des énigmes. Je n'aime pas non plus l'idée qu'avec la politique scientifique et ses armées de spécialistes on en vienne à abolir l'impunité... Mais je peux tout de même vous révéler quelque chose de certain : c'était bien un crime.

— Je commençais à m'en douter.

— C'est étrange, j'ai l'impression de vous décevoir.

— Pas encore, mais nous n'en sommes pas loin. Si c'est un crime, cela ne peut être que vous, sauf si vous me sortez un deuxième personnage de votre chapeau, un fruit mûr et presque pourri de votre imagination.

— Je n'aime pas le tour que prend notre conversation. Je sais que j'ai un peu profité de vous avec cette pièce téléphonique, mais sachez que je vous suis très reconnaissant de l'humanité avec laquelle vous avez traité mon dossier. C'est rare chez les gens de votre espèce. Si, si, je vous assure, ce n'est pas fréquent de nos jours. Même si vous n'avez pas été capable de dépasser les contraintes liées à votre fonction, je n'oublie pas votre noblesse d'esprit à mon égard. Rien que pour cela, je pourrais vous dire la vérité. Bon, je vous mets sur la piste : l'auteur du crime est mort.

— Parce que cela vous arrange.

— Pas du tout. Je vous le répète : s'il y a eu crime, et j'affirme qu'il y a eu crime, l'auteur du crime n'est plus de ce monde.

— Depuis quand ?

— Depuis le jour du crime.

— Pourquoi ? Vous vous en êtes débarrassé vous-même ?

— Une minute, j'ai un doute, tout à coup, sur l'auteur du crime... Ça va passer... Si j'avais eu ce doute depuis le premier jour, il est vrai que j'aurais eu ces pulsions suicidaires que j'ai simulées. J'aurais voulu me punir de l'avoir tuée.

— Mais vous disiez le contraire tout à l'heure.

— Absolument pas. Quelqu'un qui tue de ses propres mains, s'il est suffisamment inébranlable, ne connaît pas le remords, donc l'envie de se supprimer. Mais si vous vous considérez responsable d'un suicide, c'est différent, vous n'êtes pas un meurtrier. Par contre, vous aurez une culpabilité qui vous forcera à vous supprimer un jour... Et puis il y a une troisième hypothèse.

— Qui est de considérer que le suicidé est un meurtrier.

— Exact.

— Parce que vous considérez qu'en se donnant la mort les suicidés tuent leur entourage en toute impunité.

— En quelque sorte. D'ailleurs, la majorité des suicides donnent lieu à une mise en scène macabre, inspirée des drames les plus antiques. N'est-ce pas un signe ?

— C'est donc elle la meurtrière ?

— Elle s'est tiré une balle dans la tête, puis m'a assassiné. Que je n'aie jamais eu de pulsion suicidaire ne dit rien de mon désir de vivre. Mais de là à endosser un meurtre, c'est une autre affaire. Elle s'est suicidée à cause de moi, de ce personnage ambigu que vous avez si bien cerné. Je ne l'ai pas tuée, même si je suis certainement un peu responsable de sa mort. Une chose est certaine, elle s'est suicidée pour en finir avec moi. Elle est morte en meurtrière, pour me laisser vivre avec la douce envie de mourir. Tout ça est un peu tragique, n'est-ce pas ?

— On ne peut pas le nier.

— Mais j'ai plus gai à ajouter.

— Ah ?

— Ma mémoire a gravé l'image de vos enquêteurs, fouillant le sol comme des chiens truffiers, c'étaient de vrais limiers encombrés par leur taille. Il fallait les voir accroupis ! Parce qu'il y a chez ces gens-là l'idée que tout se passe au ras du sol, voire plus bas encore. Vos limiers détaillent le moindre caillou, le moindre poil pubien, scrutent l'infiniment petit. Mais ils n'ont que mépris pour le ciel. Vous m'avez dit que vous avez retrouvé des traces de poudre sur ses doigts ?

— C'est exact.

— C'est parce que c'est elle qui a appuyé sur la détente du pistolet. Mais c'est elle aussi qui a caché l'arme, et qui l'a soustraite à l'enquête.

— Comment ?

— D'abord, pourquoi ? Pour laisser entendre que le dernier homme qui l'avait vue, c'est-à-dire moi, lui avait tiré dessus avant de dissimuler l'arme. Personne n'aurait jamais pu imaginer qu'elle ait elle-même caché l'arme, après s'être tiré une balle dans le front ce qui, vous l'avez souligné, n'était pas très féminin et elle le savait.

— Quelque chose ne va pas ? demanda-t-elle devant mon air perplexe.

— C'est que nous approchons de la résolution de l'énigme. Et si je vais plus loin, il y a de fortes chances que notre conversation perde de l'intérêt et que nous n'ayons plus qu'à nous quitter. C'est ce que je crains soudain. Vous voyez, je suis un type un peu lourd, mais parfois je peux être plus fin que j'en ai l'air. Je ne pense pas que vous ayez fait un si long voyage pour vous débarrasser de cette énigme, ni prendre les vitamines du soleil.

— Dès la première minute où je vous ai vu, je ne voulais pas que vous soyez coupable. Maintenant, je serais incapable de vous en dire plus. Tout ne se réduit pas à des mots, surtout quand il s'agit de les vider de leur sens, année après année. En fait, bien que je sois comme tout le monde, que je ne manque pas de curiosité, je n'ai pas très envie, là, de savoir ce qui s'est réellement passé. Peu m'importe au fond. De toute façon, je n'appartiens plus vraiment à ce monde, et pas encore à l'autre.

— J'ai quand même le droit d'être touché par ce que vous avez fait. Alors je vous dois une dernière explication.

— Dites toujours.

— Voici ce que nous nous sommes dit, elle et moi, avant le drame...

— Je ne sais pas si je tiens à l'entendre. Et puis je l'ai déjà lu dans votre pièce.

— Non, vous vous êtes arrêtée trop tôt. Et si, c'est important, vous ne pouvez pas ne pas savoir qui je suis vraiment. En réalité, nous avons eu une scène. Elle m'a violemment reproché des faits qui remontaient à trois ans auparavant.

— Vous l'aviez trompée ?

— Quel manque d'imagination ! Non, je ne l'avais juste pas reconnue. Nous avions déjà été ensemble, dix ans plus tôt, quelques semaines à peine. Puis je l'ai abandonnée sans donner de nouvelles. Sept ans passèrent, donc, et je la retrouve dans une réception. Je précise qu'elle n'avait pas changé. Je l'ai séduite, sans me souvenir que nous avions déjà partagé quelque chose ensemble. Je l'avais tout bonnement oublié. Elle a fait comme si de rien n'était pendant les trois ans qui ont suivi. Et le jour du drame, elle a éclaté. C'est assez pittoresque, ne trouvez-vous pas ?

— Elle tenait drôlement à vous pour jouer ainsi la comédie. Et ensuite ?

— Ensuite, je suis parti et je l'ai laissée dans le jardin avec le sentiment très fort que cette dispute, enfin cette charge contre moi, parce que je n'ai rien répondu, était préméditée. J'ai quitté le jardin avec des regrets. Pas d'avoir appris qu'elle voulait rompre, mais je me suis aperçu que je ne verrais plus ce grand arbre qui trônait au milieu de la pelouse. Je suis parti dormir, les querelles ont sur moi un effet soporifique. Je me suis assoupi dans ma voiture.

— Tout ça ne dit pas où est passée l'arme du crime.

— Chassez le naturel... L'arme est toujours au même endroit. Je vous ai dit qu'elle l'a fait disparaître pour faire croire que je l'avais assassinée. Je ne nie pas ma responsabilité, mais je n'ai rien à voir avec l'arme. Si vos enquêteurs avaient été un peu moins terre à terre, ils auraient vu que l'arme était dans l'arbre, assez haut. En tirant, sa main a lâché l'arme. Un fil élastique, trouvé pour l'occasion — elle m'avait fait part de cette idée saugrenue qui a pourtant fonctionné —, a propulsé l'arme dans l'arbre que je quittais définitivement... J'ai abandonné cette maison, mais elle est toujours à moi, inhabitée. Je peux vous donner un double des clés si cela vous amuse, vous verrez que le pistolet y est toujours, probablement un peu rouillé, pendant au bout d'un élastique qu'on aperçoit en hiver. Je ne sais pas si mes empreintes sont encore dessus. Ce pistolet appartenait à ma mère et elle me l'avait dérobé. Bien avant notre scène de rupture, signe qu'elle avait parfaitement anticipé ce qu'il allait advenir de notre couple. J'imagine qu'elle n'avait laissé que mes empreintes dessus.

— Au cas où on trouverait l'arme, et cela aurait dû être le cas, on aurait pensé que tout ce stratagème grossier avec l'élastique était de votre initiative... Son astuce déjouée, c'était encore vous le responsable. Pourquoi ne pas l'avoir dit aux autorités ?

— Avais-je le moindre intérêt à leur raconter toute cette histoire ? D'ailleurs je ne me suis décidé à vous le dire que depuis que j'ai compris que vous n'étiez pas venue pour ça.

Je m'interrompis.

— Je crois que le type qui est supposé nous protéger contre une attaque terroriste va se trouver mal. Vous permettez une seconde, je vais lui apporter ma bouteille d'eau.

Une fois revenu, j'ai chuchoté :

— J'ai une question à la fois incroyablement ringarde et éminemment contemporaine à vous poser, mais vous n'êtes pas obligée de me répondre. Êtes-vous croyante ?

— Dans ma situation, ai-je le choix ? Ça ne peut pas tellement me nuire.

— Certes, mais vous pourriez tout aussi bien avoir pour principe de ne pas croire, même devant...

— Vous savez très bien que les plus farouches pourfendeurs de la foi sont au fond les plus croyants, et les plus désabusés de l'usage auquel l'homme a réduit Dieu. Et puis, quand on approche de la fin, on ne crache pas sur l'idée que tous ces discours pourraient avoir un sens. Qui, surtout affaibli, tient à affronter ce qu'il est ? Être un peu superstitieux ne gâche rien car, comme vous l'avez dit, il reste un gros bout de chemin à se farcir de l'autre côté. Moi, voyez-vous, j'ai un peu cru en vous, je vous l'ai montré, et je ne le regrette pas. Mais surtout, maintenant, ne me demandez pas ce qu'il y avait de rationnel dans mes réactions.

— Vous ne le savez pas encore. Mais je pourrais très bien vous aimer moi aussi.

— Vraiment ? Cela ne vous ressemble pas.

— Oui mais là, c'est un engagement à durée limitée. Cette envie irrépressible que j'ai de tuer celles que j'aime ne se manifestera pas cette fois, c'est certain.

— Mais de quoi parlez-vous ?

— Ne vous inquiétez pas, ce ne sont que des mots. Regardez, moi, quand j'étais enfant, j'entendais les adultes dire : « C'est un enfant trouvé. » L'élégance des mots, c'est prodigieux. Alors que j'étais un enfant perdu. Qu'est-ce que l'on peut faire contre cette destinée, à part jouer avec les mots ? On a tellement peur d'être abandonné qu'on en vient à prendre les devants. On pense même à tuer pour ne pas être abandonné. C'est ce qui s'est passé avec elle.

— Mais qu'est-ce que vous racontez ?

— Vous n'avez pas lu la pièce jusqu'au bout. Quand elle m'a annoncé qu'elle allait partir j'ai eu... comment dire, des pulsions meurtrières. Que j'ai contrôlées, j'imagine. Oui, certainement. En tout cas si quelqu'un l'a tuée, ce n'est pas moi, c'est un autre moi que je n'ai jamais revu depuis, un moi qui prenait ses ordres d'ailleurs. On ne pourrait pas me le reprocher. Vous, c'est tout à fait différent, je sais que vous allez m'abandonner, mais vous n'y serez pour rien. Enfin si, vous y êtes un peu pour quelque chose. Vous l'avez dit vous-même, on ne fume pas impunément deux paquets par jour. Alors que tous ceux qui m'ont abandonné jusqu'ici l'ont fait volontairement. Cette femme devait m'abandonner un jour. D'ailleurs, vous avez vu, elle n'a pas hésité à le faire. Et puis qui sait, si le destin veut que vous partiez la première, rien ne dit que je serai long à vous rejoindre. Il faut se ménager des périodes de solitude avant de se retrouver. Votre maladie requiert du soleil mais de l'ombre aussi. Je pourrai faire cette ombre mieux que quiconque. Vous ne croyez pas ?

— Je n'en suis pas certaine.

— Pourquoi ?

— Cela ne servirait à rien, et puis derrière les apparences, vous êtes tellement centré sur vous-même que je ne vois pas très bien ce qu'on pourrait espérer de vous.

— De la tendresse, de la compassion.

— Je n'ai pas besoin de compassion. Je me suis usée sciemment et j'arrive au bout.

— Vous ne m'avez pas dit pourquoi ?

— Vous ne me l'avez pas demandé.

— Je vous le demande.

— C'est trop tard et vous le savez bien. Vous n'y êtes pour rien, je vous rassure. Parfois vous m'avez aidée à aller mieux, sans le savoir. Je vais partir, comme tout un chacun, sans rien avoir résolu. L'histoire de notre espèce est celle d'une longue extermination par le temps. Je peux simplement vous affirmer que ce n'est ni elle qui s'est tuée ni vous qui l'avez tuée. Vous direz à son créateur, puisque vous le connaissez, qu'il ne craigne rien, je serai muette comme une tombe. Au fait, vous ne m'avez jamais demandé pourquoi j'ai tant fumé.

— C'est vrai.

— Écrire et s'intéresser si peu aux autres. C'est une autre énigme vous concernant.

— Alors ?

— Alors, j'étais jeune magistrale et on m'a confié l'affaire d'une jeune femme qui s'est tuée en voiture au retour d'un mariage. Cette route n'avait été fréquentée durant la nuit que par des invités à la noce, un mariage très bourgeois en province. Je me souviens d'elle comme si c'était hier. Une très jolie femme avec de longues jambes dévoilées par une jupe fendue.

— Et en quoi cela concernait la justice ?

— On a découvert qu'elle avait été violée après sa mort sur la scène de l'accident. C'est comme ça que je me suis mise à fumer en me jurant d'arrêter le jour où je retrouverais le type qui avait fait ça.

— Et vous l'avez retrouvé ?

— Oui.
— Et vous n'avez pas arrêté de fumer.
— Non.

*

D'aucuns penseront qu'il était un peu tard pour entamer une histoire d'amour. Ils ont tort. Si tous les gens qui doivent mourir un jour s'empêchent d'aimer pour cette raison, l'amour disparaîtra vite fait et l'être humain sera englouti avec lui. Et si l'être humain disparaît, qui restera pour témoigner de cet amour ?

Deux jours plus tard, son séjour se terminait. Elle rentra en France où, disait-elle, elle avait beaucoup à faire. Elle voulait en particulier mettre de l'ordre dans sa succession, même si ses successeurs n'étaient que de lointains cousins. Ses biens, c'est un grand mot, car elle ne possédait plus qu'un appartement sans charme dans une ville nouvelle, dont le crédit n'était pas complètement remboursé. Je l'appelai tous les deux jours pour m'enquérir de sa santé. Nous avions le projet de nous revoir. J'attendais son accord pour la rejoindre. Il était à chaque fois imminent. Mais ne vint jamais. Trois mois après notre dernière rencontre, elle ne répondit plus au téléphone. Elle s'en était allée.

MONTPARNASSE

On regardait un documentaire sur l'Irak à la télévision et je lui ai dit : « Vraiment, les Américains n'avaient rien à faire là-bas, si c'était juste pour buter Saddam Hussein, tu ne vas pas me dire qu'avec les moyens technologiques qu'ils ont maintenant ils n'étaient pas capables de s'en débarrasser depuis un sous-marin. »

Elle a acquiescé. Nous sommes rarement en désaccord sur les questions politiques. Elle s'est levée pour chercher un somnifère dans la chambre. Elle l'avale en général vingt minutes avant l'heure où elle a décidé de se coucher. Les insomniaques ont compris qu'on passe sa mort à dormir et ne veulent pas entendre parler du sommeil durant leur vie. Résultat, ils ne profitent pas très bien de l'existence car ils vivent épuisés. Bref, pendant ce temps, j'ai zappé.

Quand elle est revenue, elle a haussé le ton.

— Pourquoi tu as mis une chaîne porno ?

Du fond de mon canapé, je l'ai regardée droit dans les yeux.

— Et pourquoi pas ? Je préfère le vrai porno qui assume son obscénité aux émissions où les gens viennent exhiber leur sale malheur.

Elle baisse un peu les yeux et marmonne.

— Tu sais que je trouve ça vexant.

J'ai changé de canal. Mais aucun autre programme ne m'a attiré. Elle était derrière moi, debout ; sans un bruit, elle a ouvert la porte-fenêtre du balcon qui surplombe le boulevard Montparnasse et a allumé une cigarette. Elle en a recraché la fumée de côté, avec l'espoir qu'elle serait aspirée par le large.

— Tu ne pourrais pas carrément fumer sur le balcon ?

— Tu me répètes ça tous les soirs, tu sais très bien que j'aime fumer ma dernière cigarette en regardant la télé.

J'ai soupiré, fixant l'écran :

— Et toi, tu sais très bien que cette fumée m'écœure, surtout à cette heure-ci.

Elle a poursuivi froidement :

— Elle t'écœure alors que tu as fumé un paquet par jour pendant vingt ans.

Je me suis retourné à nouveau vers elle et lui ai dit sans méchanceté :

— Justement, tu ne sais pas à quel point il m'a

fallu haïr la cigarette pour arrêter et, maintenant que j'y suis arrivé, tu en grilles une tous les soirs à côté de moi.

— Mais je ne te souffle pas ma fumée dans ton salon ! Je la recrache en direction du boulevard.

Je précise d'une voix sans agressivité :

— Et je te rappelle que j'ai renoncé à la cigarette pour toi, parce que tu voulais un enfant, et que je me trouvais trop vieux et je me suis dit que, même un peu vieux, en arrêtant de fumer, j'avais plus de chances d'accompagner notre enfant jusqu'à l'âge adulte. Je l'ai fait par sens des responsabilités et, toi, tu viens me narguer.

— Je ne te nargue pas.

— Admets au moins que j'ai arrêté pour nous, ce que tu n'as pas essayé de faire, à ma connaissance.

— Moi, c'est différent, je ne fume pas beaucoup, c'est sans risque pour ma santé.

— C'est peut-être sans risque pour toi, mais il y en a un qui est certain pour moi, c'est le risque de recommencer.

Elle a immédiatement écrasé sa cigarette dans le cendrier. Elle n'est pas du genre à balancer son mégot sur le crâne des passants. À sa façon, elle respecte les autres, c'est incontestable. Je n'ai pas pu m'empêcher d'ajouter :

— Tout ça pour ne pas avoir d'enfants.

Elle n'a pas relevé et m'a demandé de revenir sur la chaîne qui diffusait un talk-show sur lequel j'avais rebondi avant d'arrêter mon choix sur une émission marine. J'ai une sainte horreur de la mer, mais je trouve les émissions sur la mer reposantes. Les présentateurs ont une voix douce comme l'écume quand elle s'échoue sur le sable humide. Le talk-show n'était pas fini. Deux chroniqueurs sont en train de dégommer un écrivain assis dans un fauteuil en cuir jaune au milieu d'une arène d'invités et de spectateurs qui rient et applaudissent quand on leur fait signe. Les deux critiques qui n'ont jamais écrit un bon livre se jouent de ce pauvre type qui ne sait pas parler en public justement parce qu'il sait écrire. Mais les deux égotistes, rois de l'opinion poussive, sont persuadés du contraire. Ils se soulagent sur lui de leur infinie médiocrité. On le voit résigné, déjà ailleurs.

— Je n'arrive pas à m'y faire.

— À quoi ?

— À ces critiques.

— Pourtant tu l'es aussi, toi.

— Oui, mais en gastronomie, ce n'est pas la même chose. Et moi je ne parle que des restaurants où j'ai eu plaisir à manger. Les mauvais, je me contente de les ignorer. Non mais, regarde-moi ces deux bouffons. Je suis sûr qu'ils voulaient faire du droit. Et quand on leur a expliqué qu'on ne peut pas être à la fois juge, procureur, avocat de la défense et avocat de la partie civile, ils ont laissé tomber pour rejoindre le milieu littéraire où on peut tout à la fois être auteur, critique, éditeur et jury de prix. Et depuis leur république bananière des lettres, ces potentats donnent des leçons de démocratie à la société tout entière.

Je continue à m'énerver tout seul :

— Et dire qu'il y a des gens pour prétendre que la culture ça rend meilleur ! Je ne connais pas de milieu plus conservateur et réactionnaire que celui des artistes, ces singes de Gibraltar, comme disait Glenn Gould.

Je reprends mon souffle et je finis par lui asséner :

— Que la femme qui vit sous mon toit prenne plaisir à ces lynchages, ça me dégoûte.

Elle a esquissé une petite moue et est venue s'asseoir à l'autre bout du canapé. Puis elle a dit d'une voix distraite :

— On ne peut pas regarder que des émissions qui font réfléchir.

Je me suis gratté le bout du nez, signe que mes allergies me reprenaient.

— Je veux bien, mais de là à verser dans une telle vulgarité... !

Elle n'a plus répondu et s'est concentrée sur l'écran en se rongeant les ongles.

J'ai laissé passer un moment et j'ai repris :

— Tu as remarqué qu'ils rient tout le temps ; que tout le monde rit tout le temps ?

Elle a haussé les épaules, rien dans cette émission ne l'amuse.

J'ai attendu encore un instant.

— Il n'y a que les putes qui rient tout le temps comme ça, pour rien, à tout bout de champ.

Son visage est resté sans expression. Elle était impassible.

— Tu n'as qu'à aller dans une rue où des prostituées tapinent et tu verras, c'est le même rire de désespoir.

Ses yeux se sont tournés dans ma direction.

— Trouve-moi une seule raison pour aller dans une rue comme ça.

— Je ne sais pas, moi, la curiosité ?

Elle s'est enfoncée dans le canapé à côté de moi, un bras se balançant de l'autre côté de l'accoudoir.

— À part pour découvrir ce que tu leur trouves d'intéressant, je ne vois pas vraiment de raison d'y aller. Surtout depuis qu'on a interdit le tapin.

— C'est assez déloyal ce que tu viens de dire, on se croirait sous Pétain.

Elle s'obstinait à se ronger les ongles :

— J'applique une logique toute simple. Cela fait trois mois et quatorze jours que tu ne m'as pas touchée. Tu n'es pas le genre à avoir une maîtresse, c'est beaucoup trop compliqué et trop cher pour toi, tu le dis toi-même, et je te crois volontiers. Par ailleurs, tu as une libido très au-dessus de la moyenne, si j'en crois mon expérience. J'en conclus donc...

J'ai souri.

— Tu as toujours été forte pour compter. Règles, ovulations et maintenant le nombre de jours sans sexe. Mais c'est un calcul grossier, t'es d'accord ?

J'ai senti qu'elle ne voulait pas de conflit. Ce n'est pas dans son caractère. Elle a repris, d'une voix que couvraient presque les inepties des princes du PAF :

— C'est parce que je ne te plais plus ou parce que tu ne veux pas qu'on ait cet enfant ?

Je n'ai pas trop su quoi répondre, alors je me suis étiré et j'ai bâillé, ce qui, chez moi, est une marque de gêne.

— Je crois que je n'ai plus l'âge d'avoir un enfant. On a attendu trop longtemps.

Elle s'est retournée vers moi brutalement, elle avait une voix bizarre, comme si elle était elle-même sur le plateau de télévision :

— Je n'y peux rien si tes spermatozoïdes sont faibles. De mon côté tout est en état de marche. En trois ans, il y avait d'autres solutions mais tu n'en as pas voulu.

— Pour les spermatozoïdes faibles, sache que ce n'est pas dû à mon âge...

— Je n'ai pas dit que c'était dû à ton âge...

— Laisse-moi finir. J'ai lu un article du *Monde* il y a quelques jours, ils disent que le taux de spermatozoïdes a baissé de 50 % chez les hommes depuis le début des années cinquante, à cause de la généralisation des pesticides. Je ne suis pas une exception.

— Alors pourquoi tu n'as pas accepté de faire une insémination?

— L'idée de me masturber me répugne...

Elle devient toute rouge.

— Si tu n'as pas de maîtresse, que tu ne vas pas voir de professionnelles, explique-moi ce que tu fais depuis trois mois et quatorze jours.

J'ai hoché la tête et, de la main, je lui ai fait signe que j'abandonnais.

— Je crois que notre conversation est encore plus stérile que je ne le suis, et qu'en plus elle atteint un sommet de vulgarité.

— Tu n'es pas stérile et tu le sais très bien. Tu ne veux plus d'enfant et tu ne veux plus de moi, ce n'est peut-être pas expressément dans cet ordre mais c'est à peu près la conclusion à laquelle je me tiens.

Je lui lance un regard pour temporiser :

— Il est vrai que je ne veux plus d'enfant. À

quarante-neuf ans, je trouvais cela envisageable. À cinquante-deux, c'est réellement trop tard.

— Pourquoi ?

— Parce que j'imagine qu'il y a trois ans une banque m'aurait encore prêté de l'argent pour acheter un appartement plus grand, alors que maintenant je suis sur l'autre versant de la montagne. Celui où il verglace à longueur d'année. Je ne vois personne pour nous donner un rond. Et élever un enfant dans un appartement de cette taille, ce n'est pas envisageable.

— On aurait pu prendre plus grand, juste en changeant de quartier.

— Tu veux aller en banlieue ?

— Sans tomber dans ces extrémités, on aurait pu déménager dans un quartier moins cher.

— Jamais je ne quitterai Montparnasse.

— Pourquoi ?

— Tu le sais très bien. C'est mon standing, ni trop bien ni pas assez, mais plutôt au-dessus de la moyenne.

— Très au-dessus de la moyenne. Mais le boulevard est bruyant.

— C'est un des éléments qui participent au standing. De toute façon, j'y ai bien réfléchi, cela aurait été très égoïste de ma part de te faire un enfant.

— Égoïste ?

Elle a sursauté à ce mot comme si une guêpe l'avait piquée dans sa sieste.

— Pardon d'être si catégorique mais, pour faire un enfant à cinquante ans, il faut être un monstre d'égoïsme, et là je pèse mes mots. C'est exposer l'enfant à perdre son père avant qu'il n'ait atteint l'âge adulte.

— Quand même, l'espérance de vie dépasse soixante-quinze ans pour un homme aujourd'hui.

— Allez, il s'agit d'une statistique. Aucun de mes deux parents n'est parvenu jusque-là.

— Mais j'aurais été là, moi.

— C'est ce que tu affirmes. Moi, j'ai connu un couple où lui approchait de la soixantaine et elle de la trentaine. Des gens très riches. Ils ont peut-être cru que cela les autorisait à faire un enfant. Elle est morte à peine deux ou trois ans après la naissance de leur fille. Lui s'est retrouvé comme un idiot à devoir tenir le plus longtemps possible.

— Mais, tout ça, tu y avais bien pensé avant qu'on se décide.

— À l'époque j'ai pesé tous les avantages et les inconvénients. Celui qui a fait pencher la balance du bon côté, c'est que je n'avais que quarante-neuf ans, et qu'à quarante-neuf ans on ne voit pas du tout la vie comme à cinquante-deux. On est encore dans une sorte d'euphorie qui disparaît complètement avec la cinquantaine.

Elle était plongée dans ses pensées. J'en profitai :

— Je repense à cette histoire : pour toi, je ne devrais pas craindre de disparaître avant que l'enfant soit adulte, au prétexte que tu es beaucoup plus jeune et que tu serais là en cas de coup dur. C'est assez monstrueux de ta part.

Elle a tourné la tête, comme on le fait lorsqu'on entend un bruit inhabituel. La voyant médusée, j'ai encore asséné :

— Tu arrives à te satisfaire de l'idée que, dans le pire des cas, cet enfant pourrait être élevé par sa seule mère sans en être perturbé.

— Dans le pire des cas, oui, mais évidemment ça n'a jamais été ce que je souhaite pour lui.

— Attends un peu. Tu es en train d'envisager très sereinement de te passer d'un père pour élever ton fils ou ta fille ? En gros, tu te préparais doucement à enfanter un petit psychopathe. Je n'y ai jamais pensé aussi directement, mais je l'avais pressenti. Tu avais juste besoin d'un géniteur. Je vois le tableau. Un type d'une cinquantaine d'années, qui n'est plus vraiment tenté d'aller voir ailleurs, pas trop exigeant sexuellement. Un type en bonne santé financière mais sans excès, pour ne pas risquer que toutes les célibataires, divorcées ou veuves de Paris et des environs ne lui courent après. Un type assez conscient de son déclin pour ne plus chercher à plaire, mais pas trop décati quand même.

Je me suis interrompu un instant, un peu soufflé.

— Et d'ailleurs, qui voudrait d'une femme de trente-cinq ans à part un homme de cinquante ans ? Tu peux me le dire ? Les hommes de ton âge regardent les filles de vingt ans, quand ils ne se sont pas empêtrés d'une bourgeoise habillée en Cyrillus qui leur a fait des enfants avec la précision d'un fusil automatique. Éventuellement, ils te prendraient comme maîtresse pour assouvir des fantasmes qu'on ne peut pas raisonnablement envisager avec une mère de famille. Les moins de trente-cinq ans, n'en parlons pas. Sauf s'ils sont à la recherche de leur mère mais, dans ce cas-là, tu es beaucoup trop jeune. Il reste les types entre quarante et quarante-cinq ans, quand ils viennent juste d'avoir le courage et les moyens de se débarrasser de leur légitime. Mais ceux-là, ils ne sont pas prêts à repiquer, en tout cas pas avant la cinquantaine.

Pour épargner ses ongles, elle a pris un cure-dent sur la tablette posée contre la télé et s'est mise à le mâcher.

Comme elle ne bronchait pas, j'ai insisté :

— Tu ne peux pas savoir ce que c'est désagréable de se sentir l'élu d'une femme qui cherche un type uniquement pour lui faire un enfant, parce que, après, ça risque d'être trop tard. Tu ne peux pas t'imaginer l'impression que ça fait. Tiens, ça doit être comme une fille qui est suivie dans la rue par un pauvre type esseulé, le regard rivé sur son arrière-train.

Je me suis levé ; jamais je ne m'étais senti aussi léger. Je suis allé chercher une canette de bière à la cuisine. Elle, avec un sourire entendu, a conclu :

— Tu sais que la bière ne te réussit pas quand tu en bois une juste avant de te coucher.

Elle faisait référence à mon reflux gastrique, qui, il y a quelque temps, m'avait fait me persuader que je couvais un cancer de l'œsophage. Elle ne me connaissait pas encore tout à fait à ce moment-là et, quand je le lui ai annoncé, elle m'a aussitôt cru. Je n'avais jamais vu de ma vie une femme aussi affligée par mon malheur. Quand on a su que ce n'était qu'une gastrite très courante, je l'ai invitée au Dôme, à l'angle du boulevard Raspail, et on a fêté ça. Après deux vodkas-tonic et une bouteille de blanc dans lesquelles elle a à peine trempé les lèvres, je lui ai proposé de vivre avec moi. Ce n'était pas gagné, mais je savais que je lui plaisais, en particulier pour mon humour noir. Lors de notre première rencontre, moi qui déteste les histoires et ceux qui les narrent, je n'avais pas pu m'empêcher de lui raconter celle de la femme qui ne parvient jamais à jouir avec son mari, jusqu'au jour où elle pousse un cri. Son mari s'extasie et s'écrie, transporté : « Ça y est chérie, nous y sommes arrivés ! » « Oh non, répond la femme, désolée de la méprise, c'est juste que, sur le plafond, l'araignée a fini par manger la mouche. » Nous avions beaucoup ri. Mais était-ce pour la même chose ? Depuis, nous ne nous sommes pas souvent donné l'occasion d'aller au restaurant.

Je suis critique gastronomique dans un hebdomadaire à gros tirage. Au départ, j'étais journaliste, sans spécialité. Je n'ai pas de goût pour la vérité, ni un flair de limier pour la repérer, j'ai rapidement laissé tomber l'information pour essayer de me dégoter un boulot de critique. Le problème de la critique littéraire, c'est qu'il faut lire les livres ; on n'est pas obligé, mais c'est préférable. Et comme tout le monde s'estime capable de publier un texte digne d'être inscrit, un jour, au patrimoine de l'humanité, on se fatigue les yeux. Sans parler de mes problèmes de concentration. Pourtant j'aime lire, mais à petite dose, et le lieu idéal, c'est le restaurant. Alors que les critiques littéraires, eux, sont obligés de lire après leur déjeuner, en pleine somnolence, et bien souvent des auteurs qui n'ont pas forcément envie de les réveiller. J'ai pensé à m'intéresser au théâtre et au cinéma, mais la concurrence était rude et les places déjà pourvues. J'ai choisi finalement la critique gastronomique car un poste se libérait. Au journal, un vieux de la vieille avait piqué du nez, raide mort, dans un navarin d'agneau à la coriandre et fruits de saison, à trois ans de la retraite. Je l'ai remplacé au pied levé, pistonné par le chef du service politique, pressé de se débarrasser de moi. La critique culinaire possède de nombreux atouts. Rien ne vous oblige à lire, à écouter de la musique, à aller au théâtre ou au cinéma dans la vie. Par contre, manger, c'est une nécessité. Tant qu'à manger, autant en plus profiter de la sacrée jubilation d'être payé pour se mettre à table — surtout quand c'est le journal qui avale la note. Je m'escrimais à faire mon métier dans les règles de l'art. Je viens seul dans le restaurant, et je m'assieds à une table isolée pour lire tranquillement. À la fin du repas, je jette un œil autour de moi pour saisir un peu l'atmosphère, je sors ma carte bancaire et puis je m'en vais sans jamais dire qui je suis. Mon hebdomadaire est tiré en grand nombre et ma rigueur fait peur. Pour être honnête, j'ai ma petite influence dans la profession. Mais voilà, moi je joue le rôle de l'éminence grise du métier, alors que certains se sentent obligés de se montrer débonnaires et conviviaux. Médicalement, le résultat est le même, on a tous du cholestérol et des triglycérides. Mais moi, je jeûne le soir, ou presque.

Comme elle en avait fini avec son cure-dent, j'ai repris, magnanime :

— Je crois que ce n'est la faute ni de l'un ni de l'autre. Quand on se rencontre, on a tous une propension — dont je ne saurais t'expliquer l'origine — à présenter celui que l'on voudrait être. Un couple qui se dévoile, c'est un peu l'histoire avec un grand H : on part d'une fiction pour revenir à la réalité avec le temps et beaucoup d'efforts. Je ne suis pas l'homme que tu as aimé et tu n'es pas la femme que j'ai aimée. Tout le problème, maintenant, c'est d'être nous-mêmes tout en restant un couple. Peu de gens y parviennent. Surtout à Paris, où un couple sur deux divorce, sans parler des couples qui se sont séparés bien avant de se marier. La question que tu dois te poser, c'est : « Es-tu prête à aimer l'homme que je suis vraiment, et à vivre avec lui ? »

Elle a jeté sur moi un regard violent.

— Pourquoi, tu m'as menti sur ce que tu es vraiment ?

J'ai hoché la tête, un peu découragé.

— Je ne t'ai pas menti, essaye de te concentrer sur ce que je te dis, au lieu de regarder cette émission à la con. Montrer à l'autre l'idée que l'on se fait de soi-même plutôt que ce qu'on est vraiment, ce n'est pas un mensonge, c'est la vie.

J'ai ajouté à voix basse :

— C'est vrai que le décalage est plus ou moins important selon les êtres.

Elle a fait une énième moue de désapprobation et, sans détacher les yeux de l'écran, les muscles du visage tendus, a fini par dire :

— Moi, tu vois, je suis ce que je montre.

— C'est ce que tu crois.

— Alors, qu'est-ce que tu as découvert qui n'était pas prévu au départ ?

— Si je devais énumérer les surprises, ça nous prendrait jusqu'au matin.

— De toute façon, tu ne travailles pas avant l'heure du déjeuner. Allons-y. Mais je peux commencer si tu veux. Tu sais, je n'ai jamais rêvé de vivre avec un critique culinaire, ni un critique tout court. Je préfère les gens qui agissent, quitte à se tromper, à ceux qui ne se trompent jamais parce qu'ils ne réalisent rien. Je me suis dit que ce serait tout de même amusant, qu'on allait sortir, traverser la France de restaurant en restaurant. Et qu'est-ce que je découvre ? Que je suis tombée sur le seul janséniste de la profession qui déjeune sans rien dire, un livre à la main, et qui n'emmène jamais sa compagne au resto. Son prétexte ? Il fait un métier dangereux qui l'oblige à jeûner le soir car il ne veut pas finir les artères confites dans la graisse.

C'était quelque chose que je pouvais dire, moi, éventuellement, mais pas elle.

J'étais un peu vexé, mais j'ai décidé de ne rien laisser paraître.

— Je rencontre un homme qui se dit priapique, fidèle, prêt à faire un enfant, et je découvre que cet homme n'a plus de désir et ne veut plus parler d'enfant. Il arrive qu'un homme ne désire plus sa femme pendant la grossesse ou après l'accouchement. Mais là, pour une raison mystérieuse, le priapique est en panne de désir. Donc la question, et on y revient, est de savoir si la panne est générale, ou si elle touche juste sa compagne. Et moi, vois-tu, je crois assez bien te connaître pour comprendre que tu vas rendre visite à des professionnelles et que tu n'as pas de maîtresse. J'en mettrais ma main à couper. Et tu sais pourquoi ? Parce que tu es un avare authentique. Claquer de l'argent pour une prostituée, tu en es capable, même si cela te fait mal au portefeuille. Mais dépenser de l'argent pour ta compagne ou ta maîtresse, c'est vraiment trop douloureux.

— Je crois que tu l'as déjà dit, fis-je en observant un nouveau programme télévisuel.

Tacitement, nous avions décidé de ne pas nous énerver ; c'est plutôt rare de voir deux adultes parler aussi franchement sans que la conversation dégénère. La télévision faisait beaucoup pour ôter de sa pesanteur au silence. La pause publicitaire n'intéressant personne, nous avons repris notre dialogue. Je me suis fait la réflexion que c'était un drôle de système économique que le nôtre, fonctionnant sur des publicités très coûteuses que chacun évite à tout prix de regarder. Si les gens y prêtaient plus attention, les publicitaires pourraient se dispenser de nous matraquer comme ils le font. Je dis à qui veut l'entendre : « Mais regardez-les, ces publicités, bon Dieu, sinon, un jour, vous serez forcés d'aller les voir avec des chiens policiers à vos trousses. Et vous serez bien avancés, vous aurez l'air de quoi ? » Avoir sa dignité et ne rien faire pour la conserver est un des traits de notre espèce qui m'insupportent le plus.

J'ai donc répondu à son attaque avec un ton posé et presque fraternel.

— Tu sais, il y a quelque chose qui m'épate chez les femmes, quelque chose qui leur est propre. Comment pouvez-vous avoir un jugement aussi sévère, pour ne pas dire insultant, sur celui dont vous partagez la vie et continuer à vous en accommoder ? Soit tu penses vraiment ce que tu m'as balancé, et il faut qu'on se sépare. Soit tu as poussé le bouchon trop loin pour attirer mon attention, mais c'est une mauvaise stratégie, là, à adopter. Elle laisse des traces. C'est avec ce genre de formules qu'on tue un couple.

Je l'ai sentie un peu confuse et elle est partie se coucher. Je l'ai rejointe quelque temps après. Dans la nuit, elle a posé sa main sur moi. C'était un geste de tendresse qui ressemblait à une demande de pardon. J'ai fait semblant de dormir même si je n'y parvenais pas. C'est vrai que je ne la désirais plus. Je ne m'étais jamais franchement demandé pourquoi. On a un peu tendance à chercher des réponses dans tous les domaines de la connaissance, mais plus les questions sont intimes, plus on les éloigne. En regardant le plafond sans le voir dans la pénombre de la nuit parnassienne, je suis remonté aux fondements de notre couple. Deux heures plus tard, je passais aux aveux. Les aveux à soi-même sont ceux qui demandent le plus de courage, je n'en manque pas, mais je suis prêt à reconnaître que je n'en déborde pas non plus. C'est son corps qui m'a attiré chez elle. Un corps qui ne correspond pas tout à fait aux canons de la beauté actuelle, car elle n'est pas très grande et ses formes la distinguent de toutes ces femmes aux courbes aussi désespérantes que la pampa argentine. Puisque nous en sommes aux confidences, j'ajoute qu'elle avait deux atouts remarquables, elle montrait un caractère flegmatique et un esprit assez vif pour une femme d'une intelligence qui collait à peine à la moyenne. C'est cet ensemble qui a fait que, sans toutefois l'aimer, j'ai eu très envie de vivre avec elle. Et puis, et puis... Au début, elle se donnait sans compter. Ensuite, quand j'ai décidé que j'étais trop vieux pour avoir un enfant, elle s'est mise à compter. Enfin, ça, je peux le comprendre. Mais elle a perdu un peu de son flegme et elle a voulu forcer son intelligence par des raisonnements qui ne lui étaient pas accessibles. Les raisonnements ne sont rien en eux-mêmes sans la culture pour les accompagner. Un peu comme un roulement mécanique n'est rien sans graisse.

J'ai fini par m'endormir, très tard il me semble, car la circulation avait repris sur le boulevard Montparnasse. Quand je me suis levé, elle était partie travailler. Je me suis félicité d'avoir un emploi aussi intéressant que le mien, c'est essentiel quand sa vie privée connaît un passage à vide. J'ai été déjeuner à treize heures sonnantes dans un restaurant libanais du huitième arrondissement. J'avais lancé depuis une semaine une grande enquête sur les restaurants libanais de Paris pour le « supplément loisirs » du journal. Pourquoi les restaurants libanais ? Parce que le Liban était déjà à l'honneur dans l'actualité avec la guerre entre le Hezbollah et Israël. Comme d'habitude, je me suis installé en tête à tête avec un bouquin, pour éviter le regard triomphant d'éventuels voisins accompagnés. De toutes les formes de ségrégation et de mépris, on a tendance à ignorer celle, très répandue, qui touche les hommes solitaires cachés derrière leur menu. Je ne suis pas très exigeant, du moment que les livres sont gratuits, ce qui est le cas en général. Ma compagne me les fournit, elle travaille dans une maison d'édition. Comme lire la rase, je lui fais des comptes rendus, et ensuite, devant ses collègues, elle peut frimer. J'avais emporté avec moi un livre à succès, écrit par un auteur qui a compris que le public le plus juteux, c'est les femmes modernes qui ponctuent chaque phrase lue d'un gémissement ou d'un soupir, et qu'il est bien moins dangereux de braquer leur mauvais goût que l'encaisse d'une banque. Après trois pages de ce roman vaporeux qu'on disait très au-dessus des précédents car il y parlait de sa famille, je l'ai refermé. À chaque nouvelle publication, l'auteur est omniprésent à la télévision, la barbe d'une semaine pour compenser sa calvitie naissante, l'air séducteur derrière un apparent manque de confiance. Il a la tête d'un homme qui a idolâtré le veau d'or et qui attend son châtiment.

*

Le déjeuner terminé, j'ai retrouvé ma maîtresse. Le mot est d'ailleurs un peu exagéré car je ne suis pas marié. Elle a compris tout de suite que j'étais d'humeur maussade. Elle est mariée, elle, et je ne l'ai jamais encouragée à se séparer de son mari. Au contraire, franchement, elle pourrait reconnaître que j'ai sauvé son mariage plusieurs fois quand, poussée par un élan de romantisme, elle voulait le plaquer et lui laisser leurs deux enfants pour ne se consacrer qu'à moi. Je l'ai convaincue que le déplaisir qu'elle aurait à les voir souffrir serait bien plus grand que le plaisir qu'elle pourrait avoir à m'appartenir entièrement. Nous avons rejoint le petit hôtel dont je loue à l'année une chambre, deux fois par semaine, sur les hauteurs de Montmartre. De cette pièce dont je dispose à un très bon prix, sans avoir en plus à supporter le regard désagréable d'un réceptionniste, nous bénéficions d'une vue sur tout Paris. Je l'ai choisie surtout parce que les jours de ciel clair et de pollution raisonnable, je parviens même à repérer l'immeuble où j'habite à Montparnasse.

Depuis le temps, on ne s'embarrasse plus de prémices. On se déshabille sans vraiment se regarder, puis on parle un peu de choses sans grande signification. On s'entend bien physiquement. Elle est persuadée d'être pour moi un incomparable objet de désir, mais elle est surtout le symbole de pulsions plus complexes que je ne m'explique pas encore. Ensuite, elle se rhabille et masque de son mieux les traces de nos ébats sur le contour de ses yeux. Puis, je la raccompagne jusqu'à la boutique où elle est gérante à mi-temps. Le rituel veut que je l'appelle dix minutes après, pour lui dire que j'ai passé un « très bon moment ». Je la soupçonne de s'accrocher plus à ce coup de fil qu'à l'acte lui-même. Ce jour-là, je lui ai dit que j'avais passé un « excellent moment », mais qu'il fallait suspendre notre relation. Elle a paru très étonnée que je le lui annonce au téléphone.

— Je t'ai toujours donné les bonnes nouvelles par téléphone, alors quand il s'agit d'une moins bonne nouvelle, j'utilise le même canal.

— Mais pourquoi ?

— Parce que j'ai décidé de me lancer dans un guide gastronomique. J'ai assez de notoriété maintenant pour pouvoir le faire. Cela va me demander du temps et beaucoup de voyages. J'ai décidé d'élever le niveau de mes ambitions.

Elle s'est mise à maugréer. J'ai coupé court :

— Vraiment, ne sois pas égoïste, si tu continues comme ça, on ne se verra plus jamais.

Elle s'est calmée et m'a murmuré bonne chance après m'avoir dit qu'elle avait hâte de me revoir.

Dans ma tête, c'était bel et bien fini. Même si

j'avais pas mal négocié à l'hôtel, nos rendez-vous me coûtaient trop cher. Mais en même temps je m'étais ménagé une possibilité de retour si l'envie de la voir me reprenait. Et l'on sait à quel point ces envies sont irrationnelles.

Chez moi, ma compagne m'attendait. Je l'ai sentie errante, entre deux eaux, mais il m'a suffi d'une phrase pour la mettre au sec.

— Ce soir, si tu veux, on va au théâtre et ensuite au restaurant.

Elle a commencé à frétiller. Je lui ai dit que je ne voulais plus jamais entendre le genre de reproches qu'elle m'avait balancés la veille, que je venais de lui donner la preuve que je n'étais pas radin et je lui ai juré sur ma propre tête que je n'avais jamais rendu visite à des prostituées de ma vie. Elle m'a paru soulagée. La pièce se jouait à la Gaîté-Montparnasse. Je ne l'avais pas choisie pour ses critiques — que je n'avais pas lues —, mais parce que le théâtre était à deux pas. Il y avait quelques bonnes choses mais globalement, l'intrigue sentait le réchauffé. Elle était d'un auteur français dont je ne me rappelle plus très bien le nom et qui vit en Afrique du Nord. Son texte était une digression sur la solitude et la vie qui s'en va sur la pointe des pieds, mais à grandes enjambées tout de même. J'ai d'ailleurs appelé un critique du journal qui a conforté mon point de vue, ce dont j'ai été secrètement fier. Ensuite, on est allés manger des fruits de mer à la Coupole. J'ai attendu qu'on nous serve le vin pour lui sortir le grand jeu. J'ai commencé par le guide. La conversation a failli mal tourner parce qu'elle m'a demandé en quoi mon guide trouverait sa place parmi les piles des libraires. Je lui ai répondu que c'était justement mon nom qui ferait la différence. Elle a levé les sourcils et, par prudence, les a rabaissés aussitôt. Mais elle a ouvert les yeux en grand quand j'ai ajouté que si le guide marchait, j'étais disposé à prendre un appartement plus grand et à changer de quartier. J'ai parlé de Montmartre en évoquant la possibilité de trouver un beau soixante mètres carrés qui donnerait sur tout Paris et d'où on pourrait voir Montparnasse. Ce qui a suivi, elle ne s'y attendait pas :

— J'ai réfléchi à cette histoire d'enfant.

— Ah oui ! a-t-elle laissé échapper, en froissant sa serviette blanche entre ses mains.

— Je te propose un compromis. On pourrait en adopter un.

— Pourquoi, adopter ? a-t-elle répondu spontanément comme si elle venait de tomber d'un nuage.

J'ai aspiré une huître charnue après l'avoir arrosée de citron.

— Je ne sais pas, c'est la pièce de théâtre quim'en a donné l'idée.

— Pourquoi la pièce ?

— Je ne sais pas très bien.

J'étais sincère. Parfois la seule évocation d'une problématique suscite l'intérêt des esprits créatifs comme le mien. J'ai poursuivi, concentré :

— Ce qui me bloque dans l'idée de faire un enfant, tu le sais, c'est que je risque de ne pas vivre jusqu'à sa majorité. Pour un enfant adopté, les conditions ne sont pas les mêmes. On le sort de sa misère et de sa solitude, c'est déjà pas si mal. S'il perd son père adoptif prématurément, ce n'est pas le même drame. Et si on pouvait en prendre un sorti des couches, autant ne pas hésiter. La dernière condition, c'est que tu t'occupes des démarches, je ne peux pas faire un guide gastronomique et remplir des formulaires d'adoption en même temps.

Elle est devenue joyeuse comme une enfant un matin de Noël. Les sujets d'actualité épuisés, chacun a piqué dans son assiette. La différence avec les autres jours, c'est qu'on se souriait quand on relevait la tête. On est rentrés en arpentant le boulevard Montparnasse, bras dessus, bras dessous.

— Tu sais quoi, chérie ? Je pense qu'on devrait prendre plus de recul par rapport aux choses. Quand on vit dans un des plus beaux quartiers de la capitale du plus beau pays du monde, se plaindre, c'est vraiment manquer de générosité intellectuelle, tu ne trouves pas ?

Elle a opiné. Elle était toute molle et offerte. On s'est couchés. Elle s'est collée contre moi. Je suis resté de marbre. On ne peut pas tout régler dans une même soirée. Dans la nuit, je me suis soulagé.

Le lendemain matin, j'ai croisé ma voisine. Elle était mannequin dans les années soixante-dix. Maintenant elle boit. Quelle drôle d'idée d'avoir confié sa vie à sa seule beauté.

VENT D'EST

Plus personne ne pouvait entrer dans la galerie. Les invités débordaient dans une de ces rues étroites qui descendent vers la Seine et dont je ne me rappelle plus le nom. Un verre de champagne dans une main, une cigarette dans l'autre, des femmes ondulaient devant des hommes habillés avec soin pour se démarquer de la masse des gens qui n'ont rien à voir avec l'art. Ce petit monde-là parlait dans le vide, en tout cas pas de mes tableaux. Deux ans plus tôt, au même endroit, on s'était comptés. Mais depuis, mes toiles avaient décuplé de valeur d'après les journaux et, selon les experts, le mouvement ne devait pas ralentir. On me disait d'avant-garde. La véritable avant-garde d'une époque est toujours difficile à détecter, justement parce qu'elle est devant et que peu de gens ont le regard qui porte aussi loin. On ne sait donc jamais vraiment où est l'avant-garde. En revanche, on ne peut pas rater ceux qui prétendent en être. Ils sont faciles à reconnaître, car ils n'ont pas d'autre moyen que de ramener l'art au niveau de leur médiocrité et d'installer un système répressif médiatique bien verrouillé pour les défendre contre ceux qui viendraient à contester leur imposture.

Mon ami Salomon Weil est arrivé avec sa tête de moineau qui vient d'échapper à l'attaque d'un rapace. Cela m'a soulagé, même si la propriétaire de la galerie était une femme très aimable et qu'elle déployait beaucoup d'efforts pour se tenir à mes côtés.

Évidemment, la joyeuse bande de gallinacés qui piaillait par onomatopées n'était pas là pour acheter, mais pour s'enivrer aux frais de la princesse. À l'époque où mes tableaux ne valaient rien, l'idée de les acheter ne leur avait pas traversé l'esprit. Maintenant qu'on en annonçait des fortunes, ils n'en avaient plus les moyens. De temps en temps, un invité se sentait obligé de venir me féliciter par quelques fadaises distillées, accompagnées d'un regard circulaire et hautain : « Décidément, vous êtes en train de devenir un grand peintre français. » Et je répondais : « Pourquoi français ? » Des pécores végétariennes, liftées de la racine des cheveux au tendon d'Achille, jetaient un « j'adore ce que vous faites » avec la rapidité d'un bombardier américain lâchant du napalm sur un village viêt-công. Des petites jeunettes se faufilaient entre les invités sur la pointe des pieds — pour redonner un peu de formes à leurs fesses aplaties par les régimes minceur préconisés dans les journaux où elles travaillaient —, sur un air de « je veux être vue mais je ne veux pas déranger » ; et quand elles m'avaient trouvé, elles me balançaient un petit sourire crispé signifiant : « Je vous ai reconnu et on aura l'occasion de se recroiser. » Mais le pire, c'étaient les femmes de mon âge qui regardaient avec application mes tableaux sans les voir, parce qu'elles refusaient de porter leurs lunettes en public. Elles s'accrochaient au bras d'une copine encore plus vieille qu'elles — une de ces femmes dont les deux hémisphères postérieurs ne laisseraient pas une feuille de papier à cigarettes glisser entre eux — et, en agitant leur petit sac Chanel, elles miaulaient leur inquiétude de faire poireauter leur mari. Un artiste se doit d'aimer l'humanité et visiblement des forces supérieures cherchent à l'éprouver en le confrontant à des êtres qui ont érigé l'inutilité en mode de vie. Solomon a commenté :

— Ils sont un peu comme un cycliste qui déciderait, dans le Tour de France, de ne faire que les descentes.

De Paris à New York, de Londres à Dubaï, ils promènent leur infatuation galvanisée par le soin qu'ils mettent à promouvoir leur vacuité. Ils sont les vrais citoyens du monde, insensibilisés comme de grands allergiques n'oseraient pas en rêver. Ils sont de toutes les fêtes, de tous les vernissages, de tous les enterrements. Dans n'importe quelle capitale, ils s'installent prestement dans ces décors uniformes où ils se sentent chez eux, comme si les barbelés de leur ghetto traversaient les mers et qu'ils empruntaient toujours un seul et même corridor. On pourrait imaginer qu'ils sont l'exemple même de la foi païenne dans l'éternité. Ils se contentent juste de ne pas croire à la mort, persuadés que leur existence vaporeuse n'aura pas de fin. En ce sens, ils ont raison, la vapeur et le ciel ne font qu'un. J'en parlais à Solomon qui a rétorqué :

— Je trouve que cette humanité ressemble plutôt à un petit voilier qui prend toutes les brises sur un océan plat, mais qui rentre au port dès qu'il y a un peu de houle.

Nous étions immobiles l'un à côté de l'autre ; autour de nous, les invités tourbillonnaient toujours. J'ai ajouté :

— Ils sont une métaphore de l'anthropophagie. Tu as remarqué comme ils se lèchent avant de se bouffer entre eux ?

— À personne mieux qu'à eux ne s'applique l'adage de Jules Romains, si ma mémoire est bonne : « À quoi sert-il d'être heureux si les autres le sont aussi ? »

— Tu leur donnes le désert, une semaine après, ils sont devant toi à te demander du sable.

Ce n'était pas de la méchanceté de notre part, mais la réponse à un besoin des plus naturels : respirer. Mes acheteurs n'ont pas grand-chose à voir avec les représentants de cette singulière engeance. Il doit bien leur arriver de les croiser dans des dîners assis, de plus en plus rares chez les mondains, ou de parcourir leurs articles dans un avion, quand les nuages sont trop épais pour rêvasser devant le hublot. Non, mes acheteurs sont des collectionneurs privés qui apprécient mon travail, des musées dispersés dans le monde, et des opportunistes au raisonnement macroéconomique. Voilà ce que je suis aujourd'hui : un « gros potentiel de hausse ». J'ai même depuis peu une sorte d'agent artistique qui négocie les ventes pour moi et qui me conseille par exemple de ne pas trop « produire » pour maintenir la pression sur la demande. Rien ne rend aussi fou un type fortuné que de savoir qu'aucun tableau d'un artiste à la mode n'est disponible pour le moment. Je ne peux pas dire que j'aime ce système, mais j'en ai soupé si longtemps que je me laisse porter par le marché. De toute façon, ce ne sont que des concessions minuscules, je ne peins que ce que je veux, quand j'en ai envie.

À raison d'un tableau vendu tous les trois ou quatre jours, à cent mille euros chaque, j'entre dans le monde très fermé des artistes chouchoutés par leurs héritiers. Je suis sans enfant, et j'ai remarqué que mes frères et sœurs se montrent prévenants à mon égard depuis que ma cote a explosé, il y a un peu moins de six mois.

Entre-temps, nos parents sont morts à quelques semaines d'intervalle. Comme ils passaient leur vie à s'engueuler, il semblerait que le survivant, notre père, n'ait pas supporté l'idée de se retrouver au calme, et qu'il ait préféré rejoindre notre mère dans le caveau familial pour y reprendre leurs disputes. Ils seraient morts le même jour, cela aurait été plus simple, mais il faut manquer cruellement de cœur pour demander à un nonagénaire une telle faveur. Voilà comment une génération a disparu en une semaine. Dans bien des esprits, elle aurait dû disparaître depuis longtemps. Mais il n'y a rien à faire, les médecins sorciers ont désormais transformé en quasi-certitude ce qu'on appelait auparavant l'espérance de vie.

Des parents aussi psychorigides que les nôtres ne pouvaient donner que des enfants conformistes à l'excès ou des marginaux incurables. C'est ce qui s'est passé. Mon frère aîné vit tout seul dans son coin, il n'a jamais eu de femme ni de maîtresse, et ne désire pas plus les hommes. Quand je l'observe, j'ai l'impression de me voir, grossi cent fois à la loupe. Je ne sais rien sur lui ni sur son monde intérieur, sans doute très riche, mais dont rien ne perle jamais. Nous avons parfois un embryon de conversation qui disparaît comme un feu follet qui a brûlé son gaz. Il vit à Villeneuve-Saint-Georges dans une petite maison près de la voie ferrée car il adore le bruit des trains. Surtout celui des trains à grande vitesse, car, dixit mon frère, « on dirait le sifflement grandissant d'une bombe qui s'approche de son objectif sans jamais exploser ». Il passe ses journées entre quatre murs au milieu de ses modèles réduits, de ses voitures, trains, avions et soldats de plomb. Ce pauvre hère est tellement écrasé par le monde qu'il en a reconstitué un à sa mesure, cinquante fois plus petit que lui, pour s'assurer un peu d'ascendant sur ces objets inertes qui ne le contrarient jamais. C'est un de ses traits de caractère : il ne faut jamais le contrarier. Je lui rends de courtes visites tous les deux ou trois mois. Quand il m'ouvre la porte, je lis sur son visage une joie qui s'estompe à mesure que les minutes défilent, et je repars avant qu'il ne supporte plus ma présence. Son intérêt pour la compagnie des hommes ressemble à une carte téléphonique utilisée sur des appels longue distance, elle se décharge très vite. Comme ses pairs dans ce genre de psychose, il est d'une lucidité étonnante sur les sujets qui l'intéressent. Il n'a rien d'un chien savant. Mais si quelque chose le passionne, il s'en empare et ne laisse pas la moindre particule de viande sur l'os. Je lui ai fait rencontrer une fois une sommité dans un domaine qui le préoccupe, l'écologie. L'entretien n'a pas duré une demi-heure, mais l'expert s'est senti comme un petit garçon, à des années-lumière de ses connaissances. Il a proposé à mon frère de travailler avec lui, même officieusement, mais ce dernier, associable, a refusé. Il s'est déclaré satisfait de son boulot de brancardier à l'hôpital qui lui laisse l'esprit tranquille. Et, le soir, quand il fait rouler ses petites voitures sur la moquette usée de son salon pour étudier les particules de poussière avec son microscope, il évalue les probabilités de disparition de l'espèce humaine en observant comment elle détruit son environnement. Contrairement à beaucoup de nos contemporains, il est très en phase avec ses convictions : d'abord il se douche en un temps record. Ensuite, il ne subit aucun traitement hormonal et, contrairement aux femmes prenant la pilule, il ne rejette aucun œstrogène susceptible de faire muter le sexe des poissons de rivière ; il pisse dehors, considérant que l'azote qu'il produit a moins de conséquences que le prélèvement d'eau nécessaire pour évacuer son urine. Il n'a pas de voiture non plus. Et d'ailleurs, il trouble l'ordre public seulement lorsqu'il va chez un concessionnaire automobile et se met justement à pisser sur les enjoliveurs de toutes les voitures qui rejettent plus de cent vingt-cinq grammes de CO_2 au kilomètre. Il existe déjà quatorze mains courantes à ce sujet contre lui et, malgré les récidives, il a été jugé irresponsable. Astreint à des soins dans un hôpital psychiatrique, il n'a jamais manqué une séance. Il vient, pointe, se plante devant le psychiatre, ne répond à aucune de ses questions et repart sans faire de bruit. Le seul moment où il existe une véritable complicité entre nous, c'est lorsque nous parlons des parents, et la seule fois où je le vois rire comme un enfant, c'est quand je lui lance la phrase magique : « Ils s'engueulent tout le temps et pourtant, ils sont d'accord sur tout. » Mes parents ont pensé plusieurs fois le faire interner mais, je les cite : « On n'en a pas eu le courage. »

J'ai été conçu car les symptômes d'« anormalité » de mon frère ne se sont révélés que vers l'âge de quatre ans. Sinon, je pense que mes parents n'auraient pas renouvelé l'expérience. Ils ont été d'autant plus déçus qu'avec moi ils avaient l'apparence de la normalité. Aussi ont-ils très vite préféré mon frère qui, lui au moins, avait l'excuse d'être malade et était identifié comme tel par la société.

Rien n'a réussi à souder mes parents. Ils ne voulaient pas vraiment se marier, mais ils l'ont fait. Ils ne voulaient pas non plus d'enfant, mais ils en ont eu quatre. La deuxième moitié de la fournée les a comblés. Au point que, pour remercier Dieu de leur avoir offert des petits derniers à leur goût, ils ont été adopter un enfant vietnamien, un boat-people tombé de son bateau par bas-fonds. Mon petit frère et ma petite sœur se sont comportés comme des vrais parents avec lui. Or, deux pères et deux mères, c'était beaucoup pour un enfant abandonné ; il a décampé un dimanche de Pâques quand il avait quinze ans et on ne l'a jamais revu.

Ma jeune sœur a décidé très tôt de consacrer sa vie à Dieu et à l'humanité, de devenir, selon ses propres paroles, « un être d'amour ». Mais l'amour des autres ne se décrète pas et elle est vite tombée dans le travers des âmes autoproclamées généreuses, en se consacrant d'autant plus à son prochain qu'il était loin. Elle a emballé des milliers de cartons de médicaments périmés pour des pays d'Afrique noire, mais elle n'a jamais fait un geste pour le clochard qui dort devant la porte de son immeuble à Montparnasse, enroulé dans un duvet déchiré. Comme tout le monde, les pauvres et leur réalité qui s'imposent en face de chez elle lui font peur. Mais ce que je lui reproche le plus, c'est son vocabulaire, un condensé impressionnant de niaiseries partagées par les gens de sa confession. Elle ne prononce pas une phrase sans parler d'« amour » ou d'« accueil de son prochain ». Une petite lueur ardente filtre toujours de son regard et on peut craindre que le jour où la flamme s'éteindra, elle fera une dépression nerveuse qui la laissera sur le carreau. Il est toujours risqué de se servir de Dieu pour masquer son vide intérieur. Une fois, j'ai été un peu brutal : « On ne peut pas aimer les autres si on ne s'aime pas soi-même un minimum. Tu n'es pas non plus obligée de t'adorer, mais de là à te comporter comme un serpent qui veut se débarrasser de sa peau avant la mue, il y a un monde. » Trop d'amour décrété pour une humanité virtuelle l'a évidemment empêchée de dénicher un homme. Bref, moins elle s'y connaît en amour, plus elle en parle, et plus ça devient assommant.

Autant je n'ai jamais éprouvé la moindre pitié pour mon frère aîné car il n'en a pas besoin, autant ma sœur m'inspire souvent ce sentiment. Elle n'est pas très proche de notre jeune frère qui est pourtant très croyant, lui aussi, mais plus de tendance jésuite et combattante. Si je devais le définir d'un mot, je dirais que c'est un grand pervers, au sens où il a une capacité étonnante à manipuler les autres ; il n'a pas plus de respect pour le mal que pour le bien, il ne situe simplement pas très bien la différence. Il se fait un devoir de ne rien respecter, surtout pas la parole donnée, et il a une capacité remarquable, pas seulement à s'adapter aux circonstances, mais à se fondre en elles. Il trahit comme il respire, mais ses coups bas sont tellement prévisibles qu'il est incapable du moindre effet de surprise. Il travaille dans un journal. Désormais non loin des portes de la direction générale qu'il vise depuis le premier jour, la haine que lui vouent ses inférieurs est assez unanime pour que son avenir soit radieux. Les grands traîtres sont rarement corrompus. L'argent pourrait les dévier de leur lâche dévotion. On ne se parle quasiment jamais. Mon frère me considère comme un être instinctif inféodé à un mode d'expression artistique sans lequel je deviendrais une épave. Il fustige mon manque de sens politique parce que je ne suis pas obnubilé par ma position dans la « cité ». En dix ans, on ne s'est vus que deux fois, aux enterrements successifs de nos parents. On ne s'est pas parlé. Juste avant que je quitte les funérailles de notre père, il m'a dit qu'il avait encouragé un de ses journalistes à faire un papier sur moi. Je lui ai répondu qu'il n'avait besoin d'encourager personne : aujourd'hui tout le monde écrit sur moi. Il est évident qu'il n'a jamais appelé le moindre journaliste, le népotisme n'est pas son genre et, quitte à se discréditer, il préfère des causes bien plus juteuses pour son avenir.

La semaine dernière, d'ailleurs, j'ai eu une sérieuse altercation avec une journaliste d'une revue branchée anglaise, pour lui avoir refusé une interview. Elle avait le droit d'écrire ce qu'elle voulait sur moi mais répondre à une interview, c'était soit reconnaître que je n'avais pas tout dit dans mon travail, soit juger mes admirateurs si minables que je devais éclairer pour eux le sens de mon œuvre. Apparemment, elle n'avait pas l'habitude qu'on lui résiste. Elle m'a insulté et a fini par lâcher : « Vous finirez comme Jackson Pollock, même si vous n'avez pas son talent, à pisser au milieu des convives dans les garden-parties. »

Après le vernissage de mon exposition dans le Quartier latin, je suis rentré chez moi et là, dans l'immobilité de mon atelier qui fait aussi office d'appartement, j'ai décidé de quitter Paris. Assis dans un fauteuil en cuir brun déchiré aux angles, le regard rivé sur le ciel nocturne, je me suis aperçu que, tout simplement, cette ville me sortait par les yeux. Paris n'est plus qu'un songe croulant où les jeunes s'excusent presque de respirer et redoutent déjà la vieillesse. Paranoïaque, me jugerez-vous.

Depuis la mort de mes parents, la maison en Dordogne, que mon père tenait du sien, était en indivision. Nous étions sur le point de la vendre, mais l'affaire était interminable. Il fallait d'abord faire évaluer le domaine et qu'ensuite les quatre enfants s'accordent sur le prix. S'y ajoutait un problème que nous n'avions pas prévu : retrouver le boat-people pour lui donner sa part légitime. Il devait bien avoir trente ans maintenant. Personne n'ayant pu le localiser, il a été décidé de procéder à la vente ; au notaire de s'arranger pour garder la part de l'enfant prodigue qu'on craignait tous de revoir, moins pour l'argent qui lui revenait que pour le risque de trouver en lui le seul type normal de la famille. Ce soir-là, j'ai décroché mon vieux téléphone en Bakélite noir et j'ai appelé successivement mes deux frères et ma sœur pour leur dire que je me portais acquéreur de la maison.

Mon frère aîné m'a donné son accord par indifférence, le puîné aussi, calculant, comme à son habitude, qu'il avait tout le temps de se rétracter. Ma sœur a sauté au plafond à l'idée que la maison reste dans la famille. Elle pleurait au téléphone, ce qui m'a mis en boule.

— Mais pourquoi es-tu si sévère avec moi ? m'a-t-elle questionné en se mouchant.

— Ce n'est pas contre toi, lui ai-je répondu, mais rien ne m'agace plus que cette nostalgie des temps anciens inventée de toutes pièces depuis la mort de nos parents. C'est complètement ridicule, personne n'a jamais été heureux dans cette putain de maison et si je la rachète, c'est pour donner une chance à cette bâtisse de respirer un peu.

Le notaire a fini par retrouver notre frère adoptif dans le treizième arrondissement de Paris. Plus rien ne s'opposait à la vente. Il n'a pas voulu nous revoir, a pris l'argent qui lui revenait et, cette fois, il a disparu pour toujours. Apparemment, il achète et vend des voitures d'occasion, il n'est pas marié. Jusqu'au dernier moment, je me suis préparé à une traîtrise de mon plus jeune frère, mais il s'est contenté de recevoir sa part sans faire de difficultés. Il faut dire que la valeur du domaine a doublé au cours des cinq dernières années et certains ont dû jubiler que nos parents ne soient pas morts plus tôt.

Quand j'ai annoncé que je partais m'enfouir en Dordogne, les gens de mon milieu m'ont regardé avec pitié. Pour ces urbains, la campagne n'est pas supportable plus de deux jours d'affilée, et encore, à condition que les « amis » de Paris aient bien voulu faire le déplacement. Sinon, il est inenvisageable de rester seul dans une maison isolée, au cas où les miroirs vous renverraient votre véritable image. Notre espèce connaît depuis quelque temps un mouvement contradictoire qui consiste à s'aimer et à se fuir inlassablement. J'ai au moins une qualité : je ne prétends jamais à la vérité et j'assume parfaitement les errances de ma subjectivité. Pour être sincère, en déménageant pour la Dordogne, je n'étais pas rassuré. L'ineptie parisienne avait tissé sa toile sous mes yeux pendant trente ans et l'acidité que j'en avais conçue nourrissait ma peinture. Mes névroses auraient pu me détruire. Elles ont stimulé mon subconscient dans des lieux sombres où personne n'avait encore pénétré. Ce n'est pas un don, c'est une contrepartie à la souffrance, il n'y a ainsi vraiment pas de quoi se vanter.

Je ne suis pas d'une école figurative, n'attendez donc pas une description méticuleuse de la maison sur fond d'allégorie champêtre. Elle est bâtie au sommet d'une butte médiévale. En contrebas s'étend une vaste plaine où catholiques et protestants se sont massacrés au nom d'un Dieu unique. Il ne reste rien d'autre de cette bataille que le souvenir d'une tuerie parmi tant d'autres pour un mobile resté douteux. On accède à la maison par un chemin qui serpente entre des châtaigniers épanouis et des chênes faméliques. Un porche en pierre annonce l'entrée de la propriété, mais les airs nobles qu'il se donne ne suffisent pas à convaincre qu'elle l'ait jamais été. Le bâtiment principal, de plain-pied, est allongé et recouvert d'un lourd toit de lauze, des pierres noires posées sur une charpente en chêne trempé. Il y a pléthore de communs, certains sont en bon état, d'autres frisent l'effondrement. L'une des granges correspond à mes besoins. Elle est étroite et assez haute pour que je puisse installer les châssis de mes grandes toiles. Depuis cinq ans, je ne fais que des grandes toiles. Les perspectives sont bien plus difficiles à réaliser, mais quand elles sont réussies, elles acquièrent une majesté qu'on ne trouve pas dans les tableaux d'appartement. J'aime aussi l'idée que je ne peins pas pour des particuliers, car ils sont peu nombreux à posséder des volumes assez vastes. Je peins pour des espaces publics, pour des musées, et si des particuliers me font vivre quand même, j'espère qu'au moment de leur succession leurs héritiers se rendront compte de ce que représente mon travail : un certain encombrement.

Avant de l'acheter, je n'avais pas séjourné dans la maison de mes parents depuis au moins quinze ans. L'ambiance y était assez étouffante pour que je somatise cette oppression par des maux étranges, des points terriblement douloureux dans les côtes et dans le dos, ou une fatigue semblable, j'imagine, à celle qu'on doit ressentir après avoir été irradié. La vie y était réglée par le tintement de l'horloge. On mangeait et on dormait à heure fixe et, entre ces bornes biologiques, le temps s'évaporait lentement, vide de signification. Il y avait aussi les prières dans la minuscule chapelle qui borde les prés, au crépuscule, et, le dimanche matin, mes parents descendaient à la ville retrouver leur petite communauté de réformés. Je n'ai pas grand-chose à leur reprocher sinon d'avoir passé leur existence à préparer une mort qui a tardé à venir. Partant du calcul que la vie est bien plus courte que la mort, ils ont sacrifié la première pour être les mieux placés dans la seconde. Je parie que si nous sommes si différents de nos contemporains, c'est que nous sommes confrontés au sentiment, très difficile à assumer, de ne pas avoir été les bienvenus. Pour prendre une comparaison un peu triviale, cela ressemble assez au fait d'inviter des amis chez vous et de pourrir leurs vacances en leur reprochant d'être des profiteurs. Et puis, très naturellement, de les réinviter l'année suivante. Bref, les savoir là-bas, dans le petit cimetière ombragé à l'entrée du village, ça me ravigote. Quant à la résurrection d'entre les morts, je la leur souhaite de tout cœur, si on les stérilise. Il y a tant de gens qui pleurent leurs disparus sur cette planète que ne pas en être me donne un sentiment de plénitude méritée. Je ne parle pas de supériorité, cela n'a rien à voir.

Emménager m'a pris moins de temps que d'éliminer tout ce qui me rappelait mes parents. J'ai commencé par transformer leur chapelle en débarras où j'ai installé ce que j'avais emporté de Paris sans être certain de m'en servir. Les objets inutiles ont leur grandeur : ils ne vous quittent ni ne vous manquent jamais et, à ce titre, ils méritent de la considération. Débordant de pots de peinture séchée, de châssis cassés, de toiles crevées, de chiffons cartonnés par la gouache, cette chapelle était bel et bien désacralisée. Pourtant, ce genre de vengeance ne me ressemble pas. J'ai regretté d'avoir foulé les lieux ; je viderai tout le jour où je recevrai un signe.

Deuxième urgence : trouver un chien. Il faut un interlocuteur qui, de préférence, ne vous réponde pas sur tous les sujets. Il y a des gens qui essayent d'apprendre à parler à leur chien. Moi, je voulais apprendre de lui à ne parler qu'un seul langage animal, instinctif, innocent, pour sortir un peu de mon espèce. J'ai exclu les molosses. Ils sont comme les hommes politiques qu'on s'acharne à élire : rien ne peut vous garantir qu'ils ne mordront pas un jour un membre de votre famille. Le bâtard jaune qu'on m'a donné n'est pas très turbulent pour un chiot et j'ai refusé de m'attacher à lui au début, de crainte qu'on ne m'ait refilé un animal atteint de la maladie de Carré. J'ai installé mon atelier dans la grange haute, le chiot sur les talons. Je redoute l'hiver, plus pour les tableaux que pour moi, quand le froid humide descendra du toit.

En me retournant, j'aperçois une tête errant sous le porche. C'est mon voisin, un Anglais, il m'invite pour l'apéritif. Les amandes et les noix de cajou doivent sortir de la malle des Indes de son grand-père, mais son whisky est honorable. Sa femme doit bien avoir trente ans de moins que lui, c'est une Malaisienne, longue et flegmatique. Lui paraît pressé de me confier ses ennuis. Pendant qu'il me parle, j'observe ce couple mal assorti. Il est évident que sa prostate et tout ce qui va autour ont joué un plus grand rôle que son esprit dans son attirance pour cette femme. Elle, sans l'aimer, semble lui être reconnaissante de l'avoir mise hors d'eau. Ils vivent là depuis trois ans et restaurent les communs de leur propriété pour ouvrir des chambres d'hôtes. C'est devenu la dernière activité à la mode. J'ai remarqué que les Anglo-Saxons ont souvent un regard « anthropologique » sur nous, les Français, et même un certain mépris. On pourrait croire que cette méfiance remonte à l'époque où on collaborait joyeusement avec les nazis, mais ils sont trop pragmatiques pour ça. C'est plutôt notre façon de toujours vouloir penser le monde qui les agace, alors que le marché est là pour le faire à notre place.

La solitude, c'est comme un canapé profond,

quand on s'y installe, on ne sait pas si on aura le courage de s'en extirper un jour. Presque tous les jours, je vais déjeuner chez Amblard, un routier à dix euros pour un repas complet, vin compris. Il borde la départementale à cinq minutes de chez moi. Pas de table individuelle, le dernier entré s'installe avec les autres. Il n'y a plus beaucoup de poids lourds qui s'arrêtent déjeuner là. La nationale les a repoussés plus au nord. Les habitués sont plutôt des artisans qui travaillent sur les chantiers de rénovation des maisons alentour. Contrairement aux Parisiens, ils ne s'économisent pas, ils boivent, ils fument et ils mangent gras. Il arrive, même si c'est rare, qu'ils ne parlent pas et, pourtant, ce silence est léger. J'y vais pour m'abreuver de ces moments volés de quiétude, quand tout ce beau monde recrache sa fumée, le litron dans les yeux, rouge de bien-être, avant de reprendre le travail. À bien y penser, je sais ce qui m'attire dans ce lieu ordinaire : je n'y ai jamais vu la moindre vulgarité, alors que le milieu de l'art, dans sa recherche oppressante d'élitisme, transpire de bassesse et de trivialité. Et puis, avec ces gars-là, on a un peu les mêmes préoccupations, savoir si la couche du dessous ne va pas ressortir, ou si les enduits vont sécher malgré l'humidité. Il nous arrive de parler, mais pas au point de créer une intimité, et c'est très bien ainsi.

J'étais un après-midi tranquillement à peindre, en tête à tête avec moi-même, quand le téléphone de la maison a sonné. Une fois, deux fois, trois fois. Je n'ai pas répondu. Je ne réponds jamais. Je n'aime pas l'idée qu'on me réclame en faisant sonner un appareil, et que j'accoure pour savoir qui cela peut bien être. En général, j'attends un ou deux jours pour consulter les messages, histoire de laisser refroidir les urgences. Ce qui suffit à se rendre compte que bien des urgences n'en sont pas. Quand, comme moi, vous n'êtes attaché à quasiment personne, que peut-il bien se passer de si pressant ? Le portable n'a pas amélioré la communication entre les hommes, mais il a décuplé un irrépressible besoin d'être tenu au courant. C'est frappant, cette étrange fébrilité à vouloir être informé en temps réel. Et il est bien notoire que plus on veut savoir vite, moins on en sait au bout du compte. Pour reprendre de vieilles nomenclatures, notre civilisation abuse de signifiant pour masquer la disparition lente du signifié. Puis le téléphone a recommencé à sonner, sans discontinuer. J'ai fini par décrocher pour ne plus l'entendre. De l'autre côté de la Manche, mon agent soufflait comme quelqu'un à peine sorti d'une longue apnée. Un des deux ou trois plus grands marchands d'art en Chine s'intéressait à mon travail. Il était de passage à Paris et avait décidé de me rendre visite, sur la recommandation du conservateur d'un musée de Singapour.

— Si ce type est intéressé, ta cote va doubler, tu m'entends ?

— Et ça va changer quoi ?

— Tu vas gagner deux fois plus d'argent.

— Et ça va changer quoi ? J'ai un appart' à Paris, une maison ici, je vais tout de même pas me faire percer un trou de balle entre les côtes pour pouvoir bâfrer six repas par jour dans ma future villa à Ibiza, où je retrouverai des tordus de ton genre.

— Ne sois pas grossier.

— Tu ne fais que me parler d'argent et tu me trouves grossier ?

Mais, comme toujours, ma curiosité a été plus forte que mes principes et j'ai donné mon accord pour que le Chinois débarque chez moi.

Il avait pris l'avion du matin et il est arrivé chez moi aux aurores, dans un costume sombre de banquier d'affaires à fines rayures bleu clair. Ses yeux étaient moyennement bridés. Son chauffeur l'attendait devant le porche de la maison. J'ai voulu faire entrer le Chinois pour lui offrir du café mais il a décliné avec autorité. Il ne me regardait que pour me lâcher un petit sourire commercial ; le reste du temps, il inspectait les lieux en futur propriétaire. Mon chiot lui reniflait les pieds. J'ai été poli sans être chaleureux : « Vous voulez peut-être voir mes toiles ? Je n'en ai que trois achevées ici, mais j'imagine *aussi* que pour un expert comme vous, cela suffit à vous bâtir une opinion. » Je sentais qu'il avait envie de balancer un coup de pied à mon chien. Je l'ai accompagné jusqu'au seuil de la grange qui me servait d'atelier et je l'ai laissé, après m'en être expliqué. « Si mes toiles ne vous plaisent pas, devant moi vous vous sentirez obligé de vous fabriquer un faciès poli, et vous n'avez pas besoin de perdre ainsi votre énergie. Mettez-vous à l'aise, je ne suis pas susceptible, alors soyez direct. »

Il est revenu à la cuisine un quart d'heure après, en marchant sur la pointe des pieds pour épargner à ses fines chaussures les éclaboussures de l'averse nocturne. J'ai joué celui qui n'attendait pas la moindre sentence. Il m'a demandé du café ; il semblait moins pressé de repartir. Je l'ai servi, en lui offrant un siège devant la cheminée éteinte.

— Je ne vais pas y aller par quatre chemins, votre travail m'intéresse beaucoup. Combien faites-vous de toiles par an ?

J'ai allumé une cigarette, j'ai recraché la fumée, je l'ai regardé, j'ai attendu encore un peu et j'ai ouvert la fenêtre.

— Depuis que je peins surtout des tableaux

de 4 mètres sur 6, j'ai un rythme d'une vingtaine par an.

— Très bien.

Il parlait en anglais, avec un accent de la côte ouest des États-Unis.

— Et à combien de toiles pensez-vous pouvoir monter ?

Je l'ai regardé avec les yeux ronds du type qui feint de ne pas comprendre.

— Et pourquoi voulez-vous que j'en peigne plus ?

— Parce que j'ai besoin de volume. Si je mets le paquet sur vous, il faut que je puisse satisfaire soixante-cinq à soixante-dix pour cent de la demande que j'aurai créée. Je garderai trente à trente-cinq pour cent de demande non satisfaite pour maintenir les prix, ne vous inquiétez pas. Aujourd'hui, vos toiles sont à combien ?

— Autour de cent mille euros, ai-je répondu alors qu'il le savait très bien.

— Je pense que je peux tripler ce prix, si ce n'est le quadrupler. Il y a des liquidités colossales dans le monde en ce moment, il faut en profiter. Les fortunes émergentes en Chine devraient se ruer sur vos toiles.

— Vous pensez qu'ils apprécieraient ma peinture ?

— Ce n'est pas tellement la question. La question, c'est qu'ils croient à son potentiel. Personnellement, sans avoir vu toute votre œuvre, je vous situe à un plafond d'un million d'euros par toile. Je vais être franc avec vous, vous n'avez pas le talent pour les dépasser. Il manque, comment dire, une sorte de folie qui... Bref, moi je voudrais que vous puissiez vous engager par écrit à produire quatre-vingts toiles par an, pour moi, exclusivement, pendant deux ans ; après, nous verrons.

— Physiquement, je ne peux pas.

— Prenez un employé qui vous décharge de tout ce qui n'est pas artistique.

— J'aurais l'impression de travailler à la chaîne, comme l'homme qui fait mes slips *made in China*... vous comprenez ?

— Je comprends surtout que vous avez une conception de l'art un peu datée. Ceux qui réussissent le mieux dans la littérature aujourd'hui n'écrivent pas, ils se contentent de distiller quelques idées et quand ils n'en ont plus, ils deviennent une marque, tout simplement. Vous ne voulez pas gagner d'argent ?

— J'en gagne assez et, si ce n'était plus le cas, j'ai hérité de famille des sommes assez substantielles pour ne pas me plier complètement à la loi du marché.

Il m'a regardé, la tête de travers.

— Et dans quoi votre famille a-t-elle fait fortune ?

— Fortune, c'est un bien grand mot, mon arrière-grand-père a gagné pas mal d'argent avec une société qui produisait des monuments aux morts après la guerre de 14. Mon grand-père a continué avec ceux de la guerre de 39-45. Beaucoup moins juteux, normal, moins de morts du côté français à cause de la capitulation, et on ne s'est pas précipité pour en faire à la mémoire des juifs morts dans les camps. Mon père, lui, s'est contenté de ne pas dépenser cet argent.

— Vous êtes à un moment de votre carrière où les prix de vos tableaux stagnent après avoir grimpé. Si vous ne suivez pas mes conseils, vous allez connaître la récession puis l'oubli.

Je regardais les escargots que j'avais ramassés la veille, après la pluie, une vingtaine de gris de bonne taille. Ils dégorgeaient comme le ferait bientôt mon œuvre. Il poursuivit :

— Dans le système global qui est le nôtre, stagner ne veut rien dire. On progresse ou on régresse. Certains facteurs exogènes comme une baisse mondiale des liquidités, une récession temporaire, ou un attrait pour d'autres marchés suffiraient à faire chuter votre cote. Sauf si vous n'êtes pas dans une attitude résolue de croissance. Je ne connais pas bien la France, mais j'ai étudié à Yale. Cela vous paraîtra théorique, mais d'après ce que j'ai lu, les Français ont une mentalité de petits héritiers qui se contentent de conserver leur capital et leurs avantages en surveillant étroitement ceux qui les convoitent, les nouvelles générations non possédantes en particulier. On a l'impression que tout est dissimulé derrière un écran de fumée rhétorique sur le partage, la solidarité et bien d'autres bonnes intentions sans suite. Les gens comme vous gênent le dynamisme du marché et ce sont les plus défavorises qui en pâtissent finalement.

J'ai fermé la fenêtre, allumé une nouvelle cigarette et lui ai demandé :

— Vous êtes américain, non ?

— Non, je suis canadien, j'ai grandi à Vancouver dans une famille chinoise immigrée, où mes parents tiennent un restaurant, un petit restaurant.

Il a toussé un peu :

— Comme vous m'êtes sympathique, je préfère vous avertir de ce qui va se passer. Le grand défi de ce siècle n'est pas la lutte entre les tenants des différents monothéismes. Pendant que les chrétiens, les juifs et les musulmans se déchirent, il se prépare quelque chose de beaucoup plus considérable qui est l'avènement des grands pragmatiques, la Chine et l'Inde. Eux n'ont rien à faire de l'exégèse des textes sacrés. Les Américains ont évidemment le sens plus pratique, mais même eux sont limités par des considérations morales et religieuses contestables. En Chine, voyez-vous, on ne verrait pas d'un mauvais œil la suppression de quelques dizaines de millions d'entre nous. Je ne dis pas cela pour paraître cynique, mais quand on est prêt à se séparer des siens, on a moins de scrupules envers les autres, car il s'agit de nécessité, d'absolue nécessité. Une nouvelle civilisation va prendre le relais et va s'épanouir autour d'un modèle où l'individu sera sacralisé, à condition qu'il accepte sans broncher le diktat de la collectivité et qu'il suive à la lettre un modèle de production et de consommation. Vous me suivez ?

— De très loin. Je ne vois que des feux de brouillard.

Il a continué, grisé par sa facilité à formaliser sa pensée.

— En Chine, nous avons réussi ce que les Russes ont complètement raté : favoriser les entrepreneurs locaux ou étrangers et leur garantir un ordre social impitoyable à travers les cadres du Parti communiste qui ont autorité sur la main-d'œuvre. C'est ce que nous ferons un jour chez les musulmans — si nous y trouvons un intérêt, vu le tarissement de leurs ressources pétrolières. Sans parler de l'Afrique, où il faudrait intervenir à tous les niveaux. Vous n'avez pas su vous y prendre.

On n'établit rien de durable en *ne* s'appuyant *que* sur la corruption et les guerres tribales.

C'est souvent comme ça dans la vie, vous ne demandez rien à personne et voilà un type qui, à peine débarqué, vient vous envahir avec une stratégie géopolitique censée bouleverser et recadrer tout votre travail. Je ne voyais pas quoi lui répondre.

— On est loin de Lao Tseu, ai-je rétorqué bêtement. C'est le retour de la sauvagerie sous l'apparence de l'ordre.

J'étais pressé qu'il s'en aille. Pour cela, il fallait une avancée. On ne se fâche pas avec ses futurs maîtres, avec des envahisseurs qui ont la correction de s'annoncer. Je lui ai proposé de transiger à cinquante tableaux par an. Il a répondu qu'à moins de soixante ça ne l'intéressait pas. J'ai donné mon accord pour soixante. En art, il n'est pas question d'honneur et en commerce encore moins. Et puis, Picasso en faisait un par jour. Remarquez, maintenant on construit même des voitures à son nom. Ma génération a avalé toutes les couleuvres et n'en a restitué aucune. Je suis né un peu tard pour avoir connu le mouvement des années soixante avant son déclin. J'ai attrapé le train en marche par le dernier wagon. Avoir été dans le mouvement pacifiste n'a pas changé grand-chose, j'ai juste échappé aux remords que m'aurait coûtés la violence politique, inutile en soi. De toute façon, cette génération a été manipulée par des intérêts qui la dépassaient. La nostalgie, je n'ai pas demandé à la partager, je l'ai laissée aux naïfs et j'ai repris le chemin de la solitude, loin de l'effervescence des ambitions collectives. Comme beaucoup, la déception de ne pas avoir réussi à changer le monde m'a conforté en retour.

Le Chinois est reparti aussi froidement qu'il était venu sans que je parvienne à gâter son humeur de conquérant.

Un peu plus tard dans l'après-midi, le chiot s'est mis à aboyer. Cela ne lui ressemblait pas. Il ne le faisait pas pour les hommes, j'en ai conclu qu'un animal sauvage était sorti de la forêt pour nous faire une petite visite, profitant des clôtures effondrées que je n'avais pas l'intention de relever. Je m'attendais à voir un brocard en rut ou une laie affairée, mais tout cet émoi venait d'une petite chienne noire au poil luisant qui se tortillait en remuant la queue comme si elle demandait pardon d'exister. Mon chien, qui n'avait jamais croisé une femelle, après lui avoir aboyé dessus, se tenait sur son séant les oreilles relevées, observant cette complication de la nature qui, plus tard, lui imposerait des comportements obsessionnels au moment de ses chaleurs. Je l'ai caressée. Elle le méritait, avenante comme elle l'était. J'ai regardé sa plaque sur son collier, elle avait un nom et un maître. Je l'ai laissée jouer. J'allais rentrer pour me faire un thé africain quand un type a pointé son nez devant le porche. Il était chauve, large d'épaules, pas très grand et plus jeune que moi. Il me rappelait ces vieux chevaux qu'on n'aurait jamais débourrés et qui s'empâtent au pré.

Il a affiché un sourire forcé :

— Je suis votre voisin, un peu plus bas, en limite de vos terres. J'avais le souvenir de cette maison pas très ancienne enfoncée sous les arbres.

Je lui ai répondu d'un signe de tête accueillant, heureux de croiser un Français qui n'avait apparemment pas de plan pour chambouler la planète.

— Je suis venu reprendre ma chienne.

— Ah ! Elle est à vous ! Maintenant que je sais où vous habitez, la prochaine fois, je lui dirai de rentrer directement.

Ce type n'avait aucun humour. Il n'a rien répondu. Il a rappelé son chien qui avait du mal à se détacher du mien. Puis j'ai senti qu'il voulait me poser une question mais que, par timidité, il n'osait pas. Timidité n'est pas le mot qui convient, ce type était bourru et les mots lui pesaient.

— Il faudra que je vous demande quelque chose, mais ça ne presse pas.

— On peut en parler maintenant, si vous voulez entrer.

Il a réagi par un geste de la main qui ne m'encourageait pas à insister.

— Oh, non, ça ne presse vraiment pas, c'est juste pour savoir si vous laissez vos terres en réserve de chasse ou pas, et puis je voulais voir si éventuellement vous ne seriez pas d'accord pour me louer un hectare de pré. Je ne vous cache pas que je ne m'entendais pas bien avec vos parents.

— Moi non plus.

Cela ne signifiait pas pour autant que j'allais bien m'entendre avec lui. J'ai continué :

— Je ne bouge pas. En tout cas, je n'ai aucune raison de m'absenter d'ici la fin de l'été. Donc, si vous voulez parler de tout ça avant, pas de problème. Sachant que, quand je partirai, ça sera pour une semaine maximum.

— Et qui va vous garder le chien ?

— Je ne sais pas, je n'y ai pas encore réfléchi.

— Si vous ne trouvez personne, je peux vous le prendre.

— Merci, j'y penserai.

Je me disais que j'y penserais le moins possible, car quand ce genre de type vous rend service, c'est qu'il a en tête l'idée de vous réclamer une contrepartie.

Il m'a salué, il a appelé son chien, il a tourné les talons, encombré par sa carrure, et a disparu, la tête toujours enfouie dans les épaules. Le téléphone s'est mis à sonner. J'avais vu assez de Chinois pour la journée. Je n'ai répondu que plus tard dans la soirée, après avoir dîné tranquillement et descendu une bouteille de rouge. C'était ma sœur, avec cette petite voix qui donne envie de s'excuser pour qu'elle ose continuer. Elle voulait venir passer la fin de la semaine avec moi. J'ai tardé à trouver une raison de lui dire non, elle a fait comme si c'était convenu. Elle semblait enchantée, mais il ne faut pas s'y fier ; chez les illuminés, par un effet de loupe, tout prend des proportions démesurées, les hauts comme les bas. Après avoir raccroché, j'ai eu un petit coup de mou. J'avoue que, depuis quelques mois, je m'étais mis en tête que mon travail pourrait laisser une trace ailleurs que sur les comptes bancaires des uns et des autres. La postérité, ce n'était pourtant pas pour moi. Elle m'obligeait à réfléchir à ce que je faisais sur cette terre qui se dérobait sous mes pieds. Non, j'ai juste fini par me convaincre que, sans être un génie, j'étais quand même un privilégié sur une planète qui ne compte pas que ça. Puis je me suis endormi, bercé par l'originalité de cette pensée neuve.

*

Quand je songe à mes parents, j'imagine deux vieilles personnes qui ont un bus à prendre à dix heures du matin, se sont levées cinq heures à l'avance, se sont assises devant l'arrêt, leur sac sur les genoux, et se sont endormies cinq minutes avant que le bus passe. Ils ont répété cette scène toute leur existence ; ils ont fini par monter dans ce bus pour disparaître à jamais. Je ne les aimais pas, mais je ne leur en veux pas. Un peu quand même, quand je vois dans quel état est leur fille. Je redoute qu'un matin elle ne se précipite dans l'au-delà, d'un mouvement irréfléchi, un peu théâtral mais inévitable. Ma sœur n'a personne à punir par un tel geste. Elle appartient plutôt à la petite communauté de ceux qui n'ont pas de réel instinct de survie ; en regardant leurs cartes, ils sont désabusés d'avance par leur manque de jeu. Elle croyait moins en Dieu qu'en la souffrance dont elle avait fait son culte, et j'étais persuadé que Dieu ne suffirait pas à la retenir.

Quand je l'ai vue à l'arrivée du train, elle était complètement désincarnée. Ses formes avaient coulé le long de son corps maigre qui ressemblait à un linge mouillé après une grosse averse. Sa visite était un appel au secours, je l'avais pressenti, et, après quelques minutes de conversation, j'en ai eu la confirmation. On aurait dit un ballon d'hélium qui supplie secrètement qu'on l'attache à un piquet. Je n'étais pas la bonne personne pour la convaincre d'exister. Je ne l'étais ni pour elle ni pour aucun autre individu. On raisonne difficilement sur ce genre de sujet. Sur le chemin de la maison, après un long silence, je n'ai rien eu de mieux à faire que la provoquer :

— Tu devrais foutre en l'air toutes ces bigoteries, elles t'empoisonnent à petit feu.

Elle a écarquillé les yeux. J'ai poursuivi :

— Dieu ne peut rien pour personne et s'il nous a vraiment créés, il doit s'en mordre les doigts. Tu devrais te comporter un peu plus en être humain et un peu moins en créature céleste. Tu ferais mieux de consulter un psy plutôt que de servir humblement toute cette bande de prêtres qui tirent une petite gloire de résister à des tentations ordinaires.

Elle rêvait que je la prenne dans mes bras et que je la serre comme un père qui retrouve sa fille prodigue. J'ai toujours été incapable de réaliser ces effusions d'affection. En plus, elle sentait le vieux cierge et l'encens bon marché.

Le temps n'est pas une donnée objective. Deux

jours avec ma sœur, c'est aussi pesant que l'éternité sur sa fin. J'avais devant moi le spectacle oppressant de l'impossible reconstruction d'un être dévasté par sa relation à son père. Elle n'avait jamais compris sa forme d'esprit particulière qui donnait : « Ma fille, la beauté n'est rien. C'est une chance pour toi, car la nature ne t'a pas gâtée, tu devrais remercier le Seigneur d'avoir rendu si relatives ces questions d'esthétique. » Parmi les scènes inoubliables, il y avait celles du matin de Noël. Quelques cadeaux empaquetés entouraient le petit arbre qui n'était pas forcément un sapin. Une fois les présents ouverts, notre père passait entre nous en instituteur qui ramasse les copies pour les reprendre. On savait qu'ils allaient être distribués par la suite à des enfants plus nécessiteux que nous. Le pire venait après, quand notre père se félicitait de ne pas avoir payé ces jouets trop cher.

En dehors de ces moments pittoresques, on s'ennuyait dur à la maison. Un jour, un écrivain américain de mes amis m'a dit : « Pour écrire, il faut avoir connu l'ennui, le vrai, épais comme un brouillard d'automne, au point que, quelle que soit la direction où l'on regarde, on ne distingue aucune forme. »

Une fois dans la maison, elle a commencé à s'enthousiasmer sur tout, le moindre objet, la moindre situation, comme si quelqu'un avait appuyé sur le bouton de la béatitude.

La journée, j'ai peint. Pendant ce temps-là, elle s'est sentie obligée de tout nettoyer dans la maison, de laver et de repasser mon linge, de lustrer les quelques cuivres qui ornaient le mur au-dessus de la cuisinière. Les âmes désordonnées supportent mal le foutoir domestique. Celui que j'avais laissé s'accumuler lui donnait l'impression d'être de trop dans cette maison et elle avait choisi de le terrasser avant qu'il ne la grignote. Le soir, elle m'a dit qu'elle se sentait mieux. Je me demandais bien comment on pouvait éprouver du mieux quand on allait si mal. Le plus étrange était son attitude envers le chien, qui oscillait entre la jalousie et l'envie. Elle le jalousait pour la relation simple que nous avions tous les deux, et elle devait l'envier d'être dispensé de la conscience humaine.

*

— C'est un grand peintre, je l'ai vu sur Internet. En tout cas, rien qu'au nombre de pages sur lui, on voit que ce n'est pas un barbouilleur de province. Excusez-moi, lorsque nous nous sommes rencontrés, je ne savais pas qui vous étiez.

— Je ne le savais pas moi-même, ai-je rétorqué pour détendre l'atmosphère.

Notre hôte était l'Anglais que j'avais croisé une semaine plus tôt. Il avait réuni tous les voisins qu'il jugeait fréquentables sur un périmètre d'un kilomètre autour de chez lui, pour fêter la fin des travaux dans ses chambres d'hôtes. Outre ma sœur et moi, trois autres couples étaient invités : un Américain, un Franco-Brésilien et, à ce que j'avais compris, un Franco-Russe. Je n'ai jamais été ébloui par une femme à la première rencontre. Pourtant la Russe m'est apparue irréelle. Une fois que nous nous sommes tous attablés, malgré quelques défauts flagrants dans l'architecture de son visage, sa bouche en particulier, je ne suis plus parvenu à me détacher d'elle. Son mari était le type un peu bourru qui avait perdu sa petite chienne noire. Il semblait avoir hâte d'en finir. Mais cela ne faisait que commencer. Nous en étions aux présentations au sens large du terme. L'Américaine, dont on lisait sur le visage que le drame de sa vie était de ne pas avoir eu d'enfant, apostropha la Russe sur un ton extatique. On ne trouve cette intensité que chez les populations blanches du continent au nord du Nouveau Monde.

— Ouahou, ça doit être tellement merveilleux d'avoir un enfant et de l'élever ici à la campagne !

À la surprise générale, la Russe a remonté son enthousiasme à contresens :

— Je pense que c'est une foutue corvée, surtout que je n'ai vraiment pas l'instinct maternel.

Les femmes ont affiché un air choqué qui n'a pas duré, et on est passés à autre chose. Son mari, la tête toujours enfoncée dans les épaules, a posé discrètement sur elle un regard assassin. Celui qui me toisait d'une drôle de façon, plutôt méprisante d'ailleurs, c'était le mari de la Brésilienne. Il devait croire que ma sœur était ma femme. La sienne était très sensuelle. On voyait qu'à trop s'attarder entre ses cuisses il avait découvert son visage un peu tard et semblait le lui reprocher. Celui-ci était grêlé comme une feuille de vigne après l'orage. Cette femme était fine d'esprit et modeste mais, à l'évidence, lui ne s'en était jamais rendu compte. Il reluquait la Russe comme s'il voulait plonger dans la Volga. Les affinités se sont vite créées, les inimitiés attendaient les effets de l'alcool. L'Américain aimait la France et elle l'aidait à supporter l'Amérique le reste de l'année. Il était assez pudique sur le sujet, craignant de prononcer des offenses patriotiques contre l'un ou l'autre de ces deux pays qui sont bordés par l'Atlantique. En discutant avec lui, je me suis félicité d'avoir rencontré un homme difficile à duper avec des mots ou des intentions. Dans l'enthousiasme de ma rencontre, j'ai bu un peu trop et j'ai commencé à loucher sur la Russe qui regardait dans le vague.

Son mari parlait de chasse avec le mari de la Brésilienne. Ce dernier se vantait d'avoir tué toute la jungle d'Afrique et d'Amazonie et se plaignait du gibier local. Notre hôte papillonnait d'une conversation à une autre. Les femmes parlaient des difficultés domestiques à vivre loin de la ville. Ma sœur ne disait rien, tassée sur sa chaise. Elle souriait mécaniquement.

*

Le lendemain matin, j'avais mal à la tête ; ma sœur a voulu que je la conduise à la chapelle Sainte-Rita, patronne des causes désespérées. L'église est bâtie dans un hameau, au milieu de quelques maisons anciennes parfaitement entretenues. Ma sœur s'est jetée sur un prie-Dieu, pendant que j'admirais le sol en pisé, les murs en pierre et la charpente pointue. Les ex-voto avaient disparu et il régnait dans cet endroit une sérénité bienfaisante. Il n'est pas nécessaire de croire pour profiter des lieux sacrés, il suffit de ne pas leur résister. Ma sœur a voulu fleurir la tombe de mes parents. C'était dans le cimetière de la paroisse voisine. La tombe fraîche, d'assez mauvais goût, jurait avec celle de ses voisins. Pendant qu'elle était agenouillée sur la margelle du caveau familial, j'ai découvert une épitaphe assez ancienne : « Quand je vous disais que j'allais mal ! »

J'observais ma sœur de côté ; elle semblait déjà morte. Elle s'est relevée le visage plein de larmes, un visage qui contrastait drôlement avec l'allégresse des cieux. Les traits de la Russe me sont revenus en mémoire, aussi vivement que des fugitifs profitant d'une pénombre artificielle.

De retour vers la voiture, ma sœur cherchait à attirer mon attention sur son faciès séché. Elle a murmuré :

— Tu ne trouves pas qu'ils sont drôlement assortis, la Russe et son mari ?

Je lui ai jeté un coup d'œil pour lui faire plaisir, et je lui ai expliqué que ces gens se cachaient plus de choses à eux-mêmes qu'ils ne voulaient en dissimuler aux autres. Ce genre de formulation n'avait aucune prise sur elle, alors elle s'est mise à chantonner d'une voix haut perchée et lavée à l'eau bénite. La Russe guidait mes pensées. La maturité venant, j'ai converti ma frénésie sexuelle, un peu morbide, en acte créateur. Je n'aurais pas eu Anselm Kiefer sur mon chemin, j'aurais été payé en retour d'un peu de sérénité. Mais la destinée a glissé son œuvre sous mes yeux et a obscurci l'horizon de mes inventions comme un ciel de guerre. Pourquoi le génie ne m'avait-il jamais gêné chez d'autres que lui ? Je serais bien incapable de l'expliquer. Pourquoi vous parler de Kiefer et rouvrir d'anciennes douleurs ? Toutes les idées qui me viennent ne font que répéter les siennes, plus ou moins masquées par mon inconscient. Pourquoi a-t-il fallu que ce géant de la peinture se dresse sur ma route et la réduise en chemin vicinal divaguant dans une nature aride ? J'y reviendrai, n'en doutez pas. Les grandes douleurs sont silencieuses, celle-là ne fait pas exception.

La réalité manque d'éducation. Elle s'invite sans prévenir. Une voiture garée en travers du porche nous barrait l'accès de la maison. Les vastes étendues naturelles n'ont pas que des effets positifs, elles renforcent parfois violemment le sentiment de propriété. Les coudes posés sur la fenêtre, un homme scrutait l'horizon, cherchant âme qui vive. Je me suis approché de lui avec la méfiance ordinaire que l'on peut avoir envers son prochain. Lui, en revanche, a semblé rassuré de nous apercevoir. Non sans avoir jeté un œil sur sa montre, il m'a demandé si je connaissais un restaurant nommé le Moulin de Saint-Vincent. Avant même que je réponde, il m'a balancé qu'il était critique gastronomique, qu'il était déjà tard, qu'on était en province et qu'il craignait qu'on ne le serve plus, ce qui l'obligerait à rester dans la région un jour de plus ou à faire l'impasse sur ce restaurant, éventualités qui le désolaient. Bref, il me submergeait de quantité d'informations sans intérêt, qui me le rendaient aussi antipathique que son visage épais. Je lui ai indiqué la route et ne l'ai plus jamais revu.

Dans le ciel, les nuages, lâches, attendaient de fuir au premier coup de vent, créant une atmosphère délétère qui me rappelait les fins de dimanche après-midi de mon enfance, chargées de l'appréhension du lendemain. J'ai demandé à ma sœur de partir. Sa façon d'installer le quotidien entre nous, attentive à gommer toute aspérité, m'insupportait. Je ne pouvais plus créer, dans cette atmosphère de quiétude liturgique. Sans lui donner d'explication, j'ai consulté les horaires de train. Son émotion à la gare, le lendemain, ne m'a pas fait sourciller. J'ai retrouvé ma solitude comme un cheval son écurie. Et comme lui entre les quatre murs de son box, j'ai tourné en rond, incapable de dénicher une idée valable pour guider mon travail. Sans pour autant me morfondre à cause de mon manque d'inspiration, je me suis assis sur le pas de la porte de mon atelier et j'ai allumé une cigarette. Dans ces moments-là, la disparition de l'humanité à plus ou moins brève échéance m'apparaît comme une aubaine. Ce serait un équarrissage de l'art, radical. Par un vertigineux retour à l'anonymat, il en sera de Kiefer comme de Munch, de Picasso comme de Freund et de Freund comme de moi. Plus de musées. Plus de promeneuses indolentes qui les érotisent par leurs poses subjugantes. Dans la cour, un couple de tourterelles s'est perché sur la ligne du téléphone. De là, il m'observe avec désinvolture et nargue ma solitude.

Le voisin d'en bas est un paysan dont les terres touchent les miennes dans un petit bois. Il a un béret sur la tête et, quand il l'ôte, on distingue une tonsure de la même circonférence, preuve que le marécage entretenu par sa transpiration a eu raison de la végétation que le couvre-chef était censé protéger.

Je sais sur quoi il vient m'entreprendre. Dans ces régions rurales, le hasard n'existe pas. Il veut me louer une partie de mes prés pour augmenter le nombre de vaches qu'il fait paître. Ses petits yeux malins brillent, signe qu'il ne cherche pas à dissimuler sa roublardise dont la réputation a dépassé les terres du canton. Il ne faut attendre aucune admiration d'un homme qui ne comprend rien à mon travail, si ce n'est que je gagne plus d'argent que lui avec un métier qui n'en est pas un. Il a choisi de m'aborder en regardant mes mains qui ne sont certes pas déformées par les travaux des champs, mais ont au moins en commun avec les siennes d'être sales. Il a beau me répéter qu'il s'agirait d'un bail précaire, reconductible tacitement, dans le lacet de ses rides quelque chose me dit que lui signer un papier, c'est s'assujettir à vie. Je refuse tout net. Il prend tour à tour un air accablé, optimiste, menaçant puis suppliant. Rien n'y fait, je décline sa proposition. Quand il me demande de m'expliquer, je lui lâche une réponse de maquignon : « Je ne vois pas où est mon intérêt. » Il revient à la charge, je finis par révéler mon projet d'élever des chevaux, des criollos argentins. Cette brillante invention m'est venue en lui parlant. Il a fait mine de l'entendre un instant. J'espérais l'amadouer en lui annonçant que je lui achèterais du foin pour l'hiver. C'était ignorer qu'il en manquait pour lui-même. Il est reparti avec la même démarche d'homme voûté qui ne regarde le ciel qu'une fois par jour, pour savoir le temps qu'il fait.

L'inspiration se fait toujours désirer. S'accrocher à ce genre de chimère, à mon âge, c'est croire que la vie ne m'a pas complètement quitté. Il est dit que cette position assise sur le pas d'une porte me vaudra des visites. Le paysan n'est pas parti depuis une demi-heure que se pointe le mari de la Russe. Son crâne rasé lui donne un air plus massif qu'il ne l'est en vérité. Après les politesses d'usage, d'autant plus courtes que la nuit tombe, il m'entretient sur ma réserve de chasse. D'après lui, j'aurais intérêt à me rallier à son groupe de chasseurs, ce qui me permettrait de chasser la bécasse alors que mes terres ne s'y prêtent pas. J'aime manger les bécasses, mais l'idée de les tuer m'est insupportable ; une légère contradiction qu'il devra me pardonner. Je l'égare un moment avec mes discours, puis lui propose un café qu'il accepte malgré l'heure tardive. D'une grimace, je tolère qu'on chasse le sanglier si l'on m'apporte la preuve de son excès démographique, et je réitère mes menaces à l'encontre des voleurs de cèpes. « Mais on dit que vous ne les mangez pas et que vous en faites cadeau ! » Dans son esprit, le vol n'est constitué que s'il vous soustrait un bénéfice. « Le vol m'empêche justement de les offrir et c'est ce qui me contrarie. » Il opine, fera passer le message dans la campagne environnante, sans me laisser d'illusion, car les maraudeurs ont leurs habitudes depuis longtemps — à l'époque, mes parents étaient trop faibles pour pouvoir s'y opposer.

Puis, tout à trac, il me demande si je n'ai pas vu passer sa femme. Le simple fait de poser la question en dit beaucoup trop long à un étranger sur leur couple. Mais à lire sur son visage, mon analyse n'est pas la sienne. Comme un limier porté par son odorat plus loin que son maître ne le souhaiterait, sa femme tarde à rentrer. Or un bon chasseur ne s'attable serein que quand tous ses chiens ont rejoint le chenil. Au moment de partir, il me jette un regard noir. Un peu pour me montrer que notre relation pourrait dégénérer si je n'y prenais garde. Entre-temps, le couvercle de l'obscurité est bel et bien tombé sur la campagne, je replace mes pinceaux dans leurs pots de dissolvant. Les bruits du jour ont cessé, ceux de la nuit ne se sont pas encore éveillés ; le silence berce les âmes fragiles qu'aucune étoile dans le ciel ne vient sauver.

Mon petit chien est revenu de sa promenade du soir, attiré par les effluves de la sauvagine que la veste du paysan avait dû répandre. Il évite mon regard comme si j'allais lui demander des comptes. Pour me montrer qu'il a repris son poste, il pousse sa truffe en l'air, les narines dilatées. Puis il se lève, anxieux. Il grogne un peu, se rétracte et remue la queue. La silhouette de la femme se découpe dans la pénombre. Elle me salue en remuant sa chevelure abondante, à peine aplatie par l'humidité du soir. Même si la lumière manque, je vois bien que sa bouche et ses yeux veulent faire passer un message différent, et que chacun suivra sa route sans se soucier de l'autre. Elle s'excuse de me déranger et me demande un verre d'eau pour étancher sa soif. Elle a fait un plus grand tour que ce qu'elle avait prévu et, si je le permets, la voilà bien heureuse de s'abandonner à cette petite pause avant de rentrer chez elle où son mari l'attend certainement. Au bout du chemin, rajoute-t-elle avec une espièglerie à peine feinte, les mains sur les hanches, ce qui fait ressortir son torse, comme si elle voulait m'en vanter les mérites. J'avais laissé la lumière de mon atelier allumée ; elle s'en approche. Aucune toile n'y est exposée. Je les retourne quand elles sont terminées, même les plus grandes. Elle s'extasie sur la taille du lieu et ajoute qu'elle-même est peintre, ce qui, loin de me rapprocher d'elle, m'en éloigne instinctivement. Elle dit ne pas en vivre, contrairement à moi, installant une hiérarchie implicite entre nous. Elle aimerait voir mon travail un jour ; je lui assure que ce jour viendra. Pendant qu'elle parle, son corps joue avec moi. Elle mime trop l'émotion pour une première entrevue. Quand elle me quitte, je détourne les yeux, au cas où elle me surprendrait à la jauger. Ce qu'elle ne manque pas de faire. Elle va même plus loin. Avant de revenir sur ses pas, elle me propose de m'apporter bientôt quelques-unes de ses toiles qu'elle consentira à me vendre si je le souhaite. J'opine, surpris, et n'ajoute rien. Elle s'évanouit dans les ténèbres humides. Qu'elle m'ait traité comme un client me gêne moins que le vide qui suit. Contrairement aux idées reçues, le solitaire souffre de la solitude, mais moins que de la compagnie des autres.

Le lendemain, je dois me remettre à l'ouvrage si je veux avoir une chance qu'il dure un peu plus que ma vie. Car c'est là l'obsession, rallonger son temps parmi les hommes, et s'incruster dans la mémoire d'une espèce. Alors je cherche obstinément une expression d'une originalité patente, une lumière inédite pour dire avec des mots nouveaux ce que tous les autres ont dit avant moi avec les leurs, sans qu'à aucun moment quelqu'un repère que j'ai plagié des immortels. Je fais dans la démesure. Ce matin, je me demande si je ne vais pas aller plus loin, beaucoup plus loin, me mettre à des toiles qui ne pourront plus jamais sortir de ces lieux, enfermées dans cet espace que je reconfigurerai pour en faire leur mausolée. Les contrats en cours ne me le permettent pas, mais je sais qu'un jour j'en viendrai à cette épure totale. Vingt-cinq hectares consacrés à mon travail dans lesquels je l'aurai enkysté. On se passera ce musée de main en main sans jamais pouvoir le bouger.

Ne vous méprenez pas, je reconnais le talent des grands. Mais ils ne m'ont jamais gêné ni découragé. Une idée lumineuse présuppose toute œuvre et je suis loin de l'avoir. On peut vivre simplement aussi, sans art, mais dans ce cas on finit souvent par conspirer contre lui. Moi, je vis à la marge, je transpire l'imposture ; je suis coincé entre deux vies. Marchands et critiques s'en gavent, alors que je sais que mes idées et leur style sont vains. N'être ni un véritable génie ni un iconoclaste, c'est très inconfortable.

Au matin, je me lève persuadé que je ne me réveillerai jamais complètement et que la nature me gardera toute la journée dans cette pesanteur particulière. Mais le miracle quotidien se produit. Le ciel a de ces bleus qui font penser qu'on l'a malmené toute la nuit. Pourtant, hormis la rosée, rien n'est tombé.

Ne voyez pas de rapport, mais il a fallu que mon pain brûle dans la cheminée pour y penser. Une Russe aussi belle, à quelques détails près, et un petit propriétaire foncier plus voûté par ses doutes et sa timidité que par son travail ont-ils seulement une chance raisonnable de se rencontrer ? Et, si c'est le cas, ont-ils une chance de s'aimer ?

Je médite souvent sur cette spiritualité qui a quitté l'homme le jour où il a décidé qu'un Dieu avait créé le monde en six jours. Ce qui explique que les finitions soient un peu bâclées, mais là n'est pas la question. La question, c'est que nous nous autorisions à dominer toutes les autres espèces, animales et végétales. Maintenant que nous constatons le désastre de cette arrogance, nous ne savons plus revenir à une modestie primitive qui ne ferait de nous qu'un des atomes d'un tout et non plus l'atome central qui s'acharne à réduire tout le reste en rien.

La pluie est soudainement venue par l'ouest, hachurant le paysage de rafales obliques qui ont rendu impraticable la cour séparant la maison de mon atelier. C'est un détail domestique, mais je peins dans le froid, et les pieds trempés.

Mon artiste russe est réapparue au quatrième jour. Elle avait laissé s'écouler les trois précédents pour dissiper chez moi l'illusion qu'elle s'empresserait de venir me revoir. Je l'ai reçue sur un ton glacial, pressentant qu'elle allait finalement me compliquer la vie. Nous oscillons dans nos choix de façon sournoise, parfois.

Je l'observais du coin de l'œil en préparant du café. Elle était femme jusqu'au bout des ongles. Elle alternait les états, comme certains rapides qui savent se ménager des pauses, plats comme un lac avant de reprendre leur débit pour finir en chutes vertigineuses et de se calmer de nouveau en faisant croire que tout ce qui a précédé n'est qu'un rêve. Comme beaucoup de Slaves, elle avait un don inné pour la gravité, dont elle altérait la monotonie par une espièglerie enfantine. Elle changeait constamment la distance qui nous séparait, tantôt complice, tantôt lointaine. Elle voulait voir mon atelier, mais je n'ai pas cédé. Cette fois, elle n'a pas parlé de ses tableaux et nous sommes restés un long moment, muets, à boire notre café trop chaud à petites gorgées hésitantes. Ce silence soulageait. J'étais fixé sur cette bouche qui trahissait ses yeux.

— Vous voulez que je vous parle de moi ?

J'ai répliqué :

— Vous m'en parlerez après.

Après quoi, c'était bien la question et j'étais aussi surpris par ce que je venais de dire qu'elle par ce qu'elle venait d'entendre. J'ai poursuivi, comme si de rien n'était :

— Et vos enfants, qui s'en occupe ?

Elle a grimacé.

— Ils sont à l'école.

— Dans le village ?

— Non, à vingt kilomètres d'ici, dans le village où ils habitent avec leur père, une quinzaine sur deux.

— Parce que le...

— Grégory.

— Parce que Grégory n'est pas leur père ?

— Non, ni mon mari, je suis divorcée mais pas remariée.

— Ils ne vous manquent pas ?

— Les enfants ?

— Oui, les enfants.

— Non, quand je les ai, j'étouffe.

Elle m'a vu plus circonspect que réprobateur.

— Je n'étais pas faite pour avoir des enfants.

— Je comprends, mais qu'est-ce qui vous y obligeait ?

— Je ne sais pas.

— Un seul enfant, il existe des tas de façons de raconter l'histoire, mais deux, c'est difficile à justifier à moins de dire : « Je ne voulais pas du premier mais j'avais peur qu'il ne s'ennuie tout seul, j'en ai fait un second. »

Elle a pris sa tête dans ses mains, elle a soupiré :

— Je sais tout cela, mais il m'a fallu deux enfants pour me rendre compte que je n'avais réellement pas l'instinct maternel.

Ses yeux se sont embués, je ne m'y attendais pas. Elle a ajouté, une larme au coin de l'œil :

— Je voulais une descendance.

— On ne s'assure pas de descendance à n'importe quelles conditions. Si l'humanité est si pitoyable, c'est parce que des milliards de gens font des enfants, alors qu'ils sont incapables de les assumer.

Elle est restée silencieuse un instant :

— Vous n'en avez pas ?

— Non, et c'est un choix. J'ai fait le choix que mes parents auraient dû faire pour éviter de mettre sur la route trois êtres qui ont passé leur vie à se demander ce qu'ils faisaient dans une embarcation qui prend l'eau.

— Même par amour, vous n'en auriez pas fait ?

— Pourquoi, vous avez fait vos enfants par amour ?

— Moi ? Non.

— Je ne comprends vraiment pas ce qui vous a poussée à en faire.

— Je voulais qu'ils existent après moi... mais je ne supporte pas qu'ils bouffent mon existence. Vous me trouvez détestable, n'est-ce pas ?

— Il m'en faut beaucoup plus pour détester quelqu'un. Après tout, cela ne me regarde pas.

— Je ne voudrais pas que vous pensiez que je suis une femme indigne.

— Je ne le pense pas.

Je suis allé refaire du café et quand je suis revenu de la cuisine, j'ai retrouvé une femme en larmes qui regardait dehors pour ne pas croiser mes yeux étonnés.

Je me suis excusé d'avoir alimenté cette conversation ; le visage toujours détourné, elle a esquissé un geste de la main signifiant que c'était fini.

— Vous me montrerez vos tableaux un jour, ai-je lâché pour faire diversion.

Elle n'a d'abord pas répondu. Puis, après s'être éclairci la voix :

— Ça ne servirait à rien. Je peins pour vendre

quelques tableaux à des touristes en été, me faire un peu d'argent et ne pas dépendre de cet avare de Grégory, mais je n'ai pas vraiment de talent. Vous n'êtes pas obligé de me ménager.

J'ai murmuré :

— Je vous trouve touchante.

— Et je pense que vous auriez fait un bon père. Le seul fait que vous n'ayez pas voulu d'enfant le prouve.

— Je n'en suis pas persuadé.

Son visage était bouleversé, ses pommettes blanchâtres remontées sous ses yeux rougis. Le temps que je prenne son manteau et que je revienne vers elle, ses traits avaient changé, comme si elle était une autre personne. Elle a regardé mon chien avec indifférence. Lui, qui remue la queue pour rien, l'a fixée d'un air inquiet, avant de se ruer dehors. Venue à moi sans raison, elle n'avait pas besoin de justifier son départ, ni de prévoir sa prochaine visite. Le fait est que j'ai pensé à elle toute la journée. J'ai renoncé à peindre et je suis parti marcher. Je me suis enfoncé dans les bois, sans but particulier, m'arrêtant de temps en temps pour m'asseoir sur un tronc couché par la grande tempête de la fin du siècle dernier. J'ai eu pendant quelques heures le sentiment très particulier d'être à ma place, dans une quiétude où l'oppression cédait à la légèreté, comme si rien de ce qui pouvait advenir demain ou les jours suivants, dans n'importe quel domaine, ne pouvait être de ma responsabilité. J'étais redevenu le modeste élément d'un univers auquel je me pliais sans résistance. J'en venais même à me demander comment j'avais pu passer toutes ces années à lutter, contre les autres, contre mon enfance, contre moi-même, contre mes dédoublements de personnalité intempestifs. Je ne saurais lier ce calme inattendu à la visite de la jeune femme, le matin même. C'était soudain, cette sérénité, et j'en jouissais d'autant plus intensément que je savais que cela n'allait pas durer. La dictature de la postérité allait se réveiller et remuer tout ce mal-être qui est son carburant. Il faudrait alors presser mon moi par ses fentes, pour en tirer le jus qui donnait de la couleur à mes tableaux. Un court moment, j'ai imaginé que je pourrais faire autre chose, m'occuper de ces bois, ou même des hommes. J'ai eu l'impression fugitive que je pourrais leur porter intérêt, les écouter pour de bon. Cet état m'a rappelé le début des années soixante-dix, quand, avec quelques copains d'infortune, j'avais voulu créer une communauté d'êtres irréprochables, un laboratoire destiné à sauver l'humanité. Cette petite société devait abolir les classes, ramener le moi à la place qu'il méritait, faire de la connaissance de soi le préalable à la connaissance du monde, et redéfinir le champ de la morale pour qu'elle ne soit plus source de souffrance. Cette communauté d'êtres remarquables n'a jamais vu le jour et chacun est retourné à ses misérables affaires.

Dans quelques coins drainés par la pente de la forêt, là où elle forme une combe recouverte de mousse sombre, qui s'est constituée autour de deux puits naturels, et où le grand gibier se rassemble de nuit, j'ai trouvé quelques girolles ouvertes comme les anciens phonogrammes. Je suis rentré, ivre de l'air humide et froid.

*

— Vous n'êtes pas très bavard, m'a-t-elle fait remarquer.

— Les artistes bavards n'ont souvent pas grand-chose à exprimer dans leur œuvre. La mienne n'est peut-être pas pour autant dense mais, par superstition, je préfère parler le moins possible. Mon arrière-grand-mère, la dernière personne respectable de ma famille, disait : « Ce n'est pas parce qu'on n'a rien à dire qu'il faut le faire savoir. » L'hystérie de la parole est souvent aussi préoccupante que le silence de l'autiste. Il y a bien un juste milieu, mais il n'est pas pour moi. Ce qui ne m'empêche pas de poser des questions. Vous avez l'intention de passer tous les matins ?

— Je ne sais pas, je n'ai aucune intention précise.

— Et votre mari, enfin... votre compagnon est au courant ?

— Nous ne faisons rien de mal.

— Ça, nous le savons, vous et moi, mais lui n'est pas censé le savoir.

— Cela ne le regarde pas.

— Moi, ça me regarde si, un jour, il vient me demander des comptes.

— Il ne vous en demandera pas à vous. Il est bien trop lâche. De toute façon, je ne peux pas le quitter.

— Pourquoi ?

— Parce que je n'ai pas d'argent, que je ne sais rien faire d'autre que peindre, et que je ne peins pas assez bien pour en vivre. Je n'ai pas votre chance, vous savez, je n'ai pas votre talent.

— Qu'en savez-vous de mon talent, je ne vous ai encore jamais montré de tableaux...

— En tapant votre nom, sur le Net, on en voit quelques-uns. J'ai vu qu'ils sont assez monumentaux, 3 à 4 mètres sur 5, non ?

— Il n'y a pas de format précis.

— Vous préférez les faire monumentaux pour

qu'on s'extasie sur votre sens des perspectives, je ne me trompe pas ?

— C'est possible, mais je n'ai pas envie de parler de mon travail comme si vous étiez journaliste d'une revue d'art.

Elle a changé de sujet de conversation.

— C'est étrange qu'un homme comme vous n'ait pas de femme auprès de lui.

Je l'ai dévisagée longuement. J'ai été tenté d'être désagréable un instant, puis j'ai souri :

— Je sublime dans la peinture.

Je me suis tu une seconde, avant de reprendre :

— Je suis d'une génération qui a découvert la sexualité frénétique, enfin frénétique n'est pas le mot, disons la sexualité tout court. Et je n'ai pas très bien su maîtriser le phénomène. Alors j'ai pris une décision radicale : ne pas la subir. Je ne la subis tellement plus que j'ai fait disparaître ma libido.

— Vous plaisantez ? C'est impossible chez un homme.

— Je ne plaisante pas. Je peux même vous le jurer sur la tête de mon chien. Ce n'est pas une attitude morale. Je trouve que la sexualité est beaucoup trop contraignante, trop coûteuse, trop décevante, trop répétitive, trop tyrannique pour un plaisir qui ne s'éteint pas de lui-même. Vous voyez ce que je veux dire ?

— Je vois.

— La sexualité n'est pas la réalité, c'est une construction qui mobilise tout ce qu'il y a de plus romanesque et d'imaginaire en nous. C'est la concurrente directe de l'art. J'ai choisi l'art contre la sexualité. La raison en est simple : il y a plus de chances qu'on se souvienne de mes tableaux que de mes coups de rein. À part Casanova et don Juan, qu'est-ce qu'il reste ? Le déluge.

Mes propos étaient peut-être d'inspiration céleste, car la nature déversa tout à coup des trombes d'eau sur la campagne environnante. Natacha, car c'est ainsi qu'elle se prénommait, fit mine de se lamenter sur l'intempérie qui l'empêchait de partir. Le temps passait à peine plus vite que dans un film de Bergman et, ne trouvant plus rien à dire, j'ai décroché de ma bibliothèque plusieurs livres sur l'œuvre d'Anselm Kiefer. C'était une façon de lui proposer de partager une émotion, mais elle n'a pas vraiment regardé la couverture, et a cru qu'il s'agissait de mon propre travail.

— Non, non, c'est l'œuvre du type qui, de tous les peintres, m'empoisonne le plus la vie.

Avec un air très russe, offusquée qu'un nanti puisse se plaindre, elle a répondu :

— Vous gagnez très bien votre vie avec votre

peinture, et vous avez l'impudeur de geindre devant le génie d'un autre ?

— Si je ne faisais pas preuve de réalisme, je me condamnerais à ne jamais rien faire de grand.

— Qu'en savez-vous ?

Elle était plongée dans *Vladimir Chlebnikov et la mer*, une suite ébouriffante de tableaux sur lesquels le maître avait posé de vrais bateaux, des sous-marins émergés pour la plupart, en métal, à l'échelle. On a frappé à la porte. À travers l'un des petits carreaux est apparue la tête de son mari, collée contre la vitre mouillée, cherchant qui étaient ces silhouettes brouillées par la buée. Distinguant sa femme, il a disparu. C'est sans empressement que je me suis dirigé vers la porte. Il quittait les lieux à grandes enjambées et s'est retourné quand il s'est jugé assez loin, me faisant signe qu'il repasserait ; il semblait raide de crispation. Quand j'ai annoncé à Natacha que c'était son mari, son visage naturellement pâle est devenu livide.

— Maintenant, je suis désolée, je ne peux pas partir, ce serait avouer une faute que je n'ai pas commise. De toute façon, ce type n'est pas assez fin pour le voir ainsi, alors on ferait bien de la commettre, cette faute.

Elle affichait un sourire bizarre, les lèvres immobiles, et un visage qui soulignait l'évidence de cette proposition.

La suite ? Qu'en dire que vous ne sachiez déjà. Il est juste un peu dommage de devoir faire l'amour pour atteindre cette plénitude si particulière qui lui succède. À ce moment précis, j'avais été pris par l'étrange sensation que je pourrais bien m'arrêter de peindre. Nous formions un étrange tableau, tous les deux nus, allongés sur un canapé d'après-guerre usé aux angles. Une glace dorée au cadre écaillé, piquée au milieu, me renvoyait l'image gênante de mon corps négligé appuyé contre celui, si beau, de Natacha. Nous ressemblions à deux êtres incapables de se mentir, au moins encore pour quelques instants.

Elle s'est mise à parler. Sans que je le lui demande, elle m'a ouvert les portes de son enfance à Semipalatinsk, là où vivaient encore ses parents. Elle ne savait pas qu'en dire, sauf que c'étaient des gens bien ; elle marquait tant d'insistance que je me demandais si elle n'essayait pas de s'en persuader. Sa mère avait été professeur de musique pour les petites classes. Son père avait travaillé sur la bombe atomique soviétique. Elle le décrivait comme un physicien taciturne qui n'avait jamais montré la moindre tendresse à son égard, mais qui avait tout de même eu la délicatesse de s'en excuser, un jour ordinaire où rien ne l'y prédisposait. Cette petite famille modèle avait contemplé avec résignation les conséquences des essais nucléaires sur les habitants de la région, et s'était félicitée d'avoir échappé à toutes ces tumeurs protéiformes qui touchaient les adultes autant que les enfants.

Si elle était la médiocre peintre qu'elle prétendait, elle faisait une belle conteuse mélancolique. Pendant qu'elle parlait, je sentais croître son emprise sur moi, chaque mot, chaque geste m'attachait un peu plus à elle et fermait sans bruit toutes les issues qui m'auraient permis de la fuir. Je me laissais faire comme une proie qui jouit de l'illusion consentie de sa liberté. Un sentiment simple me ramenait à mes amours de jeunesse, au temps où une admiration aveugle et un peu frémissante m'attachait à quelqu'un qui l'ignorait. J'ai ensuite consacré ma vie à me détacher de cette inclination, pour me retrouver seul.

Je n'étais pas certain de vouloir connaître les détails du parcours qui l'avaient conduite ici, dans cette campagne où se retrouvent surtout des gens qui fuient les hommes. Mais elle tenait à me raconter son histoire : celle d'une jeune fille qui cherchait à quitter son pays, poussée par une maladie du sang dont on prétendait ne pas connaître la cause. Elle s'est inscrite sur un site de la Toile, « Belles Russes à découvrir », qui vantait toutes les qualités morales des filles de l'Est, notamment. Elle y avait même joint une photo. On lui avait demandé de prendre une pose qui ne lui était pas familière, jupe courte et épaules découvertes. Une bonne dizaine de Français et de Belges avaient fait le voyage jusqu'à Semipalatinsk, des hommes lourds aux yeux ronds qui parlaient de fonder une famille. Même s'ils faisaient bonne figure, ils parvenaient mal à dissimuler leurs hontes d'antan, quand les belles filles de la campagne se laissaient enlever par des hommes de passage. À l'humiliation de ne jamais avoir été aimé s'ajoutait celle d'avoir dû payer pour satisfaire leur désir. Avec le temps, la chair était devenue une ennemie obsessionnelle. Parmi ces rustres, somme toute lucides, un type d'une cinquantaine d'années lui avait semblé moins affligeant que les autres. C'était le fils d'un gros éleveur de Dordogne, dont le cheptel comptait assez de têtes de bétail pour qu'on le considère comme un homme de biens. Il avait dû laisser filer les femmes plus par timidité que par vice caché. C'est ainsi qu'elle l'avait jugé, lorsqu'elle l'avait vu pour la première fois à l'aéroport, raidi dans un manteau en peau de mouton tirant vers le gris. L'affaire qui avait débuté comme une négociation internationale s'était conclue comme une nouvelle de Maupassant. L'homme l'avait épousée et, après l'avoir fait soigner dans le meilleur hôpital de Bordeaux, lui avait fait deux enfants. Convaincue d'avoir rempli ses obligations, elle s'était désintéressée de lui, puis l'avait quitté pour cet autre mufle qu'était mon voisin. Je crois qu'elle était sincère quand elle s'est mise à pleurer de ne pas avoir rencontré l'amour qu'elle désirait tant. Elle m'implorait de ses grands yeux humides. J'ai tendu mes mains vers les siennes pour la réconforter, en pressant longuement ses paumes. Puis elle m'a avoué que Grégory la battait tous les jours, du moins les jours où elle n'avait pas la garde de ses enfants. Je suis resté un peu dubitatif. Une femme battue n'a pas un tel corps, elle aurait quelque chose de verrouillé dans ses articulations, une démarche brisée, et puis des traces, beaucoup de traces. Elle était contredite, trahie par son corps intact.

Elle est partie.

Je ne l'ai jamais revue. Elle a quitté la région, et Dieu sait vers où s'est dirigée son âme. Je dois reconnaître que je l'ai attendue. Elle me manquait tellement que j'ai même un peu fraternisé avec son compagnon et, pour lui, j'ai levé l'interdiction de chasse sur mes terres. Deux fois par an, il me porte un cuissot de chevreuil ou de sanglier dont je suis bien embarrassé. Je me suis mis aussi à le fréquenter pour me faire une opinion sur lui. Je voulais savoir si elle était franche en prétendant qu'il la battait. Après bien des mois, j'en ai tiré les conclusions qui étaient évidentes. Si je n'ai jamais repris un pinceau, je pense qu'il ne faut pas chercher l'unique cause dans toute cette histoire. Kiefer m'a vraiment fait du tort.

Un matin de printemps, alors que je buvais mon café en me demandant comment j'allais occuper ma journée, est apparue dans l'encadrement de ma porte de cuisine la silhouette d'un gendarme de ma connaissance. C'était la première fois que je le voyais en service. Son uniforme immaculé semblait tout droit sorti de chez le teinturier ; d'ordinaire, il avait une autre allure avec les tournées amicales au vin rouge. J'ai pensé tout de suite à elle, alors qu'il ne savait pas que je la connaissais. Il m'est venu ensuite à l'esprit qu'on l'avait retrouvée morte, assassinée et qu'on avait peut-être repéré des traces génétiques de nos ébats d'un soir. J'ai fait entrer le gendarme.

Comme j'avais débranché mon téléphone, ma sœur était passée par la gendarmerie : mon frère avait été arrêté pour meurtre. Je n'arrivais pas à y croire. Que ce soit arrivé à notre famille ne me paraissait pas insensé. Ce qui l'était en revanche, c'est que la psychopathologie de mon frère ait pu conduire à un tel drame. Je suis resté assis une bonne heure en face du pathétique messager, engoncé dans son uniforme trop étroit, à lui répéter :

— C'est pas possible, mon vieux, je n'ai pas pu

me tromper à ce point sur mon frère, je t'assure, ce type est incapable de tuer, c'est un farceur, un peu fou, mais un farceur.

Il a fini par plisser la bouche et dire :

— Je veux bien te croire, mon vieux.

Je suis resté un long moment dans mon fauteuil, muet. Mon copain a respecté mon silence, me croyant tout à ma peine. En réalité, je ne pensais qu'à une chose. Pour être plus exact, je ne pensais qu'à une personne, Yves Klein.

Il avait disparu si jeune que c'était miraculeux qu'il ait eu le temps de composer une œuvre. Klein avait vécu dans ma rue à Paris, bien avant que je m'y installe. Chaque fois que j'allais acheter mon pain, je passais devant la petite plaque mentionnant son passage avant que la mort ne l'emporte avec une précipitation suspecte. Un jour, paraît-il, il se serait retrouvé face à un journaliste qui ne comprenait pas vraiment l'intérêt du monochrome. Il lui aurait répliqué que le monochrome était l'aboutissement de l'artiste, et que toutes les couleurs que l'on pouvait voir dans les tableaux des grands maîtres n'étaient que des tentatives pour y parvenir.

LES LUCIOLES DE JADE

J'étais assis à une terrasse de café située face à la grande artère qui découpe la ville. Il n'était pas tard, mais le Sporting était le dernier établissement ouvert. Une clientèle de jeunes gens, pour l'essentiel, qui riaient fort en terrasse alors que quelques habitués noyaient leur solitude au comptoir. De temps en temps, ils quittaient leur verre et, déjà nostalgiques, partaient fumer une cigarette dehors. Quand ils revenaient, ils affichaient cet air de gaieté qu'ont les chiens qui retrouvent leur maître. Les trois types adossés au zinc, eux, ne se connaissaient pas, mais ils buvaient l'un à côté de l'autre, observant une discipline presque militaire. Quand l'un d'eux parlait, les autres ne se sentaient pas obligés de lui répondre. Mais parfois la conversation s'emballait, et c'était l'occasion de resservir une tournée. À une table près de la mienne, se tenait, seule, une jeune femme au visage enfantin. Elle regardait devant elle avec une mine faussement assurée, pour éviter de croiser le regard des hommes seuls attablés, dont je faisais partie.

Six mois auparavant j'avais vendu mon entreprise de bois à une société suédoise et je m'étais retiré dans ce coin du Sud-Ouest, une contrée isolée qui dominait une vallée verdoyante, aux saisons clémentes. Mais, à cette époque de l'année, les arbres peinaient à retrouver leur fraîcheur. Ils ressemblaient à des adolescents trop maigres qui sortent transis de la douche après un cours de gym. Quand il ne pleuvait pas, un vent d'ouest vigoureux étirait les nuages et blanchissait le ciel où un soleil paresseux lambinait. L'hiver traînait un peu trop pour les âmes, mais l'espoir reprenait en apercevant les premiers bourgeonnements. Depuis que j'habitais là, seul, je m'imposais une sortie en ville chaque semaine. Trente minutes de voiture pour y aller, autant pour en revenir. Je n'avais jamais aimé cette ville. Malgré son riche patrimoine et ses vestiges rares, elle inspirait la peine et l'ennui. Je m'installais au Sporting, le plus souvent à l'heure de la sortie de la dernière séance de cinéma. Une heure plus tard, il ne restait dans le bar que les piliers et quelques enjoués qui étiraient le temps. Ensuite je retournais dans ma campagne si sombre les nuits couvertes. Les nuits de pleine lune étaient d'une rare clarté, une clarté polaire où les étoiles sautaient dans un ciel pur comme des encornets dans une immense poêle à frire.

La vente de mon entreprise m'avait laissé de quoi vivre jusqu'à la fin de mes jours, à condition de n'abuser de rien. Cette année-là le vide s'était fait autour de moi. Les enfants étaient partis chacun de leur côté. Paula aussi, considérant qu'une fois les enfants loin de la maison elle n'avait pas de raison de rester avec moi. Elle m'avait quitté pour un homme plus âgé et moins bien conservé, ce qui en disait long sur l'homme que j'étais, tellement long que cela me laissait même sans voix. Les femmes peuvent se passer d'un homme, c'est le vrai secret de leur condition. Même lorsque c'est douloureux, elles y parviennent. Les hommes, c'est autre chose. Je crois bien que c'est cette raison qui me poussait à aller à la ville, une fois par semaine. Je n'avais pas vraiment en tête de me trouver quelqu'un, mais plutôt de me convaincre que j'avais fait le nécessaire pour rencontrer une femme. Je n'en rentrais pas plus apaisé. Je savais aussi que si je me liais à nouveau avec l'une d'entre elles, je ne me sentirais pas mieux pour autant. Entre le désir et sa négation, il existe de vastes contrées méconnues que bien des êtres explorent silencieusement.

J'ai hésité à demander une troisième bière.

Perdre mon permis aurait eu des conséquences désastreuses. Si je ne pouvais plus conduire, je ne pouvais plus venir à la ville une fois par semaine. La jeune fille m'a regardé furtivement et, quand j'ai levé les yeux vers elle, je n'ai eu droit qu'à un regard sévère. J'ai pensé partir. Mais, finalement, je suis resté encore quelques dizaines de minutes au Sporting. J'ai allumé ce que je pensais être une dernière cigarette. C'est à ce moment-là qu'elle est venue me demander si je pouvais lui en donner une. Tout dans son attitude était calculé pour que je ne sois pas tenté d'en profiter.

— On pourrait se parler sans que cela vous engage à quoi que ce soit, lui ai-je dit.

Elle a pris la cigarette et mon briquet, l'a allumée, a tiré sur sa jupe et m'a répondu :

— Si c'est comme ça, je peux venir à votre table.

— J'ai le double de votre âge, ai-je ajouté pour la rassurer.

— Il y en a que ça ne dérange pas.

J'ai souri. Moi non plus, ça ne me dérangeait pas. J'ai regretté ce que je venais de dire : c'était à son égard la preuve de mon insincérité — un vice caché qu'on trimballe maladroitement et qui ne rate jamais une occasion de s'imposer.

Elle a attrapé son sac et elle est venue à ma table. J'ai fait beaucoup d'efforts pour ne pas la dévisager. Malgré cela, j'ai vu qu'elle portait, autour d'une tête large, des cheveux courts auxquels résistaient bien ses traits fins. J'ai remarqué qu'elle avait une joue plus rouge que l'autre mais ce n'était pas choquant. Une fois assise, elle a regardé droit devant elle et quand elle a compris que c'était ridicule, elle a dirigé ses yeux vers moi et m'a gratifié d'un sourire qui a éclairé son visage. Je lui inspirais confiance. C'est une chose certaine, à sa façon de me regarder droit dans les yeux, à sa voix décidée. Rien dans mon être ni dans mon comportement ne signalait une menace imminente. Mais engager la conversation est tout un art, et ni l'un ni l'autre n'étions des artistes.

*

— Vous êtes d'ici ? Pourtant vous n'avez pas l'accent du coin.

— Non, je suis du Nord, de Dieppe. Je suis venue avec mes parents ici, il y a huit ans. Maintenant mes parents sont séparés, ils ont quitté la région, chacun de leur côté, et moi je n'arrive plus à partir de cette ville.

— Les petites villes n'offrent pas grand-chose pour les jeunes de votre âge.

Elle hésite avant de répondre.

— Oui, mais les grandes villes sont chères et je n'ai pas les moyens.

— Vous faites quoi ?

— Je travaille dans un salon de beauté, de bien-être. Enfin provisoirement, parce que je remplace une fille en congé maternité.

— Et après ?

— Après ? Je n'en sais rien, je n'ai pas de diplôme pour ce genre d'emploi, alors ils n'ont pas de raison de m'offrir une place. On verra, je ne m'inquiéterai que quand il en sera temps.

Son sourire est drôlement franc.

— Et vous vivez seule ici ? Enfin je vous pose la question, c'est très désintéressé et cela ne me regarde pas...

— Non, j'étais avec quelqu'un, jusqu'à ce soir.

— C'est donc fini.

— Il ne le sait pas encore. Je suis très patiente, mais, même si je suis très amoureuse, il y a des limites.

— Je comprends.

Et je n'en demande pas plus. Mais elle continue tout de même.

— La première fois, je suis rentrée dans mon appartement comme d'habitude, où il vit avec moi. Mais un peu plus tôt. Il y avait une fille dans notre lit. Là, ils étaient nus tous les deux. J'ai essayé d'être tolérante. Comme il n'y a qu'une grande pièce, je suis restée assise sur le canapé pendant qu'ils terminaient. Après, il m'a promis que cela ne se reproduirait jamais. Et ce soir, il a recommencé, avec une autre fille. Alors j'ai gueulé un peu et il m'a mis une claque. Pas fort, mais une claque quand même. Je suis sortie en lui demandant de disparaître. Voilà toute l'histoire. Heureusement qu'à cette heure le Sporting est encore ouvert, sinon j'aurais dû errer toute seule dans la ville et je me serais fait embêter. D'autant qu'aujourd'hui, c'est vraiment pas le jour.

Puis elle a fait un petit signe de la tête comme si elle voulait se débarrasser d'une gêne.

— C'est toujours comme ça, quand on tombe amoureuse de quelqu'un qui ne le mérite pas.

— Vous êtes toujours amoureuse ?

— Je ne sais pas, mais je crois bien que j'ai intérêt à ne plus l'être.

— Je le pense aussi, même si cela ne me regarde pas. Il n'est pas très correct, ce type...

— Oui, mais il en a tellement bavé dans son enfance que j'ai tendance à l'excuser. Il a besoin de se prouver des choses qu'on ne lui a jamais données. Là, je suis sûre que maintenant qu'il a fini, il s'en veut. Il doit me chercher partout. Mais je n'oublierai pas, cette fois. J'ai déjà été assez compatissante, vous ne trouvez pas ?

— Oui, vous lui avez déjà trop pardonné.

— Et vous, vous faites quoi ?

— Pas grand-chose. Je vis à la campagne, à trente kilomètres d'ici.

— Vous travaillez où ?

— Je ne travaille plus vraiment. J'avais une entreprise, je l'ai vendue et maintenant je m'occupe de ma maison.

— Vous êtes une sorte de rentier.

— Un peu, si on veut.

— Remarquez, à votre âge, c'est pas choquant. Et vous vivez seul ?

— Oui, seul au milieu des bois.

— Quelle chance !

— Oh oui. Enfin... ça dépend, certains jours on se trouve plus chanceux que d'autres.

— Mais c'est vous qui l'avez décidé ?

— Oui.

— C'est déjà beaucoup de chance de pouvoir décider de quelque chose. Moi, je ne décide jamais de rien.

— Si, vous allez prendre une décision cette fois-ci.

— Je voudrais en être certaine.

Plus je la regarde, plus elle me semble d'un seul bloc. Un bloc de pierre tendre, déjà un peu érodé. Nous sommes au bout de notre conversation, du moins pour le moment. Je lui demande si elle a dîné. Elle répond que dans la panique elle a laissé son portefeuille et qu'elle a sur elle tout juste de quoi payer sa consommation. Je commande pour nous deux et elle mange de bon appétit. Pendant tout le repas, elle s'intéresse à mes voyages, ceux que j'ai entrepris pour mon travail et qui m'ont conduit dans tous les pays du monde où on trouve du bois à vendre. Je lis dans ses yeux le plaisir qu'elle a à m'accompagner dans ces souvenirs. Elle les partage comme s'ils lui appartenaient un peu. À aucun moment elle ne me pose de question touchant à ma vie privée. Elle semble craindre que cette légèreté dans laquelle s'installe notre relation ne retombe, aggravée par trop d'intimité. Le dîner terminé, il est minuit bien sonné. Je propose de la conduire chez elle, mais je vois dans son regard qu'il lui est impossible de rentrer. Je lui propose de l'héberger pour la nuit. Elle accepte sans poser de condition, ce qui me vaut de lui promettre de ne pas l'importuner. Dans la voiture, je la questionne sur son père, sans doute parce qu'il doit avoir mon âge. Mais il a disparu, il y a longtemps, après s'être montré un peu entreprenant avec sa sœur cadette. Elle n'en sait pas plus, car sa sœur n'en parle jamais. Pour clore le sujet, elle l'orne d'un sourire, son arme contre la tristesse. Elle semble avoir passé un marché pour que celle-ci ne vienne pas la ronger.

Après un bon quart d'heure de route, nous

quittons la nationale pour pénétrer dans la campagne profonde. On peut vivre dans une petite ville rurale et ne jamais approcher la nature. Elle dit ne pas y être allée depuis un an. À chaque carrefour, nous quittons l'axe où nous sommes pour en emprunter un plus secondaire, jusqu'à ce que nous parvenions à l'entrée d'un chemin de terre.

Dans la nuit, à l'orée des bois, les yeux des chevreuils brillent à cause des phares, comme des lucioles de jade. La piste serpente longuement avant d'aboutir chez moi. On ne voit d'abord qu'un mur de pierre comme on en construisait à la fin du dix-neuvième siècle chez les bourgeois aisés convertis à la terre. Avant de m'arrêter pour descendre de la voiture et ouvrir le portail, je l'observe, craignant de lire une inquiétude sur son visage. Au lieu de cela, je la trouve épanouie, curieuse de découvrir les lieux. Dans une nuit noire à demi éclairée par une lune décroissante, je l'emmène faire le tour du propriétaire. Elle s'émerveille devant la bâtisse carrée qui tient lieu de maison de maître et devant les granges ouvertes au vent. Elle monte sur un banc de pierre pour juger de la perspective à 360 degrés avant d'en sauter comme une enfant. Mais rien ne l'impressionne plus que l'intérieur de cette habitation immense et inconfortable — comme à ses premières heures. Elle admire un à un les éléments anciens de décoration : le pisé du rez-de-chaussée, les murs en pierre chaulée, les plafonds à la française, les cheminées à blason poli. Elle ne s'étonne pas que l'on puisse vivre seul dans une si grande maison et moins encore que je me sois replié sur deux pièces, une cuisine et une chambre, chauffées toutes les deux avec des bains d'huile qui peinent à faire disparaître l'humidité séculaire du lieu. Elle ne se montre pas non plus surprise d'apprendre que je n'ai pas l'intention d'aménager les autres pièces. Nous fumons ensuite une cigarette devant une cheminée dont le feu court à sa perte, tous deux engoncés dans nos manteaux d'hiver. Nous abordons nombre de sujets convenus, car finalement on se connaît à peine, mais elle traite de chacun avec une finesse inattendue chez une personne de son âge. L'aube pointe très discrètement lorsqu'il est question de se coucher.

— Tu n'as qu'une chambre, c'est cela, précise-t-elle à ce moment-là.

— Non, il y en a huit, mais tu as raison, une seule est... praticable.

Je la sens moins contrariée que perplexe.

— Alors comment allons-nous faire ? demande-t-elle sans la moindre malice. J'ai hâte de dormir pour me réveiller et découvrir la propriété de jour.

Je réfléchis un peu.

— Il y a un canapé et un lit dans la chambre. Je prends le canapé et tu prends le lit.

— Je peux aussi bien prendre le canapé.

— Pour être honnête, je crois que personne ne va prendre le canapé, il ne s'ouvre pas. Ne t'inquiète pas, je vais trouver une solution.

— Je ne suis pas inquiète.

Une fois monté dans la chambre qui est à l'aplomb de la cuisine, je sors d'un placard le vieux duvet qui me servait à l'armée.

— Je vais dormir dans ce duvet et toi dans les draps. Le duvet formera une sorte de préservatif géant, comme ça, tu ne craindras rien, ai-je expliqué très sérieusement, forçant sur un sourire fatigué, comme je le fais quand je n'ai pas le cœur à rire de mes propres plaisanteries.

Ces dispositions arrêtées, nous nous couchons tous les deux habillés et j'éteins la lumière. Elle s'immobilise sur le dos, jambes serrées, bras serrés le long de son corps, respirant profondément.

Peu de temps après, mes doigts touchent ses cheveux. Elle ne bouge pas. Dehors, un aboiement unique et rauque déchire la nuit finissante.

— Qu'est-ce que c'est ? interroge-t-elle.

— Probablement une laie qui engueule ses marcassins. Ils viennent toutes les nuits fouiller la terre près de la grange.

Je lui masse la nuque en glissant ma main droite

entre sa tête et l'oreiller. Elle ne bouge toujours pas.

— Tu m'en voudras si je viens contre toi ? ai-je laissé échapper.

Elle répond avec une voix neutre et respectueuse du silence humide qui envahit cette pièce à haut plafond :

— Non, mais tu ne m'embrasses pas, s'il te plaît.

— Et pourquoi ?

Elle hésite un peu puis, avec tristesse, elle m'explique :

— Parce que je n'aimerais pas être celui qui embrasse une fille comme moi.

— Et si, moi, je veux être celui qui embrasse une fille comme toi ?

Elle me répond lentement.

— Je n'ai laissé m'embrasser que le garçon que j'aimais. Pour ce que ça m'a apporté, c'est ridicule, mais...

Je l'ai prise dans mes bras. La chaleur de cette première étreinte était assez comparable à ce que doit être celle d'un égyptologue qui caresserait sa momie préférée. Je lui ai fait part de cette idée rocambolesque. Elle a ri de bon cœur, et s'est détendue. Puis elle m'a serré à son tour, pour m'avouer :

— Je ne connais aucun homme qui se soit satisfait de mon corps plus d'une fois.

— Et pourquoi ?

— Parce que je ne suis pas très mince et que je suis loin des critères actuels.

— Les critères ont été établis par des hommes qui ne désirent pas les femmes.

— Peut-être, mais toujours est-il que... Les jeunes que je rencontre, je sens qu'ils ont envie de moi. Mais une fois la chose faite, j'ai l'impression que je les dégoûte.

— C'est parce qu'ils n'y connaissent rien.

Il y a bien longtemps que je n'ai pas senti monter un tel désir. Ce désir ne se réveillait pas pour une femme parmi d'autres, mais bien pour elle, rien que pour elle. Le souvenir de ma femme me revient fugitivement. Elle ne faisait l'amour que pour me récompenser et refusait de le faire pour me punir. On ne le faisait donc jamais. Alors j'allais voir des professionnelles. Mais je ne pouvais pas désirer une femme qui ne me désirait pas elle-même. Je rentrais, on parlait un peu, je payais, puis je partais. Avec tout l'argent que je leur ai laissé, j'aurais pu bâtir une église.

*

Elle finit par m'embrasser, un peu plus tard dans la nuit. Elle voulait sans doute récompenser l'assiduité de ma bouche qui lui avait offert le plaisir qu'elle méritait. Nous avons fait l'amour plusieurs fois, bien plus qu'on ne le fait d'ordinaire à mon âge et quand le jour s'est invité à travers les persiennes vermoulues, j'ai redécouvert son visage, radieux. Je me sentais heureux et fatigué. Je me suis débarrassé très vite de ce premier sentiment, comme on le fait d'un vêtement trempé par la pluie. La peur du bonheur est une façon laïque de craindre Dieu.

Quand elle m'a demandé quel âge j'avais, je lui ai déclaré qu'avec les cernes du matin le moment n'était pas bien choisi pour mentir. Je ne lui ai pas dit que j'avais atteint l'âge où la raison voudrait qu'on se prépare à mourir. En vérité, j'étais moins surpris d'être parvenu à la cinquantaine blêmissante que de découvrir mes désirs intacts, comme si la nature ne voulait pas m'aider à vieillir.

Alors nous avons recommencé une dernière fois avant qu'elle ne saute du lit pour profiter de la campagne sous le faible soleil d'hiver.

DU MÊME AUTEUR

Aux Éditions Gallimard

HEUREUX COMME DIEU EN FRANCE, 2002. Prix Terre de France — La Vie 2002 (Folio n° 4019).

SOUSS MASSA DRÂA, L'étoile du sud marocain. *Photographies de Thomas Goisque,* 2005.

LA MALÉDICTION D'EDGAR, 2005 (Folio n° 4417).

UNE EXÉCUTION ORDINAIRE, 2007 (Folio n° 4693).

L'INSOMNIE DES ÉTOILES, 2010.

Aux Éditions J.-C. Lattès et Presses Pocket

LA CHAMBRE DES OFFICIERS, 1998.

CAMPAGNE ANGLAISE, 2000.

Aux Éditions Flammarion

EN BAS, LES NUAGES, 2009 (Folio n° 5108).

Composition et impression CPI Bussière
à Saint-Amand (Cher), le 20 juillet 2010.
Dépôt légal : juillet 2010.
Numéro d'imprimeur : 101952/1.
ISBN 978-2-07-039984-0./Imprimé en France.

Composé et imprimé par CPI Bussière
à Saint-Amand (Cher), le 20 juillet 20[illegible]
Dépôt légal : [illegible] 20[illegible]
Numéro d'imprimeur : [illegible]
ISBN [illegible] Imprimé en France